「東大寺要録」より（一部抜粋）

二月堂

今此堂者。實忠和上之創草也。凡利益不レ空。効験無レ滞之仁祠矣。観音大士。普施二霊徳一。現當ノ悉地莫レ不二称遂一。是以道俗男女。傾レ首恭敬シ。尊卑老少。謁レ誠帰依。可二謂二諸佛垂應之所。菩薩遊化之地一者乎。天平勝寶四年壬辰。和上始行二十一面悔過一。至二千大同四年二。合七十年。毎年レ始自二二月朔日一。二七日夜。修二毎日六時行法一。其作法委載二別紙一。始レ自天平宝字五年辛丑、二月十五日一。至千弘仁六年一。合六十二年。奉レ供涅槃會一矣。

二月堂を創建した人物は實忠和上である。

この堂は人々の益に利することが多く、効能が滞ることはない。観音菩薩の霊徳は常に遍く人々に施されている。世俗の尊卑や老若男女を問わず首を傾け恭しく敬い、真剣に帰依している。この堂の謂れについて、もろもろの仏たちは様々な所で民衆の求めに応じて教えるべきであり。菩薩も遊行教化してあちこちで人々に教え諭している。

天平勝宝四年、辰年。實忠和上は十一面悔過会を始めた。大同四年まで七十年毎年二月一日から二十七日夜まで、毎日六時に行法を修めた。其の作法は別紙に記載した通りである。天平宝字五年、辛丑の年、二月十五日から弘仁六年までの六十二年涅槃の会を奉った。

今聞古人云。
實忠和上。被レ始二六時行法一時。二月ノ修中。初夜之終二。読一神名帳二。勧二請諸神一。由レ茲諸神。皆悉影響。或競與へ二福祐ヲ一。或諍爲二守護一。而遠敷明神ハ恒熹二獵漁一。精進是希ナリ。臨二行法之末二晩ク以参會ス。聞二其行法一随喜感應ノ堂邊可レ奉獻二閼伽水一之由所二示告一也。時有テ黒白二ノ鵜一忽二穿二盤石ヲ一従二地中一出飛居ル二傍樹一。従二其ノ二迹一甘泉湧出ノ香水充満ス。則疊テ作石ヲ爲二閼伽井一其水澄映二世ノ旱ニモ無レ枯。

古人が言われたことを、今言い伝える。實忠和上は二月の六つ時に行法を始められる。その行法では始めから終わりまで、寄進を勧めて応じた諸々の神々の名を書いた、神名帳から読み始める。諸々の神々は、和上の影響を受け、ことごとく競い合うように福祐が与えられるようこれに応えた。この時遠敷明神は、いつものように喜んで漁を行っていた。このような精進の機会はめったにないことであると考え、行法に臨もうと向ったが、会に参加することが夜遅くなってしまった。その行法に臨むと随喜感激して二月堂の下の所を示して閼伽水を捧げることを告げた。その時白黒の二羽の鵜が磐石の石を打ち破って、地中から飛び出て側の木に止まった。その後には泉が湧き出て香水が充満した。石を積んで閼伽井の井戸を作ると、水は澄み世の中が干害でも枯れることはなかった。

彼ノ大明神ハ在二若狭國遠敷郡一。國人崇敬具二大威勢一。前ニ有大川一々水砕硠ト奔波涌流ス。由レ厭二其水ヲ河末渇盡ノ俄無二流水一。是故俗人号二音無河一。云々。然則二月十二夜。至二後夜時一練行衆等下二集井ノ邊一向二彼明神在所二加二持井水一。以二。加持力ヲ故其水盈満。于レ時汲取テ入二香水瓶二不レ令二断絶一。自レ介相承ノ遂爲二故事一。従二天平勝寶之比一至于今時二及二四百歳二。雖経二数百年一。其瓶内ノ香水清浄澄潔二ノ。飲者除レ患身心無レ悩。犹猶如二無熱池八功徳水一矣。

かの大明神は若狭國遠敷郡にある。この国の人々の多くは厚い信仰と勢いを持って神々を敬っている。その前に大川があり、石をも砕くような波が常に流れている。然しながら行法の間はその水は枯れたままで、にわかに流れなくなる。それ故、人々は音無川と言うようになった。二月十二日の夜から夜中にかけて練行衆等が井戸の周辺に集まって祈りを加えると、水は閼伽井に充満する。その水を汲み取って香水として令に従って送ることは絶えることはなかった。この故事はずっと伝え受け継がれてきている。従って天平勝寶年間から今時に至るまで四百年が経過した。それから数百年、瓶の中の香水は澄んで、清潔さを保っている。その香水を飲んだ者は心身の悩みや患っている所が取り除かれ、まるであらゆる事に効きめがあるようである。

平城京への道

「東大寺要録」より

目次

第一章　野（の）の里

神亀五年（七二八年）九月。若狭の澄みきった空には、すでに秋の気配を感じさせる鱗雲が漂っている。陽は西に傾き、近くで白鶺鴒（せきれい）がさえずり、地表ではまだ刈り取られていない草丈の高い野稲（陸稲おかぼ）が、大きく揺れている。

若狭の国、野の里（現在の福井県小浜市今富周辺）の畑の中を、陽に焼けた肌、精悍な体の若者が歩いている。顔は眉が濃く、眼は大きく物を見据え、鼻筋は通り口元が引き締まっている。頭には折れ烏帽子を被り、薄汚れた貫頭衣に腰帯、背負った籠の中には、山野を一日歩き回って採った菜が入っている。

途中ふと立ち止まって周囲を見回した。足下の草はまだ夏の勢いを残している。

（この地べたに生えとるものが、皆食えるもんやと、どれだけ楽やろうな）

若者はそう思い、腰に括りつけた麻布で汗を拭いた。緩やかな坂道を登り、里の入口の柵へと来た。掘立柱に細木で萱を葺いた小屋の中の老婆に、柵を開けるように頼んだ。覚束ない足取りで藁敷からよろよろと立ち上がった老婆は、門の閂（かんぬき）を外した。

「おおきんな。」若者は

笑顔を浮かべて礼を言った。

いつもなら歯のない口を大きく開けて笑みを浮かべる老婆が、不安そうな顔で、そのまま視線を里の奥に向けた。只ならぬ気配を読み取った若者は、奥の高台にある食べ物を貯蔵する高床の倉の方へと向かった。そこで目にしたのは、一人の男が柳で作った鞭で、頭を下げて座っている翁を打ち据えている後ろ姿だった。

「堪えて下され。吾（わ）の処では先の大雨で野稲が皆流されて、実りが全くできませなんだ。」

里の山辺に住む翁は頭に巻いた麻布の烏帽子を腕で庇いながら、懸命に叫んでいる。

「ええい、あやこや言わずに稗や粟でもええ。郡司に差し出す租の締めが来ておるのじゃ。其方（そち）の処だけ勘弁する訳にはいかんのじゃ。」

翁のや腕から、血が滲んでいる。里の者は周りを取り囲んで、ただ見守っている。

（誰も救うてはやらんのか）

若者は居たたまれず、声を上げて後ろから駆け寄った。

「しばし、しばし、お待ちを。」

そう言って翁の横に立った。

鞭を持った男は、中臣部石人（なかとべのいしと）と言う、この地の里長で大柄な男である。顔面髯面で目はつり上がり、息を荒げている。里長は若者に向かって言う。

「邪魔立てするな。租と調は九月の十五夜までに納めるとなっておるのに、此奴（こやつ）はまだ納めて来ぬ。このままでは新月までに郡家（ぐうけ）の大領に納める租が足りぬ。」

怒ってまた鞭で翁を打とうとした。若者は駆け寄って、振り上げた右腕にしがみついた。

「先に降った雨で前の大川が溢れて、低い土地の野稲は皆流されました。吾の里にはもう租として出せる実りはありませぬ。」

若者が訴えると、里長はその腕を振り払い、今度は彼の左手を打ち据えた。

「其方は、秦人文麻呂（はたひとのふみまろ）ではないか。」

顔を覗きこんで喚いた。

「先に其方が持ってきた野稲の実りも、若干量が少なかった。今は吾を妨げてどういうつもりじゃ。」

文麻呂と言われた若者の左手から血が滲んできた。

「この秋は稲の実りが少ないので、どうすることもできませぬ。もう堪えて下され。」

「さらば、其方から此奴の租が出せるか。租がなかったら布でもよい。此奴に代わってどちらかを明日までに差し出せ。」

そう言い捨てると、周囲を睨みながら里の出口へと向かって行った。

周りにいた者が打ち据えられた翁の元に集まった。一人の女がしゃがんで顔や腕の血を拭ってやっている。翁は座ったまま動こうとしない。

倉の横には作物の豊作を願う小さな社がある。文麻呂はその近くに腰かけると腰の麻布で左手の血を拭った。

「どないするんや。煩わしきことになったぞ。あの里長は蛇のような厭らしき男で、一度睨まれると、とことんやってくるぞ。」

里の長老が近くに来て、問い詰めた。

「誰も翁を守ってやれんのか。あれを許せば里長は何度もやって来るぞ。出せぬ物は出せぬとはっきり言わねば。」

文麻呂はそう言い返しながら、左手が痛むのか時々顔を顰める。暫くすると山辺の翁は皆に担がれていった。文麻呂もそこを立ち去ろうとした。

「強き者には抗えぬぞ。」

長老の声が背中から追いかけてきた。

文麻呂の心は怒りに燃えていた。里長から翁一人を守ってやれない村の長老や、他の正丁たちに腹を立てていたのである。

文麻呂の祖先は渡来人、秦氏である。名の通り紀元前に中国の秦の国を由来としている。秦の始皇帝が東の蓬莱島に不老不死の薬草を求め、徐福の船団を差し向けたことは史記に記されている。だが徐福の船団の成果を検証するためにもう一方で、始皇帝は陸路で秦から朝鮮へ秦一族を差し向けた。徐福と同じく農耕や土木、建築から酒造りに至るまで、多様な技術を持った数百人の集団を送ったのである。彼らは数百年かけて、各地に技術を伝えながら大陸から朝鮮を経て、百済国の滅亡と共に、王の弓月（ゆづき）の君が多数の技術者を率いて、沖ノ島から対馬海流に乗り出雲や若狭へとやってきた。

倭の国に入ってからは、若狭から琵琶湖岸に沿って、多くは都のある大和に向かい大陸の技術を伝えた。またある者は豊かな水に恵まれた現在の京都の西北、現在の嵐山の松尾神社や太秦（うずまさ）などに住み、秦一族としてこの地を開いていった。若狭にも一族の一部がそのまま住みついて、この地を開くのに寄与していた。

その一人である文麻呂は、朝早く家族のために田畑を耕し、昼は野山を回って、一日の糧を探すのに懸命になっていた。僅かな蓄えをも平気で奪っていく里長の存在が許せなかった。怒りが収まる間もなく、村の外れの家族が住む場所の前に立った。

地面から直接何本もの木を立てた竪穴で、萱を葺いた低い屋根の伏庵(ふせいお)である。中央には一段高くなった屋根が左右に突き出て、中の庵の煙が出やすいようになっている。南向きの日当たりのよい入口に回り、竹と蔦で編まれた低い扉を上げた。

「母（おも）今帰った。山で新たな菜を摘んできた。もう腹と背中が付くほど、ひだりゅう（空腹に）なった。」

入口から入る僅かな光が広がり、薄暗い庵の奥まで差し込んで、中の埃が光に静かに漂う。土間の中央には囲炉裏が切られ、真ん中に拳大の大きさの石が、半分埋もれて円く置かれている。周りには人が座れる木の板が置かれ、外側には部厚く敷かれた藁が置いてある。文麻呂が、籠を囲炉裏の傍の真菜板の横に降ろすと、奥で地べたの藁を砧（きぬた）と呼ばれる木の棒で叩いていた女が声をかけてきた。

「兄（にい）、帰って来たんか。浅鉢の中に朝食うた稗が残っとるで、食べや。」

母の赤女（あかめ）である。叩いて柔らかくした藁を編んで、身の回りの様々な物を作っている。

兄が帰って来た声を聞いて、伏庵の裏で土をいじって遊んでいた二人の妹弟が中に入ってきた。

「兄。今日はぎょうさん菜が採れたか。」

十歳を幾つか過ぎて背が高くなった妹の比奈（ひな）が、籠の傍に座り中を覗き込んで目を瞬かせた。

「夕は、この籠の中の菜と稗を全部煮て食うんか。」

「その半ばじゃ。もう陽が暮れかかっておる。皆がひだりゅうならん内に、この菜で塩粥を作れ。」

比奈は頷いて、籠の中の菜を取り出すと、入口の深鉢の中から水を汲み、外で土や泥を落とす。穴を開けて紐を通した石包丁に指を差し込むと、真菜板の上で菜を刻み始めた。比奈より三つ下の弟の比古（ひこ）は、中で囲炉裏の熾き炭の表面の灰を取って、横にある柴を細く手折って中に入れる。すぐに柴から煙が出て伏庵の中を燻った。小さな炎が舞い始め、伏庵の中が明るくなると、比奈は浅鉢に稗と菜を入れる。やがて浅鉢からよい匂いが漂ってきた。

「兄が日中、菜をぎょうさん取ってくれるので、美味し塩粥が食える。兄おおきん。」

比古は笑って目を輝かせた。

母が気がかりな様子で、話し始めた。

「日中、里長が来て、兄に都への調の運脚と、都での雑徭（ぞうよう）の役目の仕丁（しちょう）に出よと言ってきた。家には父が死んでおらんので、大きくなったお前も居らんようになっては、来年の野稲の植え付けや取り入れができんようになる、と申し上げた。聞いてもらえればええが。兄、どうする。」

「今、社の前でその里長が租を出せと、山辺の翁を鞭で打ち据えておった。止めに入ったら、吾も打ち据えられた。翁が血を流しておったので、里長を止めたら代わりに布を出せ、と言うてきおった。布なら出してもよいが、仕丁は困る。行けば三つ歳は戻って来れん。田の植え付けや刈り入れはの時はどうすればええんか。」

「其方はまたそんなことをして、煩わしきことを抱え込んでくる。誰かが租を出さねば皆で分けて一束ずつ籾を出すしかなかろうて。要らぬことに関わって来て。」

母はそう嘆いた。


文麻呂は野の里に住む二十歳になったばかりの正丁（せいちょう）である。この若狭の国遠敷郡（おにゅうこおり）野の里に、和銅元年（七〇八年）に生まれた。三年前に病で死んだ父安麻呂の替わりに、里の正丁として郡家（ぐうけ）の雑用を務めてきた。雑徭による役務は、郡家の執務をする舘（やかた）や正倉の修理、土塀を作る作業、また地域で取れる名産を干物にして出したり、布を織って出したりするなどである。年六十日以内で、五日に一日は里長や郡司の命に服しなければならなかった。その日以外は家族の食べ物を得るために、朝は与えられた計四反の口分田を耕し、昼から夕は川で魚を獲ったり山野を駆け巡ったりして食べ物を探している。雨の日は秦氏に代々伝わる機織の技術を生かして、麻を織って税として調布を納めたり市に出して物と交換したりしている。

暫くすると、稗と菜とを入れた浅鉢の中から煮える匂いが漂ってきた。

「比奈、堅塩（かたしお）を削って中に入れろ。塩味が効いて旨うなる。」

言われた通り、比奈は壁際の下に置いてある瓶の中から堅塩の塊を取り出し、石包丁で削って中に入れた。

「水が足りん。暗くなる前に兄、近くの清水まで行って深鉢に水を汲んできてくれんか。」

母が頼んだ。

「兄は日中、食べ物取って来とるで、吾が代わりに汲んでくる。」

比奈が立ち上がると、弟の比古も一緒に行くと言い出した。

「深鉢は重いでな。な慌てそ。気をつけてゆるりと運べ。」

比奈は深鉢を抱えると、弟の比古が扉を押してゆっくり外に出た。

「仕丁がまことなら、どうしたらええか。」

再び母が尋ねてきた。文麻呂は里長の言の葉の意味をじっと考えていた。

「何故、かかる目に合うのであろうか。父もよく運脚で借り出されたのに、其方までおらんようになると、年端のいかぬ二人では、野稲を刈ったり菜を採ることもまだ十分できぬのに。」

母は困惑した声を出した。文麻呂は囲炉裏の炎が揺れるのを見ていた。傍らの柴を折って入れると、火はまた大きくなった。

「明日、里長の処へ仕丁の話を断りに行ってくる。」

文麻呂がきっぱり言った。

「それは言えぬであろう。野稲の僅かの実りも厳しく取り立てる里長じゃ。また鞭を持って来て叩きよる。」

母は厳しい顔をして呟いた。炎は大きく揺れて、暫く沈黙が続いた。

水汲みに行った二人が帰ってきた。扉が開くと、外はもう陽が落ちて薄暗くなっていた。比奈は重そうに深鉢を置いた。

「早よ水を入れねば、熱うて食えん。お前らもひだるかろう。」

文麻呂はそう言って、乾いて変色した柏の葉椀（くぼて）を三人に渡した。

「母から食え。次いで比奈と比古じゃ。」

「兄は。」

「吾は残った物を食らう。」

文麻呂は木篦で浅鉢から葉椀に塩粥を盛った。稗は僅かで今日採ってきた菜の葉や茎がほとんどである。皆、竹を折り曲げて作った箸の両端で摘んで塩粥を口へ運んだ。

「もそっと堅塩を入れよ。朝のために水を注ぎ足しておけ。」

兄にそう言われて比奈は深鉢から再度水を浅鉢に加えた。皆が食べると文麻呂も残った粥を口に運んだ。

炎が小さくなると、囲炉裏は熾き火だけになる。庵の中は殆ど暗闇に近くなった。

「皆寝ろ。吾も明日は里長の所へ行くので、早よ横になる。」

そう言うと三人を奥の藁敷きの麻衾（あさぶすま）に寝かし、麻布を掛けた。文麻呂は木の棒を渡し、扉が開かないようにした。入口の近くの藁の上に麻衾を敷き麻布に入って横になった。早くも二人の妹弟の寝息が聞こえてくる。文麻呂の頭の中は混乱していた。いきなりの都への運脚と仕丁の話にどう返事をしていいか分からなかったのである。

(朝、まずは糸麻呂伯父の処に行き、仕丁のことを話して、どうすればよいか聞いてみよう。もし受けるのなら留守の間、皆を助けてもらわれねばならぬ。)

そう考えると少し気が楽になり、すぐに深い眠りに落ちた。

翌朝早く、奥に寝ている母に伯父の処へ行くことを伝え、麻布を二反持ち出して竹籠に入れ外に出た。

父の兄の母家は、同じ里のすぐ近くである。

「糸伯父はおられるか。文麻呂出でました。」

戸口から呼びかけた。竪穴の伏庵の奥から小柄な伯父が出てきた。

「誰かと思うたら文麻呂か。これから川に行って簗(やな)を組んで、落ちてきた魚を獲るが、早くから何用や。」

「昨日、里長から都への運脚と仕丁に出よ、と言われました。」

「どちらもこの里には久しくなかったが、とうとう伝えてきたか。運脚は其方の父安麻呂もしたことがあるが、仕丁はしておらぬ。運脚なら十日程のことでよいが、仕丁は三つ歳の間じゃ。其方も父が身罷って、その日の食うものを手に入れるために駆け回って居るのに、仕丁に出よ、というのは実に困りしことじゃ。もっと富人の里や、人の多く住む里から選べばよいのに。」

糸伯父は困ったように応えた。

「妹や弟にも母を支えるように言っておりますが、三つ歳の冬が過ごせるか気がかりでなりませぬ。」

「租は免れるであろうから食うに困ることはなかろう。仕丁は大役故、残りし者の食べ物を支えるのに、我らの里の負担も重くなるが何とかなるであろう。じゃがあの里長は厳しく租や調を取り立てることで知られておる。今から掛け合っても抗えぬであろう。断われば里の他の者が出ねばならぬ。此度は三ツ歳の大役を引き受けて、皆のことは心配せず、吾ら里の者に任せておけ。」

「吾の居らぬ間、母が困らぬようお助け下され。」

文麻呂は改めて竹籠を地べたに置いて、糸伯父に頭を下げて頼んだ。

(糸伯父の言う通りここは里長の命に従い、仕丁に行くしかないか。)

不安を抱えながらも心を決め、伯父の伏庵を後にして、そのまま里長の里に向かった。

野の里から山一つ越えた多太（ただ）の里の山麓に里長の家がある。里の回りには柵が巡らされ、入る時には入口の翁に頼む必要がある。文麻呂が名を告げると白髪の翁が顔を出し柵を開けた。里の中には萱を葺いた伏庵が並び、中には数家族が同居している。しかし里の一番奥の高い土地にある里長は伏庵ではなく、周囲に土壁がある構えで、萱葺きで高い柱がある家である。裏には貯蔵用の倉もあった。里長は地元の有力者として近隣の五十戸の里の長を務め、郡家の命を受けて租庸調の税の徴収や、遠敷の国衙や郡家の雑徭を各戸に伝えている。

「野の里の秦人文麻呂と申す。里長はおわしまするか。」

暫くすると奥から、昨日言い争った里長の中臣部石人が出てきた。朝なので袖のない麻衣を着ている。

「秦人文麻呂か。昨日は煩わしき振る舞い、吾は苦々しき思いをした。吾は遠敷郡の郡家からの命に従うだけじゃ。野の里からの正丁を一人、仕丁として都へ差し出せと伝えて参った。其方は二十歳で正丁となっておろう。若狭の国司から仕丁と同時に都への運脚の命も受けておる。」

文麻呂は里長に言葉を返した。

「父が三ツ歳前に身罷って、担い手がおりませぬ。私の妹や弟もまだ幼く、母だけではとても田畑もできませぬ。また長に租を納められぬや知れず、難じて居りまする。」

文麻呂は困った様子を訴えた。

「よくよく考えるがよい。仕丁として都の仕事をすれば、其方の租は免れる。さらに都では国司の館から其方の食べ物は出してくれる。母や妹弟は同じ里の他の正丁が、世話してくれよう。心置かずに都で仕えてくれ。」

「この近くの里には私と同じ年回りはまだ多く居ります。どうか父がおらんので此度はこらえて下されるよう。」

文麻呂は頭を下げて頼んだ。

「他の里へも仕丁や兵衛（ひょうえ）のため都へ出よ、との達しがきておる。この次の月の終わりには、いつものように都へ調塩調布を運ばねばならぬ。遠敷郡の郡司だけでなく、国司である膳臣（かしわでのおみ）からの御達しじゃ。よいか。もし断れば其方の里の別の誰かが仕丁に出るまでじゃ。」

文麻呂は、里の別の誰かが仕丁に出る、と言う言葉に反応し黙っていた。

「一度帰って母や伯父に話をして参りまする。」

暫くすると、そう言い直して帰ろうとした。

「あの翁に代わって何か持って来たか。」

里長が追い討ちを掛けるように尋ねて来た。文麻呂は下に置いた竹籠から二反の布を出した。

「これは雑な麻布ではないか。」

「吾の処ではこれしか作れませぬ。」

「貧しき里よのう。」

そういうと里長はにやりと笑い、麻布を後ろに放り投げた。母が幾日もかけて織った麻布が雑に扱われて、文麻呂は腸が煮え返るような気がしたが、どうにか堪えて家に帰ろうとした。すると後ろから、里長の声が投げつけられた。

「仕丁の名も既に郡家には伝えてある故、今から断わることはできぬ。」

堪え切れない思いが幾度も沸いて、帰りの足どりは重かった。途中、山の小高い丘に登って下を見下ろした。野の里の伏庵が眺望できる。萱で葺いた軒が地にへばり付くように並んでいる。風が吹いて薄の穂を揺らす。

「吾が居らんようになっても、その間皆はやっていけるやろうか。長き冬を越せるやろうか。」

そう思うと熱いものが込み上げてきた。

陽は高く上がっているが、秋の風が涼しい。ふと空を見上げると二十三夜の月がまだ西の空に低く残っている。

(この月が新月を経て、次の満月に近づくと都へ租を運脚のために行き、さらに三つ歳の間、仕丁に出なければならぬ。あと半月足らずで・・。)

里長の言葉が思い出され、文麻呂は肩を落としながら里の伏庵に戻ってきた。弟の比古が囲炉裏の前にいた。

「母はどうした。」

「姉と山へ茸や菜を採りに出かけた。」

背負っていた竹籠を置いて、囲炉裏の前に座った。

「里長が吾に都で仕丁を務めよと言うてきた。」

「兄が行くと、姉と毎日田を耕したり、食べ物を探したりすることになるんか。」

比古が不安そうに、呟いた。

文麻呂は返事ができなかった。父が亡くなって以来、母と支給された下田（げでん）の口分田四反に、陸稲や稗、粟を植えて必死で守ってきた。ようやく租の四反分百二十束の収穫を終え、機を織って四反の麻布を調布として里長に差し出したばかりである。その上で皆の食物を毎日必死に確保してきた。だが自分がいなくなれば租は免れるものの、三人で冬を乗り切れるだけの、食べ物を得られるのだろうか。

文麻呂は囲炉裏の熾き火をじっと見つめていた。行くことが決まった以上、近くの縁者に仕丁のことを伝えて、留守の間家族を助けてもらわねばならぬ。文麻呂は母の兄である山人（やまひと）伯父を訪ねることにした。糸伯父から少し離れた処に、母の実家である伏庵があり、そこを訪ねた。

山人伯父は頭には麻布を巻き、貫頭の麻衣の腰には紐を付けて出てきた。これから若菜を摘みにいくのであろうか、籠を背負っている。

「里長が仕丁を言うてきたのであろう。阿奴（あやつ）は郡家に取り入るために、里の者の負担も考えず雑徭を引き受けてくる。郡司や国司に我々が納めた租や調からいろんな物を貢いでおるとの噂じゃ。」

伯父はすでに知っていた。

（鞭まで持って、何度も租を取り立てに来るのはそういう訳なのか）

まだ世の仕組みに疎い文麻呂も、即座に思った。

「其方は仕丁で行くのか。仕丁の賄いを作る厮丁（じちょう）ではないのか。都の舘で雑徭の役に仕えるのは苦しきことが多い、と聞くぞ。」

伯父は文麻呂を思いやった。

「吾はなんとか生きて行きますが、後に残るは手弱き母と幼き妹弟ばかり。気がかりなので、どうか野稲の植え付けと、刈り入れの時には頼み申す。」

文麻呂は丁寧に頼んだ。

「この里は其方の父や母の母屋ばかりじゃ。三人にはひだるい思いはさせん。心おきなく行って参れ。」

その言葉を聞いて安心した。後は伯父の言葉を信じるしかない。文麻呂の心は幾分軽くなった。

その後、家に戻って庵の奥から竹で作った魚籠（びく）を持ち出した。比古が共に行きたいと言うので、前を流れる大川に出かけた。長い坂を下りて低い田畑を抜けると川に出た。川幅は広く、中央まで葦原が生い茂っている。葦原を越え真ん中の浅瀬に鮎が入りやすいように、比古と共に小石を並べる。やがて三つの魚籠を仕掛けた。文麻呂が作った魚籠には上流から流れ落ちて来た鮎が入りやすく、出にくい仕掛けがしてある。

「これで朝になれば少しは獲れるじゃろう。」

文麻呂が自信を持って言うと
「魚は久しゅう食うておらぬ。ぎょうさん獲れるとええけんど。」

比古も笑顔で言う。

最後に魚籠に自分の所有であることを示す標（しめ）の紐を結った。比古は浅瀬で動き回る小魚を追い回している。仕掛けが終わると、明日までの漁がうまくいくよう、二人は祈りの手を合わせ言葉を捧げた。

夕刻、母と比奈が菜や茸を多く採って帰って来た。粟と稗の塩粥の中に茸や菜が多く入り、浅鉢の中はいつになくにぎやかである。比古は上機嫌で葉椀に盛られた粥を食べると、川で疲れたのか奥の麻衾に転がると、すぐに寝息を立てた。

「ここで過ごすのも、後少しじゃ。皆はちゃんと暮らして行けるじゃろうか。」

文麻呂が呟くと
「この里の者は、互いが思いやる者ばかりじゃ。何とか分け合って暮らしていくので、心配りは無用じゃ。それより身を大切にせい。吾が身は一つじゃ。」

母は都へ行く文麻呂を案じた。


東の空が微かに明るくなった。上流から霧が出て、川へ向う草むらが露に濡れている。文麻呂は暗い中を一人起きて、腰に籠を巻いて川に向かった。昨日の魚籠を仕掛けた辺りに見当をつけて川面を探っていく。流れの中に足を入れると、水は切るように冷たい。小石が並べてある一番奥の、瀬の流れが集まっている場所の魚籠を調べた。

一つ目の魚籠は何も入ってなかった。下流の二つ目の魚籠を持ち上げると中に動くものがある。慌てて岸に持って上がり魚籠を逆にすると、中から四匹の鮎が出てきた。

「これは、有り難し。」

思わず大きな声を出した。

陽が差し込んできた。鮎を腰の籠に入れて、三つ目の魚籠を取り上げた。先ほどよりも重さが感じられる。心が躍った。逆さまにすると、今度は大きな鯉が草の上で跳ね返った。銀色の鱗が太陽に光っている。それも籠の中に入れて、魚籠を集めると飛び跳ねるように急いで家に戻った。

文麻呂が里に近づくと、兄の帰りを待ちかねていた比古が里の入口で出迎えた。

「兄、ぎょうさん獲れたか。」

「おお、今日は五匹獲れたぞ。鮎が四匹に大きな鯉が一匹じゃ。」

「嬉しい。今宵は鮎が食べられる。」

「これは北ツ海で行われる市に出す鮎じゃ。」

文麻呂が言うと、比古は少しがっくりした表情を見せた。

伏庵まで戻ると
「今日は北ツ海の浜辺で市が開かれる日じゃ。これから魚と菜を持って、冬の間の塩と交換してくる。」

母に伝えた。すると比古が目を輝かした。

「兄、吾も連れて行って欲しいな。」

「まだ足弱はあかん。」

そうは言ったものの、文麻呂は自分が仕丁で居なくなった時のことを思い考え直した。

「これからのこともあるし、吾が居らんようになると、比古も代わりにいろいろせねばならん。これから川を越えて北ツ海の市まで、気を張って行くぞ。」

「嬉しい。吾も連れて行ってくれるのか。」

比古は目を輝かせた。伏庵の奥から陸稲の穂から籾を落す扱き箸を並べたこきりこを持ち出した。外に出て音を鳴らしながら跳ね回った。嬉しい折の癖である。

第二章　北ツ海

朝の霧は消え、空は透き通るように晴れた。文麻呂は籠の中に乾燥させた菜を敷き、先ほど獲れた鯉をその上に入れて背負った。手には山の獲物を入れた大きな麻袋を持つ。比古は麻の貫頭衣を着込んで腰紐を結わえた。右手に杖を、左手にはえらを紐で括った四匹の鮎を持っている。二人は素足で取引がある北ツ海の浜辺のある市へと向かった。

一里ほど歩くと、岳から流れる川の瀬を横切り、そのまま里に差し掛かる。ここにも入口に竹を組み合わせて作った柵がある。入るには門番の老婆に通してもらわねばならない。幸いこの足の萎えた老婆は、何度も来ている文麻呂の顔を知っていた。座ったまま手前の縄を引いて、門を開けてくれた。老婆はまた見知らぬ者が来た時は、警戒の鳴子を打ち鳴らしたり、鳥が稲穂を啄ばむ場合には、あちこちに張り巡らした鳴子を打ち鳴らしたりする役目もしている。この時代は足が弱った老人であっても、集団の中で何かの役に立っていないと、食べていくのは難しかった。

当時は特に外敵からの襲撃や収奪を警戒しているため、見知らぬ者を村の中に入れないことは重要なことであった。何よりも病にかかった者が他所から来ることをたいへん怖れていた。薬もなく、免疫のない里人が流行り病のため、里人の殆どが亡くなることも見られた。そのため病になると里から追い出され乞食となって放浪したり、自ら山に籠ったりして死を選ぶしかなかった。

その里は文麻呂の住む野の里より大きく、中央には小高い土を盛った場所があり、上には水害や鼠から守るために高床式の倉庫が作られていた。収穫した稗や粟、租となる黒米や野稲などの保存の効く食べ物が、貯蔵されている。横には豊作を願うための社が据えられている。

里を通り過ぎ、周囲の田畑を過ぎると、東南から流れる大きな川に出た。川底に下石が敷かれ周囲より堆くなっていて、上には大きな石が飛び石状で置かれ、誰もが渡れるようになっている。その様子はあたかも亀の甲羅を出しているように見えた。この甲羅橋は川の向こうまで続いていて、大雨が続くと水の下に沈むのである。

「兄、濡れずに川を渡れるのは楽なことじゃ。」

「上は苔で滑る故、構えて渡れ。」

朝の霧はすっかり晴れて、底が抜けたような紺碧が広がっている。道は山裾まで続きそのまま山の麓を巻いている。

山の反対側の湿地帯を抜けると、次の里は周りの湿地を利用した堀で囲われている。その上に、内側に柵まで張り巡らしてある。

外から柵の中を見ると、どこの住まいにも大きな甕が見える。山で取った多くの木の実を水に晒して、灰汁を取り蓄えている。ある住まいでは親子が木の実を石皿に置いて丸い石で砕いている。冬に備えて澱粉を取り出しているのであろう。

暫く歩くと海が見える松林に出た。前に北ツ海が広がる。二人はそのまま海沿いに歩いた。土地の海人（うみびと）が乗って漁をする丸木舟が岸に上げられている。さらに進むと浜辺を治める里長の家が見えてきた。文麻呂が住む伏庵とは違い、高い萱葺きの屋根に大きな柱が立てられ、間には板が張り巡らされている。この地の長は、郡家からこの津の管理の命も受けている富人である。広い口分田と舟を持ち、家には正丁を何人も抱えて、多くの奴婢を雇っている。文麻呂のようにいつも稗や粟、菜しか食べていない者とは違い、家の者は陸稲の米を食べるのを常としているようである。

（同じ人として生まれても、富人の家に生まれるのと、吾のようにひだるい思いしながら、その日の糧を必死に探し求める者とはこれだけ違うものか。）

文麻呂は吾が身と富人との違いを痛切に感じた。

松林を抜けると浜が広がり、市の広場に出る。取引は既に始まっていた。砂地に藁の筵を敷いて売り物を並べて、商人が叫んでいる。近隣で収穫された米や麦、藁で編んだ草鞋や筵、石包丁や、麻布などが扱われている。海で獲れた魚や海草なども置いてある。活気に溢れた市の様子を、初めて見る比古は目を輝かせている。

「なあなあ、兄。あの鍬の先は何でできておるのじゃ。」

「あれは鉄（くろがね）でできた鍬であろう。」

比古は普段、木の太い枝と幹でできた木鍬しか見たことがなかったので、近づいて見入っていた。

「吾も大きゅうなったら、鉄の鍬を使うて畑を耕してみたい。」

「鉄は固く優れしもの故、富人しか持てぬ。」

「どうしたら手に入るのじゃろうか。」

「吾の持つ稗や粟の全部でも替えてはもらえぬ。」

「ふうん。これを手に入れて畑を耕せば、母にも多くの物を食させられるようになるんじゃやがな。」

比古は鉄の鍬を諦め切れないのか、暫くその場を離れなかった。

文麻呂の目的は、冬にかけて使う堅塩を手に入れることである。この時代、通貨である和銅開珎は都以外では流通しておらず、必要なものは全て物々交換である。その中心となったのが塩である。当時固くて白い堅塩は、食物の基礎的な食材というだけでなく、物々交換の場で通貨の役割も果すほど、貴重な交換物であった。

浜辺に住む者たちが幾日間も海草や藻に海水を掛ける。その藻塩を大きな瓶に繰り返して浸し徐々に濃い塩水を作る。最後に薄い須恵器の瓶に分けて熱し、塊ができると須恵器ごと割って堅塩を取り出す。若狭の堅塩は浜辺の各所で作られ、御食国の重要な税の調塩として都へと運ばれていた。

二人は暫くの間、多くの人が集まって物を交換する様子を見て回った。海で漁をする海人は、太陽と海との照り返しで浅黒く日焼けしているので、すぐに見分けができる。比古は市で多くの物を商う様子が珍しいのか、周囲をきょろきょろ見回している。

白い麻の烏帽子に水干姿の、三十歳位の海辺に住む海人が、広げた麻布の上に堅塩を並べて商っている。その海人に持ってきた魚と菜とを見せた。すると男は小振りな堅塩を示してきた。文麻呂が頭を大きく振ると、少し大きめの堅塩を見せてきた。それも気に入らなかったので再度頭を横に振って、二人はその場を立ち去った。

さらに別の場所で商う海人に、同じく魚や菜を見せた。

「山辺では良き物じゃろうが、ここでは海の魚がぎょうさんある。」

そう言いながら、先ほどより少し大きめの堅塩を見せた。さっきの堅塩には藻塩の混ざりが多かったが、今度は色も白く質が良かった。そこで文麻呂は右手に持った麻袋から、とっておきの鹿の角を取り出した。それは三歳の牡鹿の物で、先端が二丈三尖の形の良い角である。角は削って釣り針や、銛（もり）の鏃（やじり）などの幸となるので、価値が高く、多くの堅塩と取引される。それを狙って持ってきたのである。

海人はそれを手に取ってしげしげと見つめた。それから他の堅塩の塊をいくつか見せてきた。文麻呂が頭を振って別の堅塩売りの所へ行こうとすると、男はさらに大きな塊を籠の中から出してきた。文麻呂はさらにもう一つ加えよともう一本を立てた。男は少し不満そうに眉を顰めたが了解したようだ。文麻呂が籠の中から魚と菜も全て出して広げた。それを見た海人は、さらに幾つもの堅塩の塊を示して麻袋の中に入れた。底が堅塩で満たされると、その様子を見ていた比古が嬉しそうに微笑んだ。

「兄、これで一冬は過ごせるな。」

「良き堅塩を手に入れられて良かった。春の早い内に比奈と山を駆け巡って鹿の角を探せ。山の大きな木の下に落ちていることが多い。良き角は良き幸となって、山では獣を倒すときの鏃となるし、海では針や槍の先で魚を得ることができる。それを見つけるだけで、堅塩や多くの物と交換でき、冬を越せるのじゃ。」

比古は目を大きく開いて頷いた。

その後、北ツ海の奥の浜に来たついでに、二人はさらに古津（ふるつ）の入り江まで足を伸ばした。古津は当時、東の角鹿（つぬが）の津、気山の津とともにこの郡を代表する湊の一つである。湾の最も奥にある湊で、浅瀬で舟も係留しやすく、嵐で北ツ海が荒れていても、奥まったこの入り江は波が穏やかである。入り江の砂浜には藻塩や瓶が幾つも置かれ、最後に煮出すための土器も多く並べられていた。

入り江の中央に泊まっていた、大きな船を目にした比古が呟いた。

「兄、あのような大きな船を見るのは初めてじゃ。」

「海の彼方から来た船じゃろ。韓の国から潮の流れに乗って来ると聞いておる。吾も久しぶりに見た。」

船の長さは十数間(約二十メートル)、幅　約四間(七メートル)である。数十人が乗れる大きさである。船体には目に色鮮やかな朱で航海の安全を祈願する模様が描かれていた。

「何か書いてあるが、あれは何じゃ。」

比古が帆の上の黒墨を指した。

「吾には何かわからん。」

比古はそのまま水際まで近づき、手前の砂浜に座った。

「北ツ海は韓の国に通じておるそうな。彼の国にはあのような大きな船や、倭の国にはないものが、ぎょうさんあるそうじゃ。」

「ふうん。一度でよいから韓の人を見たいものじゃ。」

「大事な物は全部、彼の国から多くの唐人や韓人が持って来る。この津には韓や唐の民がいつも居て、都に運ぶ物を本国に伝えておるそうじゃ。荷は古津から南の遠敷の運脚の道や、東南の保坂を越え近江に出て、鳰海（におのうみ琵琶湖）を経て、都へ行くらしい。」

「何のために行くのじゃ。」

「古から唐や韓から来た船は、倭の国にはない珍しき物を若狭で下ろして、都へ行くことになっておるそうじゃ。逆に韓の国へ行くのも、若狭のこの浜から出て行く。」

「吾も一度、韓の国へ行ってみたいな。無理ならばせめて都でも。」

「どちらも十分な食い物を持っても、無事に行くのはたいへんじゃ。間に賊が居るやも知れず、煩わしきことばかりじゃ。」

文麻呂は、来たる運脚と仕丁のことを思い浮かべながら不安を口にした。比古はそれを黙って聞いている。

青い空とそれを鏡のように映す入り江の風景に、二人は暫く佇んだ。

「そろそろ帰るか。」

陽が傾いてきたので、文麻呂が言った。

「兄、ひだるりゅうなった。」

急に比古がへなへなと腰を下ろした。

「そう思うて、煮た栗を籠に入れてきた。」

文麻呂は籠の底から煮た栗をいくつか取り出して、近くの石で皮を剥いで与えた。

比古は黒光った顔に笑みを浮かべて、それを口に入れた。

「この栗、美味か。」

文麻呂も一つ取り出して口に入れた。淡白な甘さが口の中に広がる。栗や団栗などの木の実は貯蔵が効いて冬場の貴重な食料となるため、家の中にもいくつかの瓶の中に蓄えてある。天気の良い日には日中、山へ木の実を取りに行ったり、煮出して灰汁を取ったりしていた。その保存食の栗を、今口にしているのである。

陽が山の稜線に近づいている。暗くなる前に、里に戻ろうと足を速めた。二人は堅塩を多く手に入れられたことに頗る満足して、野の里へと帰り着いた。

第三章　出発前夜

仕丁のため郡家（ぐうけ）に出る前の夜、四人は囲炉裏を囲んでいた。浅鉢には稗の他に山の栗や茸が入っている。母は木篦で葉椀に稗と茸の混ざった粥をよそった。もう一品糸伯父からもらった串に刺した焼き鮎が付いた。

「兄が出かけるので、たくさん食べ物がある。いつもこうやと嬉しか。」

比古が笑みながら箸を口に運んだ。文麻呂の小さい頃は葉椀から手掴みで食べていたが、仏教と共に韓の国から若狭の港を通じて伝えられ、徐々に都に広まったとされる箸である。まだ持ち手が繋がっていて先で物を摘む形をしている。久しぶりの美味な食べ物に比奈も比古も微笑んでいる。暫くして母は奥から一反の布を出してきた。亡き夫の安麻呂から秦氏に伝わる機織の技で作った学んでいたため、三日に一度、郡司の舘で女丁(にょてい)として機を織りに出ていた。その折に織ったものであろう。

「物忌みの占いによって都への出立は、十四夜の次の朝となったそうじゃ。これから寒うなるので、この麻布を持って夜や寒き時は被って行け。何かの折にはこれと食べ物が替えてもらえる。垢つきの穢き服やささがれた（よれよれ）服を着ていてはいかぬ。かえしがえしで使うのじゃ。此れが餞（はなむけ）じゃ。」

文麻呂は母の差し出す麻布を手に取った。

「母も体を大切に。比奈や比古も大きうなったので手伝うてくれよう。」

こみあげる思いで、母の肩を抱いた。比奈も比古も近くへ来て文麻呂に体を寄せて顔を付け、別れを惜しんだ。その夜は遅くまで囲炉裏の炎が絶えることはなかった。

　翌朝、既に陽は山の稜線を越えている。赤女は文麻呂を抱きしめると、頭を掻き撫でて

「三つ歳、幸きくあれ。身を大事にな。麻袋に針を入れておいた故、気をつけて持ち

よう。都への道が無事であるよう、出る時に胞衣（えな）を強く踏んで参れ。」

胞衣とは出産の折に出る胎盤と羊膜のことである。古代においては神聖視され、家の前などに埋められ、踏めば踏むほど力強く成長し、幸運をもたらすと信じられてきた。文麻呂は言われたように何度も胞衣の場所を踏みしめた。

その様子を見て赤女ははらはらと涙を流した。

「母も恙（つつが）無きように。」

文麻呂はそれだけを言うのが精一杯であった。母は家の前で目を潤ませて息子を見送った。

二人の妹弟は、野の里と小丹生（おにゅう）の里との間の坂まで付いてきた。

「兄も身を大事にして、帰って下され。」

坂の上で比古は黙って兄を見つめた。目には涙が溢れている。

「比奈も比古も二人で母を助けて、野稲の植え付けや刈り取りをするように。またいつも糧を集めて回り、母を助けてな。困った時には糸伯父に頼るのじゃ。吾も身を守って三つ歳務めてくる。必ず帰って来るぞ。」

麻袋を背負ったまま二人をひしと抱きしめた。文麻呂が立ち去ろうとすると、比奈も比古も涙を堪え切れず、見えなくなるまで立ち続けた。文麻呂も時折振り向いては二人の顔を心に焼き付けた。

しばらく山の麓の道に沿って歩くと、岳から流れる川に出た。さらに南に歩くと、かつてこの地の神を祭るために作られた若狭の国の一宮である彦神社の前が見えてきた。郡司の住む郡家の舘はその隣である。さらに郡家の南の奥には、若狭一宮の彦神社を支える神願寺として建てられた後の神宮寺が見える。和銅七年（七一四年）に、開創された寺である。まだ創建されたばかりだが、小振りな堂が立てられていた。

郡家の主（あるじ）の郡司は、地元の有力な富人の中から、国司によって任命される。敷地には、周辺から集めた租を保管する大きな倉があった。国司のいる国衙とは別に、郡家が管理する郡家別院と呼ばれる倉である。これは都の朝廷や国司の命で様々な民の使役の時に使われたり、作物が干害や虫害の時に封印が解かれ使われたりする。国衙ほど規模は大きくはないが、文麻呂には十分大きな舘に感じられた。

文麻呂は外での雑徭に来たことはあったが、郡家の中に入るのは初めてである。入口の門の見張りに用を伝えて中に入ると、大きな卓のある部屋に通された。次官である少領（しょうりょう）の丹生黒麻呂（にうのくろまろ）が出てきた。官服である黒の朝服を着ている。

「野の里から罷り越しました秦人文麻呂と申します。此度の都への運脚と仕丁とを務めをいたしまする。」

文麻呂が伝えると

「余は少領の丹生黒麻呂と申す。大領をお呼びするので、しましあり待て。」

少領はそう言うと奥に入った。すぐに郡家の長である大領（たいりょう）の秦人牟都麻呂（はたひとのむとまろ）が奥から出てきた。小柄だが壮健な体つきをしている。黒の朝服を着て手には笏（しゃく）を持ち、頭は両方の耳の前には鬢を束ねて美豆良（みずら）髪を結っている。

「野の里長から仕丁が来ることは伝え聞いておる。吾主の名は。」

「秦人文麻呂と申します。」

「御歳、如何程になった。」

「齢二十歳となりました。」

「租の運びと都での仕丁は厳（いかめ）しい役であるが、しっかり務めてくれよう。この後はそれぞれの里から来る仕丁とともに、半里先の国衙に行き、若狭守（わかさのかみ）にお目見えいたす。そこから帰ったら、今夕は出立前の宴じゃ。ゆるりと寛ぐよう。」

大領は顎下の長い髯を撫でてそう伝えた。

若狭の語源は諸説あるが、朝鮮語の朝鮮と韓の国から奈良への「行き来」を意味する「ワッソカッソ」から来ている説がある。またこの地が海路から来ると、東の越前、西丹後、南の山城に道別れする基点となるため「分かたれの地」から来たとする説もある。どちらにしても海の往来と深く関係している。

また和銅六年（七一三年）に諸国の郡名を、山川原野や物産の特徴から二文字の好字を当てて名乗ってもよい詔が発せられた。この時に「木の国は紀伊の国」となるなど、各地の表記が改まった。以前は「小丹生」という表記であったこの地も「遠敷」の里となった。読みは同じだが、その語源は朝鮮語の「ウオンヌ」と言う「遠くに来て敷く」の意味からとされている。古代「敷く」という言葉には天皇自らが直接その地を治めるという意味があった。日本のことを「敷島」というのは、「天皇が直接治める島」から来ている。若狭が遠く唐や韓と都とを結ぶ港を持ち、贄や租調を常に届ける身近な地として、天皇が直接統治するとの方針から「小丹生」を「遠敷」と名づけ、ことのほか重要視したようである。

ちなみに途中にある根来（ねごり）は朝鮮新羅語の「ネコール」で「我々に故郷」を語源とすることが伝わっている。若狭の地には多くの朝鮮の由来に基づく言葉が伝わっているが、いかに多くの渡来人が若狭の地を経て、各地に広がったかが窺い知れる。

当時、天皇は支配した地より山海の珍味を都に運ばせたが、若狭、志摩、淡路には御食国として常に新鮮な食材を提供させている。特に若狭には膳臣（かしわでのおみ）として特別の国司を置き、贄と呼ばれる海産物を定期的に納めさせていた。そのため若狭の地からは調塩調布とともに、新鮮な海産物を運ぶことが重要視されたのである。

文麻呂は大領の案内で明日都に向かう二十人と共に、半里先にある国司の住む国衙へと向かった。初めて会う運脚や仕丁を共にする者には、同じ里の者はなく、皆黙々と萩の花が咲く道を歩いた。

途中、都への運脚の熟練者で、先達でもある稲目（いなめ）が声を掛けてきた。

「その方、此度は運脚だけか、都での仕丁もか。」

「運びと仕丁の両方でありまする。」

「労（いたわし）きことも多かろうが、三ツ歳大事して務めてくれ。」

「忝（かたじけな）く存じます。」

文麻呂は礼を述べた。

「何としても三つ歳務めてくれ。仕丁が辛くて遠国のものでも密かに都から逃げ出す者も多いと聞く。逃げればまた同じ里から別の正丁を出さねばならぬ。頼むぞ。」

稲目は再度、命令とも懇願ともつかぬような言葉を掛けてきた。

若狭の国衙は、遠敷川と松永川との間にあり、若狭の国に初めて勅願によった仏教寺院である太興寺と並んで建てられていた。回りは築地塀で囲われ、表門の上には小規模ではあるが高楼が設けられ、国衙に相応しい造りである。前の衛士が表門を開けると、中には舘が続き、奥には幾つも正倉が建てられている。

若狭守は、高橋人足（たかばしのひとたり）である。当時、若狭の国は、北陸道で唯一の近国で、国の規模は中国（ちゅうこく）扱いである。そのため国衙には国司である守、介（すけ）丞（じょう）目（さかん）各一名と史生（ししょう）と呼ばれる書記官が都から派遣され駐在していた。国衙には、更に正倉と呼ばれる租などを納める大きな倉が建てられている。

正面の舘に入ると先達の稲目は、国司の高橋人足に取り次ぎを請うた。税の記録などを扱う史生の一人が、奥の卓にいる介の車持小角（くらもちのおづぬ）に伝えた。介はすぐに守である国司の部屋に入った。

やがて背が高く、位冠を被り正装した国司高橋人足が、次官である介の車持を携えて奥から出てきた。先達以下は前列後列に分かれ膝づいて待っている。

「余は若狭の国司を務める高橋朝臣人足と申す。余の祖先は磐鹿六雁命（いわかむつかりのみこと）である。景行天皇の御世の東征に同行し、海路の舟で船底を擦った白い蛤を膾に調理して献上し、膳臣を賜った。その後、高橋の姓を賜り、代々奈良の南の地で朝廷の食を支え、また宮内に送る贄を任されることとなった。此度は朝廷より若狭と近江の按察使（あぜち）を兼ねてこの地に赴いて居る。此の地より都までの租をはじめ調の運び、労しく存ずる。特に我が若狭の贄は大王の食き物として、半月に一度は魚貝や海草を届けておる。また贄とは別に、月に一度は調の御塩を若狭の各地から都に運んで、宮廷の糧となっておる。若狭の国は宮内の食膳を支える内膳司や食材の贄を扱う大炊寮という重き役を担っておる故、此度の運脚もげに労しい限りだが、途中の関には言伝致してある。よって道行は確かなものとなろう。何事もなく都へ運びくれよう。」

若狭守は皆を見回してそう述べた。それから歴代の天皇がこの若狭の贄や産物をいかに重宝したか、古からの故事来歴を長々と披露した。

国司が述べたように景行の時代（紀元前一三年〜後一三〇年頃）、当時、大王（おおきみ）と言われる天皇が、東国の安房の国に行幸した時に、高橋氏の祖先が后に白蛤を献上した功績によって膳臣を賜ったとされている。そのため都から北ツ海に最も近い若狭の地に、飛鳥の有力な豪族のとして膳臣に任ぜられ派遣されていた。また陸路の途中の近江にも同じく有力な阿曇氏（あずみし）が代々国司を務めることになった。

次に、介の車持小角が都でのそれぞれの役割を伝えた。

「浦部の里の古津海士人（ふるつのあまひと）、右衛府で宮門の警護を務める。野の里の秦人文麻呂、宮内省大炊寮（おおいりょう）雑人職において仕丁に務める。玉置郷（たまきごう）の野木鳥麻呂（のぎのとりまろ）は同じく大炊寮の雑人職厮丁（じちょう）として賄夫（まかないふ）を務めよ。三宅の里の佐奈女は大蔵省織部司（おりべつかさ）の機織職（はたおりしょく）の雑人として仕えよ。詳しくは都へ登り、それぞれの職の長から指示を受けよ。」

文麻呂が聞き取ったのはここまでである。後数人が都での仕丁の役目について話されたが、よく聞き取れなかった。

「吾は文字も不明だし、向こうで何を命じられるのか。」

不安が頭を過ぎった。しかし後は都へ向かうより他はなかった。

その夕、空には十四夜の月が浮かんでいる。遠敷郡の長の郡家には、あちこちの里から租や調を都へ運ぶ正丁が集まっていた。その数は遠敷郡で二十人となった。三形郡や大飯郡は別の郡家の長が率いるのである。運脚は殆どが男の正丁で、それぞれおよそ五貫目（約二〇ｋｇ）の荷を担いでいく。各里から納められた租は舘の奥にある正倉に置かれている。調の中身は塩や布がほとんどで、それぞれが都まで担うのである。

朝は夜明けと同時に郡家から発つので、夕の内に全員が荷と木札とを確かめ合う。その後、正丁は郡家の食料の貯蔵庫である正倉の前の広場に集められた。望月が東の空に出てくると、周囲には篝火が焚かれた。運脚に向かう皆が並んだのを確かめると、始めに郡の大領である秦人牟都麻呂が、明日の都への運脚の安寧を祈って幣（ぬさ）を振り、言葉を告げた。

「かけまくも、由由しきかも、言はまくも、あやに畏（かしこき）き、奈良の真神の原に古より大王の命を受けた国司膳臣からの達しにて、この神無月の内に若狭より調を奉じ、都へと参らせ給え。畏み畏み申す。」

大領はそう正倉に向かって神の言葉を唱え、旅の安全を祈願した。各人も正倉を向いて運脚の無事を念じ、頭を垂れた。

租庸調の運脚を始め、古代の旅をする人々の行く手を阻み悩ませたものは、山や川、谷など、整備されていない都への道である。また途中の餓えや病、獣や賊など予測できない要素もあり、難所の連続であった。さらに天候の不順を加えると、道中は常に困難を極め、途中で命を落とす者も多かった。それらを乗り切るためには、旅の途中でも山や峠、瀬や渡渉などで幾度も幣を振り祈るしかなく、旅する人々にとって、行路の安全を願って神々に祈りを捧げる儀式は不可欠だった。

辺りに夜の帳が落ちると、闇は濃く篝火が際立つ。皆が大領や少領・先達らを囲んで決められた場所に円座に座り、直り合って旅の無事を祈る宴は始まった。

次いで鳥兜を被り、鳥の面を着けた処女（をとめ）が旅の安全を祈願して踊り始めた。白楮（しろたえ）の絹を身に纏い、両腕に白く長い領巾（ひれ）を着けている。それを鉦や太鼓に合わせて、前後に振る動作をしたり回転させたり、また広げたり体に巻き付けたりしている。これは古来より都で演じられていた雨請いの舞が転じて、春には稲の豊作を祈る舞に転じ、今は道中の安寧を神に祈る手向けの舞となっている。特に見送りや別れの折には、領巾を大きく開いて左右に振り、無事を祈るのが舞のしきたりである。

舞の後、夕の食物が出た。文麻呂は年若故に藁筵の下の座を占めた。隣の上にいるのは、北ツ海の古津から来ている海士人（あまひと）という人物である。年は一つ上で体は大きく、漁師特有の顔や肌が浅黒く焼けている。

和銅四年（七一一年）、朝廷は各地から送られて来る衛士が、体の弱い者ばかりという問題に直面していた。食が保障されるため、里で役に立たない病弱の者を口べらしで都に送り出すことが続いたからである。これを改めて武勇の者を送るように詔を出した。そのため海士人のような体格の良い正丁が里長により出されたのであろう。

さらにその隣の正丁の運脚は、遠敷郡の億多里車持（おくたりのくらもち現在の小浜市高塚付近）の真成（まなり）である。

「吾は都へ仏の教えを学びに行く。仏道を正しく学んで朝廷から度牒（どちょう）をもらい、若狭にできる国分寺の僧になるのじゃ。」

真成も中背の筋肉質で丈夫な体つきである。当時、僧は税が免除され、正丁などの雑徭も無かったので、自ら僧になるものが多かった。しかしそれは私度僧と呼ばれ認められていなかった。正式な僧と認められる免許を得るためには、都の寺院で修行を積んで度牒という許可を得なければならなかったため、真成はその道を歩もうとしていた。

互いが向かい合って直り合う宴が始まった。郡家の女が干した柏の葉に盛られた赤米と雉の焼き物、鮎の堅塩焼きを配った。文麻呂は目を大きく見開いた。

「吾は赤米を見るのも食べるのも初めてじゃ。いつもは稗や粟しか食うてないので、これを母や妹らに食べさせてやりたい。」

文麻呂が言うと
「里人は年に幾度も取れぬ稗や粟や菜を、大事に食い繋いでいる。吾の近くの北ツ海では表が持ち上がるほど魚が居る。潜ればわかめや貝がぎょうさんある。海が荒れる日以外は食い物に困ることはない。」

海士人が語った。文麻呂は、北ツ海の近くに住む漁師は改めて富人だと思い入った。

「吾もせめて郡家の大領の身になって、田を六町も賜ってみたい。」

「郡家の役に就こうとすれば、まず多くの田畑と倉を持たなければならぬ。次いで都へ行き試練を受け、呉や漢の文字が読んだり書いたりできねばならぬ。其方は如何ほどできようか。」

「否、全き覚えはない。」

「吾も算は少しく知るが、書は覚えがない。魚の獲れる磯のことならばよく知りもするが、字は難しくわかり申さぬ。」

そう話しながら海士人は箸で雉の焼き物を口に入れた。その横に座っているのは玉置の里から来た文麻呂と同じ歳の鳥麻呂である。左目の下に大きな黒子（ほくろ）があるが、目は大きく愛くるしい。童顔の上、背は低く、水干の上からもあばら骨が数えられるほど痩せている。とても正丁には見えない。

「吾は母と二人きりなので都など、げに気疎（きょうと）い所など行きとうはない。父は吾が幼き頃に死に、吾は郡家の家の雑徭をしておるが、その日の食う物にも困っておるのじゃ。郡家の言い付けなので仕方なく行くが、病がちの母を残して行くのも心配じゃ。都で務めるのも煩わしきことじゃが、親しき身内が居らぬ故、里で食べ物を得て暮らしていくのも難しい。」

「皆行きとうはない。しかし郡や里の誰かが出ねば困るので、郡や里で家の者の租を免除して、里で支え合っておるはずじゃ。」

文麻呂には、病の者が誰もいないし、兄弟で力を合わせ、どうにか食べ物も得られている。

「父が死んでから、吾などは里では除け者じゃ。誰も吾や母のことを思いやる者などおらぬ。此度のことで里長も口減らしと思うておるに違いない。行くのも行かぬのも吾にとっては、辛いことでしかない。」

鳥麻呂は玉置の里から奥に進んだ大きく開けた里に住んでいる。しかし運脚と斯丁の役を渋るだけではない、深い事情があるようである。馳走を前に海士人は話しかけたが、鳥麻呂はそれ以上話さず食も進まなかった。

宴は更に盛り上がっていく。二人の前に遊行女婦（うかれめ）の手美菜（てびな）という女が、須恵器の瓶の濁り酒を持って回ってきた。当時、直り合う宴の席には、酒を注いだり座を盛り上げる遊行女婦がいるのが常であった。天火で干して作られた土師器（かわらけ）が各自に配られた。まだ発酵し切っていない酒麹が残る濁り酒が並々と注がれると、文麻呂は初めて酒を口にして酒麹を噛（は）んだ。手美菜は
「しましあり待て。酔ひが速くなりぬ。」

と優しく、ゆるりと噛むことを進めた。文麻呂がよく見ると、手美菜は目や頬に朱や白を薄く塗っていた。篝火が立ち揺れるとその顔は艶めかしく見えた。

「このような女は浜には居らぬ。げに麗しき女じゃ。」

海士人は笑んで土師器を空けた。手美菜は海士人にもう一度濁り酒を注いだ。やが

て宴が進むと歌が始まった。少領が歌の言葉に節を付けて声を出し、皆はそれに柏手を打ち続いた。手を開き音を立てる柏手は、神に感謝し、行く旅の邪気を払う意味もあった。

「山を越ゆれば　おしとどえしどど　湖（うみ）望める　おしとどえしとど　平（ひら）を渡れば　おしとどえしとど　平城山（ならやま）過ぎれば　おしとどえしとど　其（そ）は都にて　おしとどえしとど。」

この歌では若狭から琵琶湖へ抜ける道の標を歌っている。おしとどの部分は皆、柏手打つのである。濁り酒を噛んでいるせいか、皆機嫌よく、笑って盛り上っている。

ふと見やると、文麻呂の反対側の筵の末席に一人の女が座っている。手美菜に尋ねると、この運脚の一人で、名を佐奈女（さなめ）という。勅命により都へ仕丁に出るものは、容姿端麗の者に限られていた。佐奈女も瞳が大きく、鼻筋が通って麗しい。里一番の見目麗しき女と言われているようで、大蔵省の織部司の機織職の雑人に仕える。夜が更けて冷えたのか佐奈女は、麻の単（ひとえ）に袖を通している。おそらく自分より三歳くらいの年下であろう。此度は都へ女丁（にょてい）として三つ歳の間雑徭に出るという。

（男の自分でも不安なのに、如何に役目とは言え、運脚と女丁とで都に赴くとは、大したものじゃ。）

自分と同じ立場の者がいてしかも女ということで、文麻呂は半ば驚きと共に、気が安んじるのも感じるのであった。

暫くして直り合いの宴は一区切りが着いた。大領が立ち上がった。

「宴半ばであるが、ここで宴を朝（あした）へ開くこととする。朝は夜が明けた時に出ることとする。今宵は心安く休まれよ。」

篝火が小さくなると、文麻呂は傍らの大きな竪穴に入り敷かれた藁に横になった。麻の腰縄を緩め、上に麻衾を重ねた。

「母や比奈、比古は如何がしているであろうか。」

朝の出発を前に家のことを思いやったが、濁り酒を噛み、美味い食べ物を食べたせいか、すぐに深い眠りに落ちていった。

第四章　都への道

朝、まだ暗い内から文麻呂は回りの音で目が覚めた。外には篝火が焚かれている。神無月の遠敷の里には深い霧が出ていた。長袖の水干に小袴、腰の回りに麻縄を締めると、いつもは使わない足裏の前半分の足中草鞋（あしなかわらじ）を履いた。

「荷が重いし、履ねば足の裏を傷める。」

海士人もそう言って、手際よく縄を結んだ。

文麻呂は初めて履く足中の縄が解けぬか気にしている。二人の背中には五貫目の調塩が背負われている。その上には若狭の山野でよく採れる雨を弾く桐油（きりゆ）のかかった油紙が覆われている。

「遠き都への険しき道じゃ。しっかりせねばならぬ。」

海士人の言葉に文麻呂も頷いた。

再度、領巾の儀式が執り行われた。周りには近くの里の身内が見送りに来て、佐奈女の父母も娘の肩を抱いて別れを惜しんでいる。

運脚の先達稲目が、運ぶ者と調の木簡とが合っているか再度確かめている。文麻呂の木簡には「若狭国遠敷郡調塩三斗」と書かれている。都で若狭郡家が朝廷に納める折の証となるもので、調は塩と布が多い。他の荷には、干した魚、乾燥させた鮑や烏賊（いか）、若布（わかめ）、海苔などの海産物も含まれている。

出立の前、各自に水の入った竹筒と五尺の木の杖が配られた。先が二股に分かれた杖で、蛇や獣が出た時にはそれで退治する。また山道を歩く支えであり、暫く休憩する折には、腰に回して荷を支える役目を果たすようである。海士人は杖ではなく古津から細めの六尺の棒を持ってきた。

「吾はいつも櫓を使っておるので、これが無いと寂しゅうてならん。万一、賊が出てきたらこれで打ち倒す。」

運脚が列を整えようとした折、夕べ話をした鳥麻呂の姿が見えなかった。先達は少領に指示して周囲の者に鳥麻呂を探させた。暫くして正倉の陰に隠れていた鳥麻呂を見つけて連れてきた。近寄って見ると、目を真っ赤にして泣いている。

「しまし待たれよ。」

少領と先達が鳥麻呂に話しかけている。どうやら病がちの母のことが心配で、行くのを逡巡しているようである。荷の分担も決まっているので、今更変更もできぬし、これ以上遅れることもできない。皆に説得され、彼も意を決したのか背中に荷を担いだ。

まだ夜は明けたが、まだ薄暗く足元が見えにくい。

「いざ参らん。出で立つ時じゃ。」

先達より合図がかかる。一列に並んで郡家から旅立ちである。大領の秦人牟都麻呂たちが見送っている。先頭の者や中ほどの者は、松明を持っている。暫く平坦な道を行くと遠敷川の辺を静々と上流に進んだ。やがて伏庵が少なくなり田畑も疎らになった。

暫く歩くと、夜が明けてきた。川幅が広く、緩やかに流れる瀬の一隅に出る。先達が一行を止めて川原の中央に立った。数羽の鵜が木の上から川面をみつめている。水音以外は何もなく、辺りを静寂が漂う。文麻呂にはこの世のものとは思われない色彩のない白黒の世界であった。全員が一列に川に向き直る。先達は行路の安全を祈願して、徐（おもむ）ろに腰に付けた幣袋から木の先に付けられた幣を取り出し、左右に揺らした。その後に菊の花びらを川に投げ込んだ。文麻呂も皆のする通り静かに頭を垂れた。ここは都への運脚の際、常に一行が旅の安全を祈願する地となっている。

「今は見えぬが、この瀬の奥の淵の下に、古より都へ繋がると謂れのある洞窟がある。人が横になって入れる位の窟じゃ。奥まで続いておって、その奥深さに川の流れが都まで繋がっていると言う話ができたのであろう。」

先達がそう皆に伝えた。初めて聞く話に海士人は呟いた。

「そのような洞窟ならば、そのまま都に吾らの荷が流せれば、どんなに楽であろう。」

そこを過ぎると、文麻呂はふと野の家の母や二人の幼き背子のことを思いやった。

（ひだるい思いはしておらんだろうな。夕べは何を食うたであろうか。）

再び川が狭くなり谷が迫ってくると、その気がかりは足元に向かった。

幣で祈った川原から三町ほど進むと上流の左岸に、霧の中に山肌が白く輝く場所が見えてきた。古から採掘されている鍾乳洞のある場所である。

郡家の先達が再び一同の歩みを止めた。

「皆は存じておるか。今は白き石灰が出るだけじゃが、此の山の裾はかつて赤や朱の色の柱や壁に塗る丹という鉱物が出た所じゃ。都の鮮やかな柱や壁もここから運ばれておる。古の小丹生（おにゅう）の地の名もここから付けられた名じゃ。」

先達の声は静かに響き渡って霧の中に消えた。文麻呂には初めて聞き知ることであった。全国各地にある丹生という地名には鉱物などが採掘されたという共通点がある。この若狭の地からも、古より硫化水銀などの辰砂から朱や赤色の顔料が採掘され、飛鳥などに運ばれていた。そこからは今でも鍾乳洞の中や周辺から石灰が採れると言う。

時折、沢を渡る場所もあるが、道は遥か以前から人が通り、切り開かれたものと見える。道幅は五尺を越えるところもあり、人だけではなく馬も通れるだけの幅があった。そこを運脚は粛々と進んでいく。

やがて一行は霧から抜け出て、陽が高くなった見晴らしの良いところに出た。周りの木々の紅葉が目に飛び込んできた。遠くに遠敷の里が見ゆる。やがて九十九折の峠道にかかった。先達が
「これから先はきつい坂が続く。ゆるりと上がっていくので遅れぬように。」

と大声で後ろの皆に伝えた。

山を巻くように登っていく途中、巨大なゴザ岩を通りかかった。先達が皆に休みを告げ、全員に聞こえるような声で故事を語った。

「これは都から高貴な兄弟が若狭の地に来た謂れのある岩ぞ。兄が疲れて寝ている間に弟が先に下流の白石の里に着き白馬に乗りて、小丹生の里に入ったところ、里人

は神として崇（あが）め奉ったという話じゃ。」

と話をした。文麻呂が尋ねた。

「兄は何処に。」

「兄は先の玉置の奥の宮川に入り、そこの里に住んで奉られたそうじゃ。」

「そは如何ほど前のことにや。」

「この若狭の地に人が住み始めて、暫くのことではないか。兄は海の漁をする幸の鉜や釣り針をもたらし、弟は山の猟をするや幸の鏃をもたらせたとされておる。それを民に教えて皆に敬われたそうじゃ。おそらくこの地を初めて治めた大和の皇命（すめらみこと）でこの地の国造をしていたのではないか。」

先達はこの地の由来を淀みなく語った。

休みが解けると、両側に聳えるような杉林が続く。日は陰り、風下から吹き上げると涼しいというより寒く感じられる。登りの山道は膝に堪えた。荷の重みで体の重心が左右に傾かないように歩を進める。

一行は粛々と上がっていく。落葉が足を弾力的に受け止めてくれるので、思っていたより歩き易い。流石に古から人々が切り開いてきた都への最短の道である。大陸から伝わった御物（ぎょぶつ）だけでなく、大王の食材である贄、朝廷への調等が運ばれてきた長い歴史を感じさせる。道を風が抜けていく。雲が上空ではなく、周りの峰の狭間や下に漂っている。

やがて、根来坂峠の頂上の針畑（はりはた）という地に着いた。古は「墾畑」と言ったという。墾の言葉は新しく開かれたという意味で、標高の高い地にも人が住んでいる。山中の里を見ると、風や雪の影響からか低い庇の竪穴の住まいが処々見られる。里の入口らしき所には結界も結ってある。

「曲庵（まげいお）が建っておる。このような山中にも人が住んでおるのじゃのう。冬場は如何なるものを食べておるのじゃろうか。」

海辺に住む海士人は不思議そうに呟いた。

「一息いれるぞ。」

先達からそう告げられ、一行は歩みを止めた。文麻呂も大きな荷を降ろすと、後ろを歩く鳥麻呂も荷を下ろし両肩を回した。運脚に付き添う廝丁が、周りに堅塩の付いたにぎり飯を配った。竹筒の水を飲みながら鳥麻呂は
「まだ半ばまでも来てないんじゃやな。げに運脚は辛きことじゃ。」

荷が痩せた体に堪えるのか、そう呟いた。

間食が終わり、分水嶺の峠を抜けると緩やかな下りが続く。周囲の山から集まった流れが沢のなり、針畑川となる。沢を左右に渡ること数度、次第に再び雲が抜け、陽が差し込んできた。峠下の小丹生谷の沢を渡った処で、荷を背負ったまま杖を後ろに

回し下で支え、立ったままで休んだ。

ふと後ろを振り返ると、後方に歩く佐奈女が片足を引き摺って近づいてきた。

「その方、足は保つか。」

「先ほど木に躓きて、踝を痛めました。」

見ると左の踝の上から血が出ている。

「しまし、あり待て。」

佐奈女を座らせて、腰紐に巻きつけてあった短い麻布を出した。傷口の血をふき取るとそのまま足に強く巻いた。佐奈女は休んで落ち着いたのか元気を取り戻した。

再び運脚が始まった。両側を高い山に囲まれた針畑川沿いに、緩やかな谷間を縫うように道は下っていく。陽は既に西の空の半ばを過ぎ、一行はほとんど平地のない山裾を川に沿って緩々と進む。

高い山に遮られ、まだ空は青く明るいのに陽は既に陰っている。やがて日暮れが近づくと、周囲の色は薄くなり、久多の里に近づいた。

「すぐに荷を降ろさせる処ぞ。」

先達が皆に伝えた。針畑川と久多川との合流地点の里に辿り着いた。先達は里の入口の翁に伝えて、大きな木の下で荷を下ろさせ、川を臨む場所で体を休めさせた。それぞれが川原に下りて水を飲んだり顔を洗っている。

少し離れた処に佐奈女が腰を降ろしていた。足に巻いた麻布を解いて、水を含ませて傷口を拭いている。

「傷は如何か。」

文麻呂が尋ねた。

「もう痛みはありませぬ。世話になり忝のうございます。」

佐奈女は麻布をよく洗って絞ると、返してきた。

「旅は半ば故、まだ足に巻いておかば良いであろう。」

そう言うと佐奈女は初めて笑みを浮かべた。

「其方はどこの女丁になるのじゃ。」

「吾は大蔵省織部司の機織職の雑人職の女丁で務めまする。母から習うて、郡家に三日に一度麻を織っておりまするが、都では如何なる務めが待っておるのでありましょうか。」

佐奈女は一転不安気な顔つきになった。

「気疎うはない。恐るるに足らぬ。吾らは大王の命で役をもらい行くのじゃ。粗な扱いは受けぬであろう。」

そう言われて安心したのか笑みを浮かべた。

まだ明るい内に巨木の下の草地に円座を組んで、夜の泊まりの体勢を整えた。賄を作る断丁が、浅鉢の下に細木を入れ檜を錐もみして火を熾している。やがて水が沸くと菜と堅塩を削って中に入れ、その後、糒（ほしいい）も入れた。辺りによい香りが漂う。塩粥ができると、断丁は底の浅い木椀に木篦で盛り分け、各人に配り始めた。一斉に箸で食べ始めると、見る間に浅鉢の中身は無くなった。

空腹が満たされた文麻呂は、川の水を竹筒に入れて飲もうとした。近くに鳥麻呂が居たので荷の様子を聞いた。

「朝は体調が良くなかったようじゃが、何故に出立が遅れたのじゃ。」

「吾は今でも里に帰りたい。知らぬ都で三つ歳も里を離れて暮らすなど、思いも寄らぬことじゃ。」

鳥麻呂は疲れた顔で語った。

「吾主が帰ったらまた同郷の者が断丁に出ねばならぬことを想わぬか。三つ歳は長けれど望月を三十と六回、拝めばまた里へ帰って皆と暮らせよう。」

「先達にも言われた。しかし、残した病がちの母が気がかりじゃ。三つ歳の間に母の身に何かあれば取り返しがつかぬ。」

鳥麻呂の言葉に文麻呂は返す言葉がなかった。口には出せぬが、心の中では、同じようなことを考えていたからである。

山に囲まれた地で陽が落ちると、辺りは忽ち暗くなってきた。鳥麻呂の言葉を思いながらも、一日の疲れがどっと押し寄せてきた。その上寒くなったので、母から渡された麻衣を重ね着して荷の傍で横になった。辺りが静かになると、あちこちから鼾が聞こえてきた。疲れた文麻呂もすぐに寝入ってしまった。

翌朝、斯丁が配った塩粥を食べ終えると、一行は身支度をし荷を担いだ。幣を振って祈った後、一行は深い霧の中を出立した。

五間程の久多川を渡ると支流に入り、谷間の川沿いを上流へ登って行く。小黒（おぐろ）坂の登り口に着いた。ここからは約百三十丈（約四百メートル）の最大の登りで、ここから約五里の間の峠がこの運脚の最大の難所である。人が通れるだけの細い九十九折の山道が始まる。時折倒木が坂を遮るため、跨いだり、木を潜ったりしなければならなかった。その度に重い荷を下ろして手渡したり、協力して登って行く。辺りは針葉樹からブナなどの広葉樹に広がった。厳しい登りで全員の息が上がり、運脚の列が縦に長く伸びた。途中先達が歩みを止めて、後続が途切れないように配慮している。

文麻呂がふと後ろを見ると、運脚の最後の方に佐奈女が杖を持って喘ぐように歩んでいた。やはり足を引き摺っている。運脚の賄いをしている男が荷の一部を持ってやることとなったが、上から見ていた文麻呂も、戻って荷の一部を担うことになった。

「女には、この山道は険し過ぎる。」

「忝（かたじけ）のう御座います。」

文麻呂が担ぐと、佐奈女は汗を拭きながら礼を述べた。

折り重なる山道を登り続けると、霧は晴れ周囲の山が徐々に低く見通せるようになった。ようやく空が開けた。

坂の頂上には小さな祠が祭られ、小さな人形が立てられている。

（かつて通った人がこの周辺で亡くなったのかもしれぬ。）

通り過ぎる時に、思わず小さく手を合わせた。

峠の頂上からは緩やかな下りに転じ、盆地となっている。此処からは小高い山々の周囲から雨水が溜まり、八丁平という湿原を形成している。紅葉が帯のように取り囲み、その中を一行は粛々と歩を進めた。

運脚二日目で、荷が一層重く感じられる。半刻程湿原を通り、フノ坂を越えると一気に下りとなった。登り以上の傾斜の下りに、膝が震え持つ杖に力が入る。

昼前に最後の下りである花背に差し掛かった。左右の深いブナの林は少なくなり、切り立った山は、次第に左右に広がりを見せた。道は川の縁に沿って、左右に折れながら緩やかに下って行く。山の冷涼な風が、標高が下がるにつれて、暖かく湿気を帯びてきた。田畑は広がってきたが人家はまだ少ない。北山から流れる何本もの川を渡ると、湧水が平野を潤している。

その湧き水の出る広場で、一行は遅い間食を取った。太陽は高く上がり、北東の比叡から吹き降りる風が清清しい。昨日同様、堅塩の付いた強飯であった。流石に二つの峠越えは体に堪えた。

「もうこれ以上の険しき峠はないと存ずるが、運脚の仕事はげに辛いものじゃ。」

文麻呂が言うと

「ここは険しき峠じゃった。舟で手足は鍛えてはおるが、この五貫の荷が堪える。」

近くで休んでいた海士人も、汗を拭いながら応じた。

休憩後、北山から緩やかに扇状地を下ると、萱葺きの竪穴の里を過ぎた。振り返って北山を見渡すと、東西に連なる山々の麓には里が点在し、刈り取りを終えた田畑に風が渡っている。特に西の桂川と呼ばれる川の上流には、渡来人の本山とも言うべき秦氏の大きな里があった。里の麓から山を登ると、一族の象徴として巨石である磐倉(いわくら)がある。一族の節目には、此の磐倉に神が舞い降り、巫女の口を通して一族の繁栄の方向が託宣されるのである。

後に平安京となるこの盆地には、丹波高地の北や西の谷筋から流れ出た幾筋もの川があり、その中に若狭川と呼ばれる川があった。名の由来は、北山の水が若狭の北ツ海から流れているという、古の言い伝えから生じたものらしい。盆地の中央にはそれらの川が幾つか集まった大池があり、一行は其れらを迂回して、次の地へと進んで行った。盆地は北山から南へ緩やかに傾斜して、大池からさらに川や湿原の地が長く続いている。

秋の陽が暮れるのは早く、風も涼しくなってきた。陽が西に傾く頃、盆地南部の幾筋もの川を越えて、真幡寸（まはたき）神社（現城南宮）に着いた。ここには「菊水若水（わかみず）」という若狭の国から湧き上がる、と言われる井戸水がある。先達が社の者に伝えて、宮の中に入り、大きな萱で葺かれた掘立伏庵の下に案内して、一行は荷を降ろした。

運脚の一行が二日目の泊まる場所は、その若狭川によってできた湿地の中の高くなった神社の草地である。ここの湧水で水を飲み、顔や体を拭いた。先達が用意した糒を煮たものに、堅塩を混ぜて食べる。今宵も藁を枕にして眠るのである。

食べている途中
「朝はこの先の巨椋池の回りを過ぎれば、都までは後一息じゃ。」

先達がそう触れ回った。食事が終わる頃には夜になり、空には遅い十六夜月が上がってきた。

佐菜女は近くの菊水若水の湧水を麻布に含ませ顔を拭き、手足を拭いていた。

「険しき山や広き平野を過ぎて、愈々都じゃ。」

近くを通りかかった文麻呂が語りかけると

「若狭の里から遠くなる故、寂しゅうございます。戻りの運脚とともに帰りとうございます。」

佐奈女は下を向いて涙ぐんだ。その華奢な体で此処まで荷を運び、故郷への想いを語る様子に、文麻呂は、それ以上慰める言葉が出なかった。

三日目の朝は底冷えで、まだ夜が明ける前に目が覚めた。霧が周囲に立ち込めて晴れているのかどうか判然としない。先達の合図で人員の点呼と荷の確認が終わると、一行は一列に並んで真幡寸神社を後にした。暫く歩くと途轍もなく広い池が見えた。巨椋（おぐら）池である。霧が残っていて向こう岸が見えないほど巨大で湖のようにも見えた。ここには丹波山地だけでなく、鳰海（におのうみ現在の琵琶湖）からの水も流れ込んでいるようである。

湖水に沿って大きく東の山際を迂回する。時折足元が緩んでいる場所もあるが、一行はまだ陽が中天に行く前に巨椋池を回り終えた。そのまま湖に流れ込む川を遡り、まだ夏の緑を残す山間の谷を進むと泉津に着いた。ここには平城の都を作るために南山城をはじめ、各地から材木が集められ、大きな貯木場が作られている。後年木津と言われるこの地は、近江の田上山（たなかみやま）などで切り出された材木が鳰海から筏で宇治川を下り、巨椋池を経て木津川を通って陸揚げされる地であった。ここから平城山を越えて都に運んでいくのである。大きな貯木場には舟の渡しがあり、荷を解いてそこを渡っていく。

「ようやく都は目の前になった。」

文麻呂が言うと鳥麻呂は
「愈々これからじゃが、早よ三つ歳経たぬものか。」

まだ着いてもいない内に、里心を見せる鳥麻呂である。


平城山に入る地点まで辿り着いた時、道の端から少し離れた林の中に一人座る者がいた。調である布の入った籠を背負っている。先達が見つけて分け入った。近く居た文麻呂もそれに続いた。

「その方はどちらから来られた者じゃ。」

と尋ねた。男は小さな声で
「下毛野国（しもつ　けぬのくに）（現在の栃木県）。」

と消え入るような声で応えた。文麻呂が知らぬ地名であった。

「如何ほどに出立いたしした。」

先達が問うと
「九月の半ば。」

と応えた。実に三十日以上に渡って調を運んでいるのである。男は痩せこけ顔には生気の色が失せている。

「皆の者は。」

先達が尋ねると
「見失った。」

と一言漏らすとその横に倒れてしまった。慌てて文麻呂が起こそうとすると先達は
「否、待て。流行の病やも知れぬ。触れてはならぬ。そのままにしておけ。」

そう言い放ってその場を立ち去った。文麻呂も仕方なくその場を離れた。一行はそのまま都へ向けて進んでいく。

(後一息で都なのに、何と言うことじゃ)

文麻呂は溜息を漏らした。おそらく途中で体力が費えて運脚の一同に付いて行けなくなったのであろう。当時、運脚は調の荷とは別に、自分の食料は自前で運んで来なければならなかった。そのため行きは何とか都に辿り着けても、帰りは食料が不足したり無くなったりする。そのため乞食になって彷徨ったり、行方不明になったり死亡するものが多かった。朝廷も運脚が乱れ租庸調が届かなくなると、国家の足元が揺らぐので幾度か帰りの食料に手を打とうとしたが、地域の実情が大きく異なるため実現は困難であった。特に遠距離である東北の蝦夷や薩摩の隼人などは、そのことが遠因となって幾度も朝廷に反乱を起こしている。文麻呂も見知らぬ都に一月以上も運脚を

続けて倒れた男を見て、憐れみの心が湧き起こった。

（彼の者のことを思うておる時ではない。明日は吾が身の上のことかもしれぬ。）

そうひしひしと感じるのである。

第五章　仕丁の務め

紅葉した木々の合間を抜け、長い登り坂を過ぎ平城山を越えると、眼下に都が目に入ってきた。鄙にはない甍の屋根が彼方まで居並ぶ様子が見えると、運脚の各人から驚きとも歓声ともつかぬ声が洩れた。

「これはしたり。何と言う眺めじゃや。」

海士人が驚きの声を上げた。

「遠くの山が霞んで見えぬほど、どこまでも館が続いて居る。」

文麻呂も右手を翳して遠くを眺めた。平野の狭い若狭では、考えられぬほどの遠くまで家々が広がっている。

暫くすると、坂を下って都に通じる広い大路に出た。平城の都は周囲を二丈（約六メートル）の築地塀で囲まれ、その規模は鄙から来た者を圧倒する。一行の殆どの者は、運脚や仕丁で都へ立ち入るのは初めてである。文麻呂も都の様子に心が沸き立つ思いがした。一行は右京の北辺坊門に着いた。先達が、若狭の国の郡家からの運脚であると衛士に伝えると入京は許された。

左手に天皇が座す内裏があり、その中に正殿や後殿などがある。周囲には多くの官人が仕事をする官衙があり、宮内省をはじめ各省庁が集まっていた。やがて和銅七年（七一四年）にできたばかりの平城宮の南に位置する朱雀門が目に入ってきた。朱塗りの巨大な門を見上げながら傍を通ると、文麻呂は都に来たことをしみじみ実感した。

一行は左右を見回しながら歩みを進める。

「流石に都よのう。大きな舘が並んでおる。通りを歩く者も数えきれぬ。」

文麻呂が驚くと
「今宵から如何なる所に寝起きするのであろうか。」

後ろに歩く鳥麻呂は不安げに言う。

平城宮の近くの右京三条三坊にある若狭の国司高橋人足の舘に着いた。すぐにそれぞれの荷を解いて、木簡を付けたまま倉に納めた。

暫くすると国司人足の息子の高橋百嶋（ももしま）という者がやって来た。

「この度の調の運脚、誠に忝く存ずる。しまし今宵はゆるりと休み下されよう。」

そう労いの言葉を述べた。

邸の内側にある掘立萱葺き板壁の中の、宿（やどり）と呼ばれている所に案内された。そこの土間に敷いてある板の上に一行は腰を降ろした。

「明日からは如何なる仕事を与えられるのであろうか。」

再び鳥麻呂が不安の声を上げた。

「吾は船を漕いでいた故、櫂や櫓を扱わせたら誰にも負けたことがない。衛士の役務は吾に相応じゃ。」

海士人がそう言った。

「吾も大炊寮とやらで、何をするのであろうか。」

文麻呂も今後のことが気になり始めている。

仕丁たちの食料は、一ヶ月に一度共に来た廝丁の鳥麻呂が若狭国司の舘まで取りに行く。それは若狭から運脚によってもたらされ、都まで運ばれた租などから出されている。そのため、運脚が滞ると、都で務める仕丁たちも非常に困難に陥ることがあった。

運脚だけの者たちは先達と共に、翌々日早朝若狭へ帰って行った。帰りは荷がないので花背峠まで通して歩き、二日間で戻る。行きも帰りも自分の足が勝負なのである。

陽が傾くと、国司の舘の「厨処」(くりやどころ)が慌しくなる。食夫である廝丁が夕の食べ物を調理して、鉢に盛って宿にやってきた。そこでそれぞれの職や寮に行くまで暫くの間、仕丁に食事が提供されるのである。まだ湯気の出る鉢を持った廝丁によって木椀がそれぞれに配られ、陸稲と稗入りの粥が盛られた。ひだるい思いをしていた全員粥を箸で掻き込む。薄い塩味が付いていた。菜の物が添えられそれも食べ終わると、文麻呂たちは土間に敷かれた藁の上に麻衾を被って横になった。流石に疲れているので眠気はすぐに襲ってきて、そのまま深い眠りに就いた。

都の朝は早い。日の出の約半刻程前、太鼓が大音響で鳴り響く。第一関門鼓である。始めは小さく、やがて徐々に大きくなり十二回の回りで二回繰り返される。それを合図に平城京の正門である羅城門や朱雀門、壬生門などが一斉に開門される。また京内の交差点の規制門も一斉に開かれ、通行が開始される。

さらに半刻して夜が明けてくると第二開門鼓が同じように二度打ち鳴らされる。朝堂院と大極殿につながる門も開かれ、多くの官人がそれぞれの役務に就こうとする。衣冠を被り正式な衣装を着た貴人から、頭巾（ときん）を被り、平民と変わらない麻衣を着た仕丁の者まで、約五千人の官人が朝堂門を始め、平城宮の各省の舘に吸い込まれていく。

文麻呂と鳥麻呂とは、郡家の事務官である史生の一人に連れられて、任ぜられた宮内省大炊寮に赴いた。共に来た海士人は衛士府へと案内された。二丈もの高さの築地塀と朱に色どられた朱雀門を見て、二人は都の規模に圧倒された。

「これほどの都で、吾は務めていけるであろうか。」

文麻呂も不安が押し寄せた。

朱雀門では舎人が衛士に許しを得て中に入り、朝堂門を右手に見て後ろの大極殿に回った。宮内省の近くに天皇や儀式の食膳を司る大膳寮の建物がある。大炊寮は、各郡家から届いた租や調を食材毎に仕分けて、大膳寮に引き渡すためにその裏に位置していた。各地から運ばれた調の中で、余った物は東市や西市で売りさばかれ、足りない物は買いつけるという大事な業務を帯びている。

文麻呂は初出仕なので、周囲を伺いながら大炊寮の中に入った。他の国や郡からやって来た仕丁も同じように、白麻の頭巾（ときん）を被り、長袖の水干（すいかん）を着、踝までの小袴を穿き草鞋を履いている。

皆が待っていると舎人に紹介されて出てきたのは大炊寮の初少位下で雑人の長（おさ）を務める志斐麻呂（しびのまろ）という小柄な男である。黒の立烏帽子を被り、髯面で、長袖の水干と踝まである小袴を着ている。

「吾は若狭の遠敷郡の野の里人で秦人文麻呂と申す。召されて三つ歳の間仕丁を務めまする。」

そう言って頭を下げた。他の国から交代で来た仕丁も次々と国と郡、名を述べた。

「目新しき事ばかりあろうが、事に当たりて、見知らぬことは周りの者に言問わん。」

志斐麻呂は髯を触りながら、文麻呂たちを見下し偉そうに語った。

しかし続いて奥から現れた男を見ると、志斐麻呂は人が変わったように恭しく頭を下げた。大炊寮四等官の主典（さかん）三上部麻呂（みかみべのまろ）である。主典からは諸臣（しょそん）と呼ばれる朝廷を支える下級役人の一人である。正式な位冠である灰色の圭冠を被り、足まで届く絹の長い狩衣（かりぎぬ）を纏っている。手には笏と呼ばれる木の札を持っている。

省の下には寮や司がありそれぞれには四等官が置かれた。どの役所も読みは同じだが、字の種類が異なっていた。

志斐麻呂が文麻呂たちを紹介すると、主典は

「吾は三上部朝臣麻呂と申す。この大炊寮は租や調塩、調布のみならず、大王の贄も扱う、げに貴き役を担っておる。その方たちは、日々届けられる各地から来た租や調、贄をこの史生に伝え記録し、大膳寮まで届けたり、東西の市へ売ったり買ったりする役である。各国の国司や郡司の名においてその役を十分果たしてくれよう。」

と述べた。

主典への目通りが終わると、雑人が集まる控え室へ案内された。志斐麻呂が、以前から務める仕丁三十名の雑人たちを前に、新しく入った者を紹介した。

「若狭の国遠敷郡野の里から来た、秦人文麻呂と申す者じゃ。」

緊張していた文麻呂は気を張って

「都での仕丁は初めてなので、見知らぬことはまた事問わんと存じます。」

そう伝えるのがやっとであった。

他の国から来た者も次々と名乗った。中には聞いたことの無い国や郡の名があり、意味のわからない言葉や内容もあった。

作業が始まると、最初は各地から運ばれた調の仕分けをすることであった。指示されるままに荷の木簡を読んで担当者に報告する。しかし漢字以前に伝わり、仏教や律令の用語に数多く使われた呉字がまだ十分読めない文麻呂たちは、言われるがままに荷を運ぶことに終始した。

陽が高くなった。当時は朝夕の二回の食事だったが、昼には間食と呼ばれる食事が出された。文麻呂が国司の舘で配られた珍しい麻布で汗を拭いていると、木椀に塩気のついた強飯が配られた。それを手で口に入れた。

「若狭の者はよく体が動くのう。」

隣で休んでいた男が話しかけてきた。この男も鼻筋が通り眉も凛々しく、端麗な顔つきである。

「吾は但馬の国出石から来た池麻呂（いけまろ）と申す。余り無理をせずとも、気安くされよ。皆各地から仕丁で来た者ばかりじゃ。」

隣の男も名乗ってきた。体は大きく丸顔で目が細い。

「同じく但馬出石から来た仕丁で来た糟麻呂（かすまろ）と申す。」

「吾は若狭遠敷郡から来た秦人文麻呂と申す。呉字が不明なので体を動かすしかない。その方はよく存じておるのか。」

「各地から多くの物が都に届くが、木簡の字の数が多くて覚えきれぬ。如何なる所よりの荷か分かれば、他の雑人たちがまた仕分けしてくれよう。まず国や郡家などの名を読めるようにしておくことじゃ。」

池麻呂はそう言葉を足してくれた。

早速文麻呂は池麻呂に見た字の幾つかを尋ねた。

「これは如何なる字ぞ。」

「それは越後の頚城（くびき）というなり。」

毎日そういうことを繰り返す内に、文麻呂にも徐々に読める字が増えてきた。郡家の宿舎に帰ってても地の砂や地面に、見知った文字を書いて忘れぬように木の枝で学び直した。もともとその素質があったのか、文麻呂は一ヶ月もすると各地からの木簡は少し読めるようになってきた。

ある日、間食を食べている折、池麻呂が呟いた。

「寒くなると国に残してきた病いがちの母が気がかりじゃ。」

「吾も幼き妹や弟が何を食しておるか気にかかる。父が病いを煩っておるので気になる。」

糟麻呂もそう呟いた後、

「古老が言うておった。古は仕丁のような都での雑徭もなく、日々の糧さえ得ておれば楽であったそうな。今は大王（おおきみ）の世になり、租や雑徭が多く、家の者が食うこともままならなくなった。里長や郡家の大領も国のためと言うが、楽をしておるのは大王や貴人、その周りの者たちだけなのではないのか。吾らは日々の糧も事欠く次第。吾は我慢できぬ。」

と訴えるように言った。

「租が納められず調も出されぬ者は、本貫地を離れて流浪して、大王が進めておられる仏の道に入り、糧を得る者や郡家や里長の奴婢になるものもおる。口分田を懸命に耕しても、租を出すどころか、吾が作った稗や粟すら食うこともできん。」

池麻呂の言葉に文麻呂も、若狭にも似た様子があることを思い出し、国に残してきた母や妹弟に思いを馳せた。

その月の終わりには池麻呂から、大炊寮や大膳寮などに務める仕丁たちが寝泊まりする諸司厨町（しょしくりやまち）への引越しを誘われた。そこは平城宮の近くにあり、朝夕の大炊寮への通いが楽である。そこへ行くと月々の賄いの食べ物を国司の館から貰って来れば、後は気楽に仲間と暮らせるという。始めは若狭の仲間と離れるのはいやだと考えていた文麻呂と鳥麻呂とは、徐々にそこへ移る方に傾いてきた。古津の海士人も衛士の役が朝夕の開門などであることから、すぐに衛門府の宿舎に移って行った。

月が満ちる度に文麻呂と賄いの鳥麻呂は、若狭国司の舘に行き、その月の賄の米を貰って来た。その時期に贄や調を運んでくる先達がいる場合がある。出逢うと故郷の里の様子を聞いた。野の里の母や家族に元気なことを伝えたいが、先達は忙しくそこまで頼むことは叶わない。互いに文字も読めない時代に、一度仕丁や防人に行った者の存在は、故郷へ帰ってくるまではその消息すら伝わらなかったのである。

第六章　佐奈女

師走が来た。北風が激しく吹きつけ平城京の通りの山茶花が揺れている。若狭と違い雪はほとんど降らないが、乾いた風が身の芯まで冷やしていく。

いつものように文麻呂は賄いの鳥麻呂と共に大炊寮に出仕した。鳥麻呂は賄所に行き、文麻呂はいつもの仕分け場所に向かう。雑人の長志斐麻呂が点呼を取る。

「但馬出石の池麻呂・・・。」

「同じく糟麻呂・・・。」

と呼ぶが返事がない。文麻呂がいつもの辺りを見回すがいない。

各地からの租の搬入は霜月で既に終わっている。今は納められた調の仕分けをして余った物を東西の市に出して、足りないものを調達する役を長の指示で始めようとしていた。

「但馬の二人はどうしたのであろうか。」

文麻呂は役目中も頭から離れなかった。

次の日、出仕すると驚くべきことが長から語られた。

「但馬の池麻呂と糟麻呂は、厨町の寝処から姿が見えぬように相なった。但馬国の国司や出石の郡家に連絡して、行方を尋ねてはおるが、未だに不明であるという。」

後はその日の仕事の要領を述べた。間食の折、あちこちで二人のことが話された。

「おそらく国へ逃げたのではないだろうか。」

「二人とも病の身内を抱えておったからの。この冬が乗り切れるか気がかりじゃったのであろう。」

今までも度々仕丁が逃げ出すことがあったようで、他の仕丁も動揺している。

「だが彼が国に戻ってもまた同じ里の封戸から仕丁を出さなくてはならぬ。これでは里の他の者がまた困るだけじゃ。」

「郡家の大領からの仰せなので致し方ない。」

仲間の話を聞いて、文麻呂は言い知れない怒りがこみ上げて来た。

「このような都での仕事のために、病を抱える家の者から引き離されるということが、如何なる理由があろうとはいえ許されるものだろうか。あの二人を責める気にはなれぬ。」

その日の帰り、文麻呂は同郷の鳥麻呂と話し合った。

「吾も母が気がかりじゃ。鳥麻呂共に此処を出て若狭へ戻るか。」

「吾には若狭には待っている者は母しかおらぬ。それに吾等が此処を去れば、また国ら誰かが断丁に出て来るわけじゃ。さすれば里に帰っても里長らが責めてくるじゃろ。何なる処へ行ってもその場を生きていくしかない。後、三十と三の望月を仰いで年季が明けるまでは、都でじっと働き続けるだけじゃ。」

鳥麻呂は都に来た折とは違い、月日が過ぎていくことを、淡々と受け入れているようであった。

師走も押し迫ったある朝、出仕するとなんと池麻呂と糟麻呂とが戻っていた。よくあることなのか、長の志斐麻呂はいつも通り淡々と点呼をするだけである。

「里は如何がであった。」

文麻呂が問うと池麻呂は
「帰れたが郡家の者に連れ戻されてしもうた。母が病で気になって仕方なかったが、何とか息災でおった。またやり直すだけじゃ。」

糟麻呂はその横で黙って俯いていた。此処までは出石の少領が連れ戻って来たらしい。文麻呂には、やり直すという言葉の意味が、ここでもう一度やり直すことか、再び逃げるという意味かわからなかった。

数日後、文麻呂は美濃から調として納められた絹糸を、大蔵省織部司の機織職に届けることになった。絹糸を背負子に負って立ち上がろうとすると、思わず声を上げた。立ち上がれないのである。麻布とは違い、絹糸はずしりと重い。その重さを膝に感じつつ大蔵省織部司の機織職に向かった。機織職の建物は平城宮内の大炊寮から遠くはない。中に入って所属を伝えると、雑人が奥の織場に荷と木簡とが到着したことを知らせた。間もなく女丁の佐奈女が出てきた。彼女はすでに機織職の女丁たちが寝泊まりする機織寮に引越しをしていた。暫く会わない内に以前より顔色が良くないことに気づいた。

荷と木簡とを受け渡した後、

「顔の色が優れぬようじゃ。如何がしておる。」

「先から風邪を煩いまして、咳が止まりませぬ。」

「ゆるりと養生せねば身が持たぬぞ。」

「歳の瀬に多くの機を織らねばなりませぬ。朝の一番の太鼓から夜は燭蝋が尽きるまで精を出さねばなりませぬ。」

「寝る暇もないのか。」

佐奈女は小さく頷いた。

文麻呂が帰ろうとすると、佐奈女は見送りに出てきた。

「やる事がぎょうさんあるので、日々疲れが取れませぬ。時折国司の館へ賄を貰いに行き、故郷の言葉を聞くのを、楽しんでおります。」

「体に無理を強いると辛うなる。程程にせねば。」

「実は・・・吾の機織職に因幡から来た女丁二人が、昨日朝、居なくなってしまいました。長が探して居りますが、まだ見つかりませぬ。昨日からその二人の分も織っておりますので、体が持ちませぬ。」

そう力無く言った。

「この寒き時期に、如何なる所に潜んでいるのか。とにもかくにも、其方も身を大事にせよ。」

と労って別れた。

その数日後、賄の食材を取りに国司の舘に行った鳥麻呂が、佐奈女が起き上がれなくなって、舘の宿に引き取られたことを聞いてきた。文麻呂は夕刻の太鼓が鳴り、役目が終わると見舞いに向かった。いつもは都の雑踏や周りの色や音も華やかに感じられたが、その日の町並みは殺風景に見え、文麻呂は初めて寒々とした思いに沈んだ。

佐奈女は宿の土間の藁敷きの麻衾に包まって寝ていた。瓶に水を汲んで傍に置くと、佐奈女の目が開いた。

「具合は如何がじゃ。途中干した柿が売っておったので塩と交換した。食えるか。」

文麻呂の言葉に、佐奈女は頷いて体を起こすと、静かに水を飲んだ。

「運脚の折にも世話になり、此度も煩わせて相済みませぬ。」

飲み終わるとそう礼を言った。

「気に掛けるでない。ゆるりと休んで身を保たねば。」

文麻呂がそう励ました。佐奈女は暫く黙っていたが、不意に声を上げて泣きだした。都に来てから今までの出来事や苦労が駆け巡ったのであろう。文麻呂はどう言葉を掛けてよいか解らず暫く言葉を失った。そのまま文麻呂は佐奈女の肩を引き寄せ、背中を掻き撫でた。佐奈女のやつれた横顔が痛々しく見えた。文麻呂が干した柿を取り出して勧めると、佐奈女は一口頬ばり、やがて落ち着きを見せた。その夜は舘の宿に泊まるようなので、文麻呂は舘を後にした。来た折にはまだ明るかったが、今は既に闇に包まれていた。帰る道、頭の中は佐奈女のことでいっぱいであった。

病気になった仕丁や女丁は回復すると再び雑人職に戻るが、回復が見込めない場合には折を見て郷里である若狭の本貫地に戻される。佐奈女はそこまで衰弱はしていなかったが、そのことが心配でならなかった。平城京の中は、夜間盗賊を防ぐために、京内の辻辻では衛士が立ち木戸が閉じられる。そのため文麻呂は足を速めた。その足元を、北風が一層強く吹き抜けて行った。

第七章　市の繁栄

雑人の長、志斐麻呂は、少初位上の官人である。それになるためには識字や算ができることが条件であった。大炊寮の上の官人も、多くは五位の位階を持つ貴人で、官職がある者の縁故がないと、最低の少初位下の役人にすら成れなかった。正一位から従八位下、さらに下の少初位下の官人になれば土地や家が与えられ、仕丁などの雑人を手足のように使うことができる。何よりも租庸調の税が免じられた。文麻呂は早く故郷へ帰りたいという想いがある反面、役目に慣れると官人になって大炊寮の仕事を支えたいという気持ちが徐々に芽生えてきた。しかし平城京に住んでいても、縁故を持たない地方出の文麻呂たち仕丁にとって、官人になるのは夢のまた夢であった。

歳の暮れ、北風が吹き都の空は晴れ渡っていた。大炊寮の長、志斐麻呂は文麻呂や他の仕丁を引き連れて、東西の市に各地から納められた調を売りに行った。多くの調布や調塩を馬に積んで市に運んでいくのである。古来中国には「調達」という言葉が伝わっている。これは元々国家が必要な物を人民に税として納めさせ、それによって国家の運営を行うものである。朝廷においても正に各地から集めた調を、市で他の品物に交換することによって、官人に支払う俸給が維持され、国家の運営ができたのである。そのため長自らが調を市場に出して高く売り、必要な物資を安く買う資質は重要視された。通常月の始めは東市、満月より後は西市が開かれるのだが、歳の瀬とあってどちらとも開いている。まず左京八条三坊にある東市に向かった。市は東堀川という幅五間ほどの運河に沿って開かれている。都に住んでいる人だけでなく、周辺から売買をするために来た人で混雑している。東市は布や食料、太刀や弓などの鉄製品など幅広く扱い、長が調で納められた絹や木綿などを市の主と掛け合っている。より高く売り、より安く買って朝廷の運営を支えていくことも大炊寮の役目であった。

「これは難波の鰺ぞ。美味きこと他を知らぬ。」

「買うた買うた。越前の甕なるぞ。水も漏らさぬ丈夫な甕じゃ」

「近江の里から来た鉄の鉢じゃ。火に掛ければすぐに煮物もできるぞ。」

生の食べ物から雑器に至るまで、あらゆる物が取引されている。

折れ烏帽子に水干小袴の男たちが、狭い通路を挟んで通り過ぎる者に呼びかける。各軒の下には売る品物の看板を掲げた間口の狭い店が並んでいる。筵が敷かれ、左右京職に属する市司（いちのつかさ）の許可を得た男たちが、勝手知ったる我が家のように市を縦横に動き回って商っている。

文麻呂たちが持ってきた麻布と、御食国である若狭や志摩、淡路からの塩はそれらを専売する店に高く買い取られ、変わりに大膳寮から依頼された宮廷の祭事や朝廷の儀式で使う食べ物や品物を、長が銭を支払い買い取った。

荷を馬に乗せて帰ろうとすると、

「待て、待てー。」

と市で賑わう民の頭上を越えて、後ろから大きな声が突き抜けてきた。水干小袴の小柄な男が、裸足で人波を掻き分け、手に麻袋を抱えて逃げて来る。男は後ろを降りかえって追手を見た瞬間、通りの真ん中に置かれた文麻呂たちの荷車に左半身を当てて転倒した。そこへ右衛府の衛士二人が追いついてきた。男は痛みに唸り声を上げているが、更に逃げようと起き上がった。衛士は後ろから押さえつけ、瞬く間に持っていた手縄で両腕を縛り上げた。

「穢き奴め。」

「売り物を盗らば笞（ち）罪じゃ。」

衛士たちは男を押さえながら言った。

その後を盗まれた店の者が来て、麻袋を取り戻した。衛士の一人が男を立ち上がらせて護送しようとした。文麻呂は傍でその経緯をただ見守るだけであった。その時
「文麻呂ではないか。」

衛士の一人が声を掛けてきた。右衛府の正式な黒っぽい朝服と、腰には太刀を下げ、

鼻の下に薄い髯を生やしていた。よく見ると若狭から運脚を共にした古津の海士人である。

「古津の海士人じゃ。」

「髯とその立ち姿で全く解らなかった。久しく会わんが、すっかり衛士そのものではないか。」

「年の瀬故、右衛府の警邏で見回りをしていたところじゃ。早速盗人が出て、見ての通りじゃ。其方はこちらの暮らしには馴れたか。」

海士人の言葉に、文麻呂は久しぶりに笑顔で話した。

「もう馴れたが、早く若狭へ帰ることばかり考えて居る。それよりこの太刀は本物か。」

「当然じゃ。触るな。怪我をするぞ。」

それはまだ反りがなく片刃直刀で、黒い鞘に収まっているので黒作りの太刀と呼ばれている。

「其方も忙しそうじゃのう。」

文麻呂が言うと、海士人はもう一人の衛士に捕らえた盗人を右衛府に連れていくように頼んだ。

「歳の暮れで盗人が市の品物を取ったり、盗品を売ったりすることを見張っておるのじゃ。また売り物の値がまともか、調べるのも吾の役目じゃ。」

文麻呂は長に伝えて先に大炊寮まで帰ってもらい、暫く市の道の端で話をした。

「其方の仕丁の具合はどうじゃ。」

「吾は大分馴れてきた。其方こそどうじゃ。」

「都の各氏族から来ておる者は力強き者が多いが、各地から来ている者たちは、痩せこけて力の弱き者ばかりじゃ。鄙で役に立たぬ者がこちらへ来ているという話しは真じゃった。衛府内で腕比べをすると、今年入った者の中では吾が一番力が強い。海で漁をして腕や足を鍛えてきただけあって、腕が優れておると長から言われておる。」

「それは驚きじゃ。今の盗人の扱いも見事なものじゃった。」

二人はしばし互いの仕事の様子などを話し合った。聞くと師走になって若狭では大雪が降り、年の瀬の宮廷の食材である贄や、文麻呂たちの食料の運脚も届いていないらしい。

「大雪ならば日々の糧に困っておるじゃろうな。」

母や妹弟のことが思いやられた。海士人はまだ警邏があるというので、再会を約して別れた。三ヶ月の間夢中で過ごしてきたが、一旦故郷のことを思うと、仕事も手につかないほど気に掛かった。

大晦（つごもり）の前々日の朝、長の志斐麻呂が、五人の雑人に左京六条五坊に住む楢磐嶋（ならのいわしま）という人物の舘に行けと命じた。この人物は越前口の角鹿（つぬが）の商人で、月に二回北陸各地から集めた干した魚や塩、糸や薬草、陶器に至るまで、様々な物を東西の市に売りに来ていると言う。同じように各地から都の市を目指して、商いに来る者は外にも数多くいた。

「大王は北ツ海の面した角鹿の海の幸を御所望の故、この歳の瀬を迎え、贄として鰤や鮭を仕入れて参れ。その外塩も合わせて仕入れよ。品目は前の月に伝えてあるのでこの銭で受け取って来るがよい。」

年配の雑人が志斐麻呂から銭を渡された。それは平城京に都が移って作られた我が国最初の貨幣和同開珎である。文麻呂は初めて銭という物を見た。藁で真ん中が括られ、表面の銅色が目に飛び込んできた。今まで自らが手に入れた食べ物や布など、価値のある物を他の物に交換して生きる糧を手に入れてきた。しかしこの銅色の金属はこれ一枚でどんな物でも交換できる、という夢のような物であった。

「これが銭というものか。これでいろんな物と交換できるのか。不思議なものじゃ。銭そのものは食えもせぬが、その代わり腐りもせぬ。これを多く持てば明日の糧は気にせずに暮らせるのか。」

そう言って繁々と眺めた。若狭の里などの地方では銭はまだ信用されず、全く流通せずに物々交換が続いている。しかし、都の東西の市や取引では銭は盛んに扱われていた。

五人は空の背負子を背に担ぎ、左京六条五坊の楢邸まで足を運んだ。舘は六条五坊の角地にあり七尺の土塀を周囲に巡らせた築地に囲まれていた。敷地は千二百坪ほどあり、六位や七位の官人の屋敷と同等である。

「楢磐嶋とは如何なる人ぞ。無位無官では、かほどの舘には住めぬぞ。」

雑人たちは口々に驚きの声を漏らした。

門には見張りが居て、文麻呂たちは訪問の目的を伝えた。五人は入って右手の倉の手前の作業場に案内された。

「大炊寮の方々、前に伝えられた布や陶器を運んで参った。鮭や鰤などは塩づけに、鰊や昆布は北の蝦夷から仕入れた物じゃ。」

官人のような朝服を着て、髭を生やした壮健な体の男が伝えた。どうやら楢磐嶋本人であるらしい。頭が銭五十文を渡すと男は事前に書いてあった木簡に墨書して、受け取りを返した。魚や昆布はそれぞれに背負子に高く積まれ、文麻呂たちが担ごうとすると、思わずよろめくほどの重さであった。

「この荷は吾が運脚で運んだ荷より、重きこと甚だしい。」

「何故このような物を仕入れるのか。普段届く各地からの贄で十分ではないのか。」

仕丁たちがそれぞれに呟いた。

贄は全国で三ヶ国、若狭と志摩、淡路の御食国から月に一度は、都まで運ばれている。若狭は陸路で三日という位置にあるため、有力な氏族である高橋氏が膳臣として朝廷と大王の食である贄を支えていた。しかし、歳明けは四方拝や歳旦祭、元始祭などに宮中での多数の儀式や、皇族や氏族の長を迎えるための祭事に備えるには量が足りぬと見える。そのような場合は楢磐嶋のような各地から通う商人に、各地の特産品を注文して、仕入れるのである。急な場合は東西の市で仕入れる。年の瀬は量が多いため、普段は背負って大炊寮まで帰るのだが、今日は雇車（こしゃ）と言われる市で仕事をする運脚の荷車に頼んで運んでもらうことになった。

楢磐嶋の荷を五人は雇車と共に、一刻ほどかけて大炊寮まで戻ってきた。荷を下ろすと間食である。いつもの強飯を食べながら文麻呂は不思議に思ったことを年配の仕丁に尋ねた。

「蝦夷の地とは、如何なる処ぞ。」

「陸奥（みちのく）よりさらに北にある遠き地で、地つづきではなく、船で通わねばならぬらしい。夏でも雪があって寒いが、木の実は山に多く実り、川底が見えぬほど魚が獲れるらしい。」

「日々の糧を野山に分け入って探さなくともよいのなら、夢のような地じゃ。一度行ってみたいものじゃ。」

文麻呂は初めて聞く地に興味を示した。

「しかし、楢磐嶋は官人ではないのに、如何にしてあのような舘に住んでおるのか。」

再度尋ねると
「吾主は知らぬのか。和銅四年（七一一年）に蓄銭叙位令というものが大王から発せられて、銭を多く蓄えて納めた者は官人でなくとも、位階を授けられ、都に大きな舘を構えられる。他にも朝廷と取引できたり各省や寮から仕事を請け負ったりと有利なことこの上無しじゃ。」

「吾も銭さえ蓄えればあのような舘に住めるのか。」

「到底無理なことじゃ。あの男も越の国から仕丁に来て都の様子を見て、大安寺から銭三十貫を借りて商いを始めたそうな。鄙の珍しき品物を安く仕入れて、都で高く売る。それを繰り返しておる内に、銭が溢れるほどになったと聞く。」

（都では才に長けた者は、鄙では思いもよらぬことを、実際にやっておる者が居るのじゃなあ）

文麻呂はしみじみと思い入った。

当時は銭十貫で位が一階上がった。銭一貫は千文で、十貫は一万文である。庶民には天文学的な数字だが、銭で豊かな暮らしだけではなく、官位まで取引されていることなど、都では夢のような話が実在することに驚くのであった。

歳の瀬の陽は瞬く間に落ちて、仕事を終えた文麻呂は、帰って鳥麻呂に今日あった事を話した。

「楢磐嶋という商人は数多の銭を蓄えて、比べ者無き富人じゃ。都と鄙を行き来するだけであれほどの富人になれるものか。また歳の瀬であちこちから貴重な物が集まってきておる。市場の賑やかなことは若狭とは比べものにならん。」

それを聞いて鳥麻呂も賄いに出される食べ物で、多くが塩だけでなく、酢や醤（ひしお）などで味付けされていて、今まで食べたことのない珍しい食物が出されていることを語った。多くの国々から運ばれる調により、都がとてつもない繁栄を遂げているという事実である。こちらに来てまだ三ヶ月しか立っていないが、鳥麻呂も都と里との違いに目を白黒させていた。


翌日の午前、再び雑人の長から、今度は西市への買出しを命ぜられた。

西市は右京八条三坊にあった。ここは秋篠川を運河として各地から荷が運ばれ、綾や錦などの糸や布が集まることで知られている。これらは調として各地の郡家から運ばれたものの内、朝廷で使わない余分な物が市の売り物として出されている。

市へ向かっていると、突然前を行く人々が道を開けた。文麻呂が見ると、後ろ手に縄を付けられた罪人が二人、腰に黒作りの太刀を下げた衛士たちに連れられてやって来た。

「一人は盗人じゃ。柵の内で杖の刑が始まるそうじゃ。」

「後ろの男は人を殺したため、斬の刑になるそうじゃ。」

人々が口々に話をしている。

市場の中央に柵で囲まれた広場があり、今日の刑法に当たる律に則って罪人を捕まえた刑部省が衛士を使って刑を執行しているのである。

窃盗などは程度に応じて笞（ち）という普通の鞭で十から五十回の鞭打ち、杖という太い棒で六十から百回、徒（と）という懲役刑が一年から三年、他に越前や安芸などの近島、信濃や伊予など へ中島、佐渡や隠岐などの遠島への流刑、殺人や他の重罪には絞殺と斬殺とが上げられている。

文麻呂は罪人が刑を受けるのを初めて見た。

最初に、後ろ手に縛られた男が前のめりに倒され、衛士が後ろに立った。やがて刑部省（うたえのつかさ）の役人が罪状を大きな声で伝えた。終わるやいなや衛士が声を上げて臀部を太い棒で叩いた。一回毎に罪人は唸り声を挙げた。

「一（ひ）、二（ふ）、三（み）、四（よ）・・・。」

膝までの小袴の臀部からみるみる出血し、やがて刑が終わる六十回になっても男は蹲ったまま動けなかった。

やがて両脇を衛士に支えられ、どこかへ連れ去られた。

続いて斬の刑である。衛士の長が罪人の罪を読み上げた。

「この者は数多の私鋳銭を作ったことを認めた。故に律に従い斬首に処す。」

平城の世になってから、朝廷が発行する銭を真似て私鋳銭を作ることが流行っていた。多くは組織的に行われていたが、大量に私鋳銭を保持していた者を取調べ、市場の見せしめとして斬首にするのである。斬首は呆気なく行われた。目隠しをされて後ろ手に縛られた男が木に括られている。そこを衛士が直刀で心の臓を刺して動かなくなったところで首を落としたのである。首は暫くの間、市で晒される。

周囲を取り囲んでいた人々は、何事も無かったかのように元の市場の取引に散っていった。しかし、文麻呂はすぐには足が動かなかった。人一人が処刑され死んでいくことが、あのように呆気ない形で行われていることに、唖然としたのである。

だがそれだけではなかった。次の日も午後、用事で市に行くと、若狭では見られない光景を見た。何と人と馬とが市にかけられていたのである。若い粗末な麻布を着た男女が、寒そうな姿で、棒を持った男に縄で括られて並んでいる。おそらく口分田の租が納められず調も出せずに、どこかの舘に逃げ込んで貴人の田畑を耕作していた奴婢であろう。当時、豊かな者は数多く奴婢を使って、田畑を耕作させて収穫を得ていた。一般的に奴婢は良民の正丁より税負担が少なく、雇う手当ても必要なかったため、計画的に市場や、人買いから買い集めていた。奴婢は主人に借金を支払ってもらったり、雑徭がなかっったりするため、時代とともにその数は増えていった。当時は天皇や皇族の君、役人の臣、一般の姓を持つ民、さらにそれらから排除された賤があり、奴婢の存在は律令制度を下から支えていた。

文麻呂が衝撃だったのは、その後出された駿馬の方が奴婢七人分よりも高かったことである。

「如何に駿馬と言えど、奴婢七人の命よりも高いのか。何と言うことじゃ。」

文麻呂が呟くと、

「里長や郡司が租や調を出せと厳しく言うので、里からどんどん逃げて奴婢になる者が増えておる。今に駄馬でも奴婢十人と替わることになろうぞ。」

いつも市に来るのか、近くの男がそう話した。

「奴婢になれば人扱いされぬ。牛や馬どころか、それ以下じゃ。」

しかし、驚きはそれだけではなかった。

市の周囲に居る多くの乞食の群れを見たことである。平城京の各門は夕暮れに締められ、朝、開門と同時に京外で夜を過ごした乞食が入り、社や寺、市の周辺に座って施しを求めて来る。健康な者はおらず、老いたる者や病を持つ者、幼き者と、その数は数百から千にも及んだ。租庸調が出せずに里を出た者や、里から追い出された病人、運脚のまま故郷へ帰れない者たちは、乞食となって施しを受けるため、日中は都の市や寺社の周辺に集まるのである。

この頃、既に藤原氏の菩提寺である興福寺に病者のための悲田院が設けられていた。光明皇后が仏教の教えから設けたが、限られた人数しか見てもらえなかった。

（明日は吾が、あの中に居るやもしれぬ。吾ら仕丁は朝廷のためにお仕えするのが、仕事だが、あの者たちには何もしてやれないのであろうか。）

薄汚れ、破れた服を着て、市の周囲で地べたに座って食を乞う彼等を見て、そう感じるのである。

処刑を見たり、奴婢や牛馬の市や乞食の群れを見たりして、衝撃的なことが続いた歳の市の風景であった。

（吾も里長に租庸調が出せなかったり、病人になれば、彼等の群れに入らねばならぬ、ということか。吾と彼の者たちとの差は紙一重ではないか）

成功して大金持ちになる者がいる一方、華やかな平城京の市を通して、都の繁栄の裏に隠された厳しい現実に、底の知れぬ恐ろしさを感じるのである。

天平元年（七二九年）二月十日の朝、朝廷を揺るがす大きな騒動が持ち上がった。時の左大臣長屋王が、前年九月に一歳で亡くなった天皇の子で、皇太子の基王（もといおう）を左道（呪術）で呪い殺したという衝撃的な密告がなされたのである。

左道という重罪八虐の一つであり、徒刑から死罪までの大罪である。特に皇室に関わっているため斬首は免れないとされた。

朝廷の決定は早く、その夜の内に伊勢鈴鹿と美濃不破、越前愛発の三関に使いを送って関を塞ぎ、式部卿の藤原宇合（うまかい）らが、宮城警護の六衛府の兵を率いて長屋王の屋敷を囲んだ。

その日、都には珍しく朝から雪が舞っていた。文麻呂は草鞋を履き、普段の水干の上に麻衣を羽織って大炊寮に向かった。

彼方から衛士の一団が隊列を組んで通り過ぎようとしていた。その中に右衛府の海士人の姿があった。いつもの朝服ではなく胴を守る短甲（たんこう）と呼ばれる鎧を纏い、腰には黒作りの太刀、手には手鉾（てほこ）と呼ばれる槍を持っていた。以前会った折とは異なり、真剣な表情で過ぎて行くので、声も掛けられなかった。

雑人職に行って点呼が終わると、長が皆に左京三条二坊の左大臣宅が謀反の疑で式部省や衛士による捜索を受けているという事実を告げた。大炊寮には何の沙汰もなかったが、近衛や左右の兵衛府、写経所の者まで動員されたらしい。長は左大臣と朝廷との戦いが始まることになれば、衛士らの兵糧の支度をしなければならぬと言う。文麻呂は先ほど見た海士人の緊張した表情は、左大臣宅に向かうところであったか、と気づいた。

長屋王。天武天皇の長男高市皇子の長男で、参議や中納言を経ずに大納言になり、初めから正四位上の位を持つ名門中の名門である。

彼は養老四年（七二〇年）に右大臣になると、亡くなった藤原不比等に代わり、平城京の政界の中心として、八年間数々の政策を打ち出した。

養老五年の水害や旱魃には、畿内の調や夫役を免除したり、同年の隼人や蝦夷の反乱鎮圧のために、筑紫や陸奥の調を免除したりする政策を打ち出した。また衛士の役務期間の三年で必ず交代させたり、新たに田畑を開墾した場合には三代までそれぞれ自分の物にできる三世一身法を制定した。その他官人に対する考課制度も厳しく行った。それらの改革に、初めは若い藤原不比等の四人の息子たちも我慢していたが、徐々に政策の強引さに、他の官人たちと共に徐々に不満を募らせたようである。

そのような中央の政の争いについて、文麻呂は殆ど知ることもなかった。しかし、都に来て政の末端を担うことにより、初めて世の中の仕組みが少しずつ解り始めてきた。それは中央の貴人の豪勢な生活の様子であった。

長屋王は、左大臣の官職で六十人、正一位の位階で二十人の官人を朝廷から賜り、屋敷を運営していた。小さな宮内である。屋敷は平城宮の近くにあり、約一万二千坪の大豪邸に住み、犬や馬だけでなく、鶴やオウムまで飼っている。こうした珍しい動物を広大な庭園に放ち、宮中から楽人や舞人を招いて、夜な夜な盛大な宴会を楽しんだ。主食は白米で副食には鮑や鰹、鯛や雲丹、海草などの海産物、胡瓜（きゅうり）や葱、大根など季節の野菜を取り、牛乳まで飲んでいた。また猪や鹿、雉などの肉も食べている。特に海が遠い都では腐りやすい海産物は、干物や塩漬け酢漬けなどにして邸まで運ばせたことが木簡から解っている。また自らの舘で作った澄み酒や米を東西の市で売り、大きな利益も上げていた。

文麻呂には目も眩むような話だが、市場で食材を調達している長屋王の大膳の雑人の買い付けを見ると、宮内と変わらない規模で食材を購入していた。

今を時めくその左大臣に、謀反の嫌疑が掛けられているのである。

朝の雪は積もることは無く、昼には全て融け暖かくなった。間食の時に隣に居た池麻呂に話しかけた。

「左大臣に兵を差し向けるなど畏れ多い。誰がそのような嫌疑をかけたのであろうか。」

「解らぬが、左大臣殿は衛士の夫役期間を三年とされたり、自ら新たに耕した田を三世にわたって我が田にできる触れを出されたりして、吾はとても気に入っている。」

文麻呂が応えた。

「しかし、夜な夜な異国の客人を招いて、楽人や舞人を侍らせて宴会ばかりしておるらしい。吾も左大臣の雑人であったら如何かだったかと、羨んでおるところじゃ。」

隣の糟麻呂が言う。当時の朝廷の宴会は全て租から出され、公も私も無く五位以上の貴人は考えられないような贅沢を享受していたのである。

「吾のように日々の糧にも事欠くような者とは違い、貴人に生まれれば得じゃのう。」

文麻呂は、初めて不公平という考えが心の底から湧き上がるのであった。


昼の間食が終わると、長の志斐麻呂から、再び左京六条五坊に住む楢磐嶋の舘まで供をせよと命じられた。用件は北国より角鹿の湊に寄せられた昆布や、越前で焼かれた大皿や大瓶などの陶器を運ぶことである。

普段ならば大炊寮を出て左に曲がって左京六条五坊の楢磐嶋の舘に向かうのである。しかし左京三条二坊の左大臣長屋王宅が謀反の疑で衛士による捜索を受けているので、混乱を避けて、朱雀通りを真っ直ぐ六条まで下り五坊に辿り着いた。

楢磐嶋自ら荷の受け渡しに立ち会った。

「左大臣宅が謀反のために捜査を受けておるという話を聞いた。それは真か。」

志斐麻呂が

「真とかと存じます。」

「如何なる訳で藤原式家の宇合式部卿が、宮城警護の兵まで率いて屋敷を取り囲んだのじゃ。」

「詳しくは存じませぬが、先の皇太子の死去は、左大臣の左道で呪い殺したという噂でございます。」

「何と左道とな。」

磐嶋は絶句したまま動かなくなってしまった。呪術は不道という重罪八虐の一つであり、死罪の大罪である。特に皇室に関わっているため斬首は免れないとされていることを磐嶋も知っていた。

「歳末にも左大臣の舘に角鹿の郡家の角鹿直綱手（つぬがのあたいのなわて）の依頼で、塩を三十籠届けたばかりじゃ。」

驚きの表情のまま、文麻呂たちに話した。


翌夕、大炊寮の仕事を終えると、昨日長屋王の舘に出かけた右兵衛の海士人が来ていた。そこで文麻呂は改めて詳しい様子を聞くのだった。

長屋王の邸宅は衛門府・左衛士・右衛士の三軍以下の六衛府に囲まれていた。藤原武智麻呂（ふじわらむちまろ）を中心に舎人親王（とねりしんのう）や新田部親王（にいたべしんのう）ら六名の窮問使が北門より中に入った。

長屋王家の宿老赤染豊嶋（あかぞめのとよしま）が一行を出迎えた。豊嶋は後ろに長屋王の私兵十名を従えて、強行に六衛府の者が入ろうとするのを牽制した。その兵の長は後に名を残す大伴子虫（おおとものこむし）である。豊嶋は彼らを正殿に通した。

帝の命により遣わされた六名の窮問使を上座に案内した。やがて下座に長屋王が座り恭しく頭を下げた。王の表情は固かったが、常々朝堂で政務を共にしている親王や中納言達なので、よく説明をすれば誤解は解けると仕草に余裕があった。

「左大臣に左道による国家転覆の罪の申し立てがあった。帝よりこの六名が窮問に参った。」

「これは何としたこと。吾は帝の即位と共に左大臣を任ぜられ、この都の政を預かりし者。何故帝の御世を転覆させる理由がありましょうや。」

藤原武智麻呂が不思議に笑みを浮かべて応えた。

「左京のある官人二人が、左大臣が呪詛により帝の命を脅かそうとしている、と申し立てて参った。」

武智麻呂の笑みの意味を訝りながらも、

「誰とも知れぬ官人の誣告（ぶこく）を真に受けて、この左大臣を疑いなさるとは奇怪なこと。」

王は若い中納言の武智麻呂の言葉に慎重に答えた。

「然らば申し上げる。左大臣は二日前、元興寺の大法会でその場に参加していた一人の沙弥(しゃみ仏教の在家信者)を手に持って居た笏で打たれたでありましょうや。」

「確かに吾は大法会の食の支度の司であったので、間食の前に配膳の様子を見に行き申した。すると見苦しき沙弥が食を乞うていたので、その場から立ち去れと言いましたが立ち去らないので、笏で頭を打ち申した。」

「その沙弥は頭から血を流してその場から去ったそうじゃが、その非道を聞いた訴人の二人は、以前から調べていた左大臣の悪事を訴えようと決心したのじゃ。」

二日前の実際に行った出来事が意外な展開になって、流石の長屋王も動揺を隠せなかった。

「悪事とは如何なることか。」

「左大臣殿が左道により、次期帝が亡き者になりにけること。」

「何と・・・。昨年の基皇太子の死去の謂れが、吾の左道に因ることとな。」

王は初めて顔色を変えた。

「然らば問う。如何なる証によりてそのような疑念を抱かれる。」

声を荒らげて王は問うた。

武智麻呂は後ろを向いて、少納言巨勢宿奈麻呂（こせのすくなまろ）から白妙の布に包まれた物を受け取った。

「左大臣はよく存じて居られましょうや。」

武智麻呂は王の前に木製品を差し出して見せた。

「これは人形代（ひとかたしろ）なり。心の臓に釘穴があり、裏には「基」と書かれておる。左大臣、如何なる所で見つかったと思いになる。」

ここに及んで王は、この嫌疑が深く仕組まれた計略であることに思い至った。武智麻呂はさらに続けた。

「これはこの舘の汚し所に捨てられていたのを、訴人した者が見つけたのじゃ。」

王は体を震わせた。

「全くの謀略。この上は帝に直接お会いして身の潔白をお証しいたす。」

「それには及ばぬ。帝は左道を行った事を確かめた上で断罪せよとのお言葉じゃ。」

左大臣は必死に抗弁したが、前年の皇子の病死が突然だっただけに、人形代まで持ち出されて、論理的に抗うことはできなかった。

夜半、六名の窮問使は王の左道による謀反の罪を言い渡した。最後に
「帝の特別な計らいで刑の執行は行わず、自宅での自刃を許すとのお言葉である。如何がなさる。」

そう武智麻呂は言い放って席を立った。

王はその言葉に返答もせず、暫く座ったままであった。その後邸内で身内に毒を飲ませた。最後に王は

「帝の近くに在りながら、帝の御心も知らず実に迂闊であった。かくなる上は藤原の一族に吾の怨念を懸けて死に臨まん。」

そう言って自らも服毒して命を絶った。五十四歳であった。

生々しい最後を聞いて文麻呂は茫然とした。表立った反乱も戦も起きていないのに、栄華を誇った王が呆気なく最期を迎えたのである。

「どうやら左大臣の親族や、仕えていた家来などおおよそ百人も捕らえられた。左大臣は仕方ないが、何も全員捕まえなくともよいのに。罪などは無いと思うが。」

海士人は顔を顰めた。文麻呂も

「左大臣殿と言えば、官人の最上位。その貴人が本当に大王に謀反を起こすであろうか。話を聞く限り、悪い事は何もしていないように思える。このようなことで死に臨まねばならぬとは、げに気疎（きょうと）いことじゃ。貴人の世はわからぬことばかりじゃ」

そう呟いて家路につくのであった。

だが長屋王の死は、その後の平城の世に大きな影響を及ぼした。何か大きな災いが

あるとの人々は、長屋王の祟りと慄（おののき）続けるのであった。その影響は後々、文麻呂自身も直接関わることとなるのである。

第九章　若狭へ

天平二年（七三〇年）秋。都に仕丁に出てから早三年。平城京の周辺にもアキアカネが飛び交い、野稲が頭を垂れる季節となった。夏を過ぎる頃から、文麻呂も鳥麻呂も落ち着きを失くしている。もうすぐ故郷若狭に帰れるからである。

大炊寮へ各地から運ばれてくる租や調、贄の仕分けや運搬などをするうちに、おおよその内容が理解できた。何より呉字漢字の読み書きができるようになり、算用も少しく使えるようになった。長の志斐麻呂にも頼りにされるようになると、来た当初は疲れが多く煩わしく感じた仕丁の仕事が、さほど苦にならなくなってきた。

一方鳥麻呂は、三ツ歳の間に細身の体は来た時よりも一層やせこけ、骨と皮だけが目立つようになっていた。早く帰る日が来ることが待ち通しい一方、都の斯丁として各仕丁の食材を下調理したり、配膳したりすることに充実感を感じていた。何よりもここでは体を動かして懸命に働くと、一人前の斯丁として認められることが嬉しかった。

「この地には、吾を穀潰しと罵る者も居なければ、足蹴にする者も居らぬ。何よりも租を取り立てる里長もおらぬ故、ここの斯丁も思うたより煩わしくはなくなった。懸命に体を動かせた分認めてくれるのじゃ。」

そう言う思いに感じることもあった。だが日が近づくにつれて故郷で待ちわびる母への思いもつのり、帰郷を心待ちするようになってきた。

大蔵省織部司の機織職の雑人に仕える佐奈女は機織の技が認められ、雑人の中から唯一機織職の織人に選ばれて仕事をしていた。文麻呂は時折、調の中に生糸があると織部司に持って行き、佐奈女に逢う事を楽しみにしていた。

「いよいよ若狭へ帰る日が近づいておる。愛しき吾が故郷じゃ。」

「吾も日を繰って父や母の元に帰ること請い願っておりまする。」

佐奈女も嬉しそうに話した。

神無月の月末の晴天の日。若狭から調塩調布を背に負った一行が、都の国司高橋邸にやってきた。いよいよ三つ歳の仕丁の交代である。

文麻呂たちは前日それぞれの雑人職の長に挨拶をし、仲間に別れを告げてきた。

大炊寮の長志斐麻呂は文麻呂に

「三つ歳、げに尽くしてくれ、感謝致す。また都に来ることあらば、吾を尋ねて参れ。」

と別れを惜しんでくれた。他の仕丁を務め上げた雑人たちとも、それぞれ別れを惜しみながら寮を後にした。寝起きしていた諸司厨町の寝床を綺麗に片付け、作業に使った水干などの私物をまとめて、管理する役人に挨拶をした。国司の舘の宿りに行くと、鳥麻呂の様子がおかしい。頭を抱えて座ったまま動かない。

「どうかしたのか。」

文麻呂が尋ねると

「母が亡くなった。里の玉置より来た運脚の一人が伝えてくれた。」

声を震わせながら話した。体のあちこちも小刻みに動かしている様子から、衝撃の大きさが伺える。日を数えるようにしていた帰郷の日に、このような知らせがもたらされようとは・・・。文麻呂はかける言葉がなかった。

その夜、明日の帰郷のため国司の舘の宿に集まった文麻呂たち三人は、明日の出立に向けて身支度を整えた。

「古津の海士人はどうしたのであろう。」

「腕が立つので右衛府の少志（しょうし）に取り立てられ、そのまま都に残るそうです。」

佐奈女がそう言うと、文麻呂は驚いた。

「右衛府の少志と言えば、従八位下の位階ではないか。阿奴は腕が立つし、人付き合いもよい。海以外でも活躍できるとは、羨ましきことじゃ。」

文麻呂は残る海士人に羨望も感じた。

鳥麻呂はぽつんと宿の隅で黙って座っている。文麻呂はかける言葉を探していた。

「吾主の辛い想いは及びもつかぬが、明日共に若狭まで帰ろう。母のことは気の毒じゃが弔いもあろう。気をしっかり保って帰るのじゃ。」

すると鳥麻呂は
「母が亡くなって、里にはもう吾を待つものは誰もおらぬ。伏庵も縁者が片付けたであろう。」

鳥麻呂は萎れた花のように、ぼそぼそと呟いた。

「まず帰って弔わなければ、母の御魂も浮かばれませせぬ。」

佐奈女も声をかける。

「母と共に二人で暮らすことが吾の望みであった。その母が亡くなった今、里でどうやって生きて行けばよいのか。」

鳥麻呂はそう言うと、奥の藁床に横になった膝を抱えた。佐奈女は不憫に思ったのか、傍に行ってそっと麻衾を被せた。


翌朝、運脚の帰りと同時に、文麻呂たちも列の後ろについて出発した。文麻呂、佐奈女の二人とも手には杖を持ち、背には故郷の家族への土産が多く括り付けられていた。秋も深まり、刈り穂の上を涼しい風が吹いている。平城山を越えようとした時、振り返って改めて都を眺めた。

「若狭へ帰ることができるのは嬉しくもあるが、都を離れるのは一抹の寂しさもある。」

文麻呂が言うと
「例えようもなく嬉しく思います。空を飛ぶ鳥さえも里に向かっているように見えまする。」

佐奈女も高ぶる気持ちを抑えられないようである。だが最後尾を行く鳥麻呂は帰郷の様々な片付けと、母の死とですでに弱っていた。あれほど待ち望んだ帰郷が、失意の旅になろうとは思いもしなかった。力無くよろよろと進むその姿に、文麻呂は彼の複雑な心中を思いやった。

「これで父と母に会えますする。一時でも早よう国に帰りたい。」

途中の休憩で近くに座る佐奈女は待ちきれないように笑みを浮かべている。

視線の先に鳥麻呂が見える。秋の空の宙を見つめて何か想いに耽っている。

先達の指示で休憩が終わると、文麻呂は時折、後ろを振り返って鳥麻呂の姿を確かめながら歩を進めるのであった。

都から若狭への帰りの運脚は、調塩や調布がないため、早朝に出発し山城の盆地を越え、久多の里まで一気に踏破する行程となっている。鄙では手に入りにくい軽い物を持ち帰ることが許されているため、仕丁とは異なり運脚の呼びかけに応ずる者はいた。

木津川を渡り、巨椋池を迂回して運脚の列は、静々と続き昼前には真幡寸（まはたき）神社（現城南宮）に着いた。その頃、運脚の最後に付いていた三人は徐々に遅れていた。鳥麻呂の足が目に見えて遅くなったのである。真幡寸神社では堅塩を付けた糒が配られたが、水で流し込むのがやっとであった。

「鳥麻呂、若狭へは後一日ぞ。今こそ如何なることをしても里へ帰るぞ。」

鳥麻呂はにっこり笑って体を休めたが、顔色は優れず血の気がなかった。

文麻呂は休んでいた先達に鳥麻呂のことを話したが、運脚の足を遅くすることはできぬ、と伝えられた。

「この花背の峠を越えられようか。」

文麻呂は北山からの幾筋もの川を渡り、山道に差し掛かろうとした。鳥麻呂の足取りは遅々として進まず、とうとう運脚の列は遠く先行くこととなった。

「佐奈女は皆と共に歩んでいけ。」

「吾主は如何がなさいますか。」

「吾は鳥麻呂と共にゆるりと進んでいく。」

「それはできませぬ。二人を置いて若狭へ帰っても嬉しくはありませぬ。」

秋の陽はすぐに暮れ、三人は北山の花背峠の手前まで辿り着いた。運脚の一行は予定通りでは、花背を越え、八丁平から小黒坂を過ぎ久多まで下ったはずである。

三人はそのまま花背峠の手前の大木の下で野宿をした。都から持ってきた糒を木椀に水で解いて休むと、三人は大きな木の下で夜露を避け、間に鳥麻呂を挟んで横になった。寒さは予想以上で、水干の上に麻布を着ても身に凍みた。

「明日中に若狭へ帰れるであろうか。」

鳥麻呂は糒もあまり食べなかったので、明日からの三つの峠が越えられるか、文麻呂は気がかりであった。

翌未明。まだ薄暗い中、文麻呂は近くに眠る佐奈女から肩を揺すられた。

「鳥麻呂が居りませぬ。」

慌てて飛び起きて、暗がりを探った。

「鳥麻呂、鳥麻呂。如何がした。どこに居る。」

声を掛けたが、辺りに気配はなかった。

「鳥麻呂は何故立ち去ったのか。」

「母が亡くなって、帰る理由が無くなったからではありませぬか。」

「母の弔いもあろうに。何処へ行ったのか。」

「あの弱った体で我々より早く運脚に追いつくとは考えられませぬ。都へ戻ったのではありませぬか。」

佐奈女の言うとおりかもしれない。

「おそらく病がちであった母が亡くなったので、もう戻る意欲も、力も尽きてしまったのであろう。しかしまだ遠くへ行っておらぬかもしれぬ。明るくなったら麓まで探してみよう。」

薄らと見通せる明るさになると、二人は峠を下り、都の方の道を戻って鳥麻呂を探した。しかし姿は無く、行方はわからずじまいであった。

文麻呂と佐奈女は仕方なく元の道に戻り、若狭への道を歩みはじめた。

翌日、昼前に針畑峠を越えた。

辺りは紅葉や楓が色づいていた。鳥麻呂のことは気がかりであったが、夢にまで見た故郷に辿り着いた喜びが勝っていた。

「とうとう帰ってきたぞ。」

文麻呂が言うと、佐奈女も久しぶりに見る故郷に、喜びの声をあげた。

「父や母は如何がして居るでしょうか。早く会いとう御座います。」

「鳥麻呂は何処に行ったのであろうか。」

「無事でいてくれたらよいですが。」

「おそらく都に戻ったのであろう。郡家には途中で体が悪くなり、自ら都は戻ったと伝えよう。」

鳥麻呂の消息を案じながらも、二人は峠を下っていった。

第十章　二度目の仕丁

遠敷の郡家に着くと文麻呂と佐奈女とは、同僚の鳥麻呂が体調を崩し途中から居なくなったことを伝えた。すると二人は、当時流行っていた天然痘の病気に罹ってないか、という事を疑われた。調の運脚で朝廷による道の整備が進み、遠方の土地の伝染病も往来する人によってもたらされることが多かった。免疫を持たぬ当時の人々にとって、他所からの病気を持ち込まれることは極端に恐ろしい。そのため旅から帰って来たり、外から来た者は、村の外の離れた場所にしばらく留め置かれることが多かった。また各集落の入口に関があり、外敵や災いが入らぬように様々な守り神が置かれていたり、結界が示されたりしていた。

文麻呂たちが流行病に罹ってないことを確認され、郡家から母が待つ野の里に帰れたのは、三日後のことであった。

懐かしの伏庵はかつての通りだった。

「兄、兄。真の兄か。よくぞ、よくぞ帰って来てくれた。」

文麻呂の姿を見た母の赤女は涙を浮かべ、文麻呂の体にしがみついて離れなかった。比奈や比古も心から喜んでくれた。二人とも三つ歳ですっかり大きくなり、名も比奈女と君比古と改め、もう十分母を支えることができていた。しかしなぜか、近所の者は素気無い態度に終始する。さらに文麻呂が衝撃を受けたのが、里長の庵に帰ったことを知らせに行った時のことである。

「都から共に帰った鳥麻呂という仲間を見失ったそうな。先に運脚から帰って来た者たちが、皆其方の行いを責めておるぞ。」

「鳥麻呂は母が亡くなったのを聞いて、帰る意欲を失っておりました。それで花背峠の手前で故郷に帰れなくなった、と考えて居ります。以前から体の具合が悪い上に、母が亡くなったため、もう自力で帰る意欲を失ったので御座いましょう。吾は精一杯務め申しました。」

「何故そのまま手を引いてでも連れ帰って来なかった。母は亡くなっても縁者や村人は、待っておったであろうに。先達の稲目も困っておった。仕丁に出た者が帰って来なければ、次の者が怖れて断わる様子が出てくる。そのような煩わしきことが起きぬように願っておるが。」

そう言われて文麻呂は目が眩むのを感じた。三つ歳仕丁に出て、国司や郡司から労う言葉をかけられるどころか、自ら姿を消した鳥麻呂のことで責められるのは納得がいかなかった。

「先達も吾らを残しておいて、まるで鳥麻呂を逃がしたように言っておる。責を一身に問われておるようじゃ。」

文麻呂は里長の言葉に、身も心も切り刻まれるような心の痛みを感じ、その傷は長く癒えなかった。


故郷に戻ると、比奈女や君比古の成長で口分田も増えていた。

「兄、これを見てくれ。」

君比古が田に行く折に鍬を見せてきた。以前興味を示していた鉄が木の枠の外側にはめ込んである。

「鉄か。よくそのような物が手に入ったな。」

「兄が教えてくれた鹿の角を春先、山を駆け巡って探したら、よく見つかる場所があったのじゃ。それを貯めて市に持って行った。すると多くの堅塩が手に入ったので、引き換えに此の鉄と交換できた。」

確かに君比古の鍬は先が固いだけに、しっかり田に食い込み、大きく土を耕すことができる。力強く作業を進める君比古の姿を、文麻呂は頼もしく感じるのであった。

比奈女が少し広げられた伏庵の、薄明かりの中で機を織っていた。

「比奈女も精を出し過ぎて、体を壊すでないぞ。」

「母から織り方を習うて居りますれば、丈夫に織ることができまする。」

比奈女は笑顔で応えた。

「比奈女も嫁に迎えたいという声が糸伯父から掛っておる。有難いが、今は比奈女の布も市でよく取り引きされるので、吾れらが食うていくためには、機織も大事じゃ。」

母もそう話した。


ある日、二人で田の草を取っていると、君比古が尋ねた。

「兄、都とはどのような処じゃ。」

「都は多くの舘が並び、あちこちから人が多く行き交い、賑やかなことこの上無しじゃ。特に東西の市はここの市とは大きさが全然違い、見たことのない物が山ほどある。吾も行った折は驚くことばかりじゃった。」

文麻呂が懐かしそうに語った。

「吾も一度、都へ行ってこの目でどんな処か見てみたい。」

「一人では行けぬ。大きくなったら、仕丁は大変じゃが、運脚ならば一度は声がかかるであろう。その折に行けばよい。」

文麻呂はそう伝えた。すると君比古は頷いた後、再度尋ねてきた。

「兄、木や竹に書いてある字は読めるのか。」

「漢や呉から伝わった字ならば、仕丁の時に学んだ故、ある程度は読み書きと算用はできる。」

「ならば教えてくれ。吾もできるようになりたい。」

「然らば、比奈女と二人に、朝早う伏庵の前で伝えよう。」

翌朝から、一日一字ずつ、文麻呂は二人に木の棒で文字を書いて教えた。

「この字は、阿と書いて「あ」と読む。」

文麻呂が土の上に木の棒で文字を書くと、二人も同じように真似た。初めて文字を習う二人の覚えは早く、驚くほどであった。

当時の文字は漢や呉から伝わった文字が、表音文字として表記されたもので、三ヶ月も教わると、二人は簡単な文字は読めるようになった。

「これは如何なる読みや。」

文麻呂が、土に「禾可左」と書き表した。

「わ、か、さ、と読むのでは。」

比奈女がすぐに読むと、君比古は遅れたことを悔しがった。

「それは、都で吾が里の事を言う。然らば、これは。」

「加乃之之」

と書いた。

「か、の、し、し。」

君比古は即座にそう読んだ。

「したり。」

「これは、其方がいつも山に分け入って角を探しておる獣じゃ。」

「鹿（かのしし）は、このように書き表すのか。」

目に見えない言の葉が、文字として見えて読めるようになることや、竹に石包丁で字を刻んで記録し残すことができるのは、二人にとって新鮮な驚きであった。また算用は物の数の読み方や和、減の方法を教えると、君比古には少しくその才があったのか、すぐに上達していった。やがて近くの里の若者も朝来て、共に学ぶようになってきた。

以前は、文麻呂が中心となって口分田を耕し、日々の糧を得てきた。しかし、妹弟の成長は嬉しい反面、比奈女や君比古が切り盛りするようになると、次第に自分の居場所が狭くなった気がした。それでも季節が変わり秋の取り入れが終わると、文麻呂は冬に備えるため、必死になって山野を駆け巡るようになった。そのような年月を重ねるうちに、次第に都で過ごした日々のことは記憶から薄らいでいったのである。

七年の歳月が過ぎた。

天平九年（七三七年）二月の初めのことである。朝、郡家の少領丹生黒麻呂が里長と共に、文麻呂の伏庵に尋ねてきた。

「久しく会わぬが、息災であったか。」

野の里の里長、中臣部石人が、外に居た赤女に声を掛けてきた。伏庵の中で休んでいた文麻呂は慌てて厚手の麻布を着て外に出てきた。三人は近くの里の社の大木の下に寄った。赤女も重ね着して心配で付いてきた。

「実は、昨年仕丁に出た須部君足（すべのきみたり）という者が、大炊寮の雑人から逃げ出し、今まで行方が不明であるのじゃ。」

里長が告げた。逃げた仕丁は文麻呂も知っている者である。しかし突然のことで驚いて無言でいると、少領が続けた。

「国司からも同じ遠敷郡から替わりを募れ、と言われておるのじゃ。これから春先の植え付けの時機じゃが、都のことをよく存じておる吾主に願えよとの達しじゃ。」

後ろで聞いていた母が
「七年前、三ツ歳務めたばかりでございます。他の里の正丁を当たって下され。」

すぐに言った。

「前の仕丁の折、其方は良く務めてくれた。都での務めは評判を聞いた国司からの依頼じゃ。」

「その代わり、此度は国司や大領が其方の事を都で過ごし易いように計らう、と申されておる。頼み申す。」

文麻呂が黙っていると、里長が頭を下げた。冷たい風が通り過ぎる。文麻呂は迷った。大炊寮の雑人職から逃げ出してしまった者の代わりで、再び三つ歳の務めである。母の強い反対もある。その場では返事ができなかった。

野の里の山裾にある父が葬られている墓地に行った。暫く訪れない間に、小さな堂が建てられ木彫りの観音菩薩が安置されていた。この里の者は「野寺」と呼んでいる。そこで手を合わせ、しばし熟慮した。その結果、仕丁の命を受けることにした。何よりも、比奈女も君比古も大きくなり、母の食べる心配りは必要なくなっていたことが大きかった。

三日後、文麻呂は受けることを里長に伝えた。

母は冬場に風邪をしこらかし（こじらせ）て咳が続き、別れる時には伏庵の中で臥せっている。文麻呂が別れを言うと
「また行ってしまうのか。もう吾は体も弱ってきた。都では天然痘が流行っておると聞いておる。・・・もう会えぬかも知れぬ。どうか身を大切にせよ。」

涙を浮かべて語った。文麻呂も涙ながらに別れを言って外に出た。

「二人とも母を頼むぞ。煩わしきことあらば糸伯父に伝えよ。」

比奈女と君比古にも言い聞かせ、二人に別れを告げた。

「兄も息災で過ごされよう。」

二人は兄が見えなくなるまで、手を振り続けた。


翌々日、雪が融けるのを待って、贄を運ぶ運脚の一行が針畑峠を越えていた。その最後に、文麻呂と佐奈女の姿があった。

荷は以前の調塩や調布ではなく、若狭で取れた宮廷の食材である贄の運搬である二ッ月に一度は三日を掛けて平城京へと運ばれた。朝廷だけでなく宮中の要請により国家的な行事や諸外国や国内の賓客がある折りには、一月に一度になったり半月に一度になることもあった。後に御食国と呼ばれる志摩や淡路、若狭の三カ国は、都を取り囲んで常に食材を提供し続けていた。しかし志摩には鈴鹿の山があり、淡路は海を隔てていたので、三日以内に確実に届けられたのは主に若狭であった。特に天皇は蟹や鮑、烏賊や蛸など海の珍味を好まれたので、北ツ海の珍味を塩漬けにしたり乾燥させたりして、程よく提供し続けるには若狭が一番有利であり、国司である高橋氏の特権であった。

高橋氏以前の国司は贄の手配と同時に、韓国との外交も兼ねていて新羅や唐と戦った白村江（はくすきのえ）の戦いでは、膳臣の余磯（いわれ）は中心的な役割を果たしている。現代に例えれば、宮内省と外務省とを兼ねた大和朝廷でも中心的な人物だった。

春の贄は冬場で山道が閉ざされていた場合は、琵琶湖の西海岸を通って奈良へと運ばれることがあった。此度は、前回同様、針畑越えである。冬に獲れた鯖や鰤だけでなく蛸や蟹、昆布などが運ばれ、文麻呂や佐那女もその贄の荷を背負って運脚に参加していた。

調の運脚とは異なり十名の運脚の一行は、遠敷の大領の正倉から出発した。幣を捧げる地点に差し掛かると一行は頭を垂れて、贄の運脚の無事を祈った。処々に残雪が残る中を運脚は粛々と進んだ。

途中、山道で休憩した。その折、文麻呂は家の者を思いやっていた。

（母は老いたが、大きくなった比奈女と君比古とが支えてくれよう。吾は再び都で務めを果たすだけじゃ。しっかりせねば。）

再度の仕丁に、そう心新たに決意をするのであった。

針畑峠の風は身を切るような寒さだが、春の日差しを受けている下りは、思いの外歩き易い。文麻呂の後ろを歩くのは、偶然再び女丁として赴く佐奈女である。彼女は、まだ嫁に行かず郡家で調として納める絹布を織っていた。都にいた時から機織の優れた技量が認められていたが、調の出来栄えの良さに大蔵省機織部より国司を通しての再度の要請である。調塩と違い佐奈女の背負った贄は、乾燥させた海産物だったので量は嵩張ったが重くはなさそうである。今度は女丁ではなく正式の織部として召されるので、表情も明るかった。

「久しく会わなかったが、息災であったか。」

「前回の運脚も女丁も不安が先立ちましたが、今度は行く先が織部なのでよく存じて居ります故、丈夫で臨みまする。」

「あの折には、鳥麻呂が居なくなって、其方にも迷惑をかけた。」

文麻呂が言うと

「あれから鳥麻呂が何処にいるのか、明らかになったのでございましょうか。」

「否、不明じゃ。何処の空の下で達者でおればよいが・・・。」

仕丁から帰って来た直後は気がかりだったが、歳を経るにつれその機会も減った。最近は日々の糧に追われ、鳥麻呂のことは思い出すことも少なくなってしまっていた。

第十一章　官人への道

二日後、国司高橋氏の舘に到着した。佐奈女はそのまま機織部に向かったが、文麻呂はすぐに贄を大炊寮まで運び込んだ。

久しぶりの大炊寮は、殆どが見知らぬ雑人ばかりであったが、長の志斐麻呂が現われて迎えてくれた。

「久しく故郷で過ごしましたが、再び戻って参りました。」

「よくぞ戻ってきてくれた。また共にできて嬉しく思うぞ。」

長は以前と違い髯が剃られて、のっぺりした顔であった。しかし文麻呂は懐かし仲間の処に戻れ安心するのであった。

弥生になり寒さが緩んだ。ある夕べ、古津出身の海士人が訪ねてきた。始め古海部海士人(ふるうみべのあまひと)という名を告げられた時、見知らぬ名前に戸惑った。衛士は各地から三つ歳の期間、雑徭として務める者も多くいたが、その中には非力で口減らしとして義務的に来る者もいた。しかし朝廷の指示により各地から力自慢の者が来るようになって以来、都の者が及ばぬ力量を発揮して重用される者も多かった。海士人もその一人で、右衛府の守から直接名を賜り、官も右衛府の少志から大志になっていた。かつて海で鍛えた体は都でも能力を遺憾なく発揮していたのである。

「戻ってきた事を耳にした。目出度きことじゃ。近々吾の家で一献傾けようぞ。」

「吾主は家を賜ったのか。」

「右衛府の少志から大志に任ぜられ、狭いが家を賜ったのじゃ。それに妻も娶った。」

「妻もか。これはしたり。したり、したり。」

思いがけない海士人の言葉に、文麻呂は相好を崩して喜んだ。妻は斑鳩の出身で、歳は三つ下だという。

「吾主は運の良き男よのう。かわいい妻まで娶って、吾はまた雑人のままじゃが、再度の仕丁故、都でまた三ツ歳懸命に務めていきたい。」

衛士として栄達を果たしていく海士人を、眩しそうに見つめた。

「吾主も何処かに伝手（つて）はないのか。官人への道が開ければ、良き妻を得られようぞ。」

「官人への道は容易ではないが、秦氏の縁を頼って行こうと存ずる。」

「それは良き案じゃ。吾れら鄙から来た者が都で暮らしていくには、多くを蓄銭して位を得るか、何か頼る縁（よすが）が無ければ、生きていくのも難しい。吾主に言うが、都では相手の官位や一族を良く知ることが大切じゃが、一族同士の関係も知ることが重要じゃ。うっかり関係を知らずして相手を非難して、それが相手の耳に入り、失脚した者も多いと聞く。おさおさ気を緩めぬことじゃ。」

「有り難い教え、心に浸み入る。」

海士人の助言を神妙に聞いた。

その後、話は鳥麻呂の事にも及んだ。

「吾れらと共に来た鳥麻呂は、若狭に帰る折に、母が亡くなった知らせが来たのじゃ。

身寄りの無い鳥麻呂はすっかり元気を失くして、途中の花背の前に突然居なくなってしまった。その後、国司や郡司に頼んで探したが、全く行方がわからぬ。吾主は鳥麻呂の消息を知らぬか。」

「否、知らぬ。」

「其方も知っての通り、鳥麻呂は左目の下に大きな黒子（ほくろ）がある。衛士の大志故、その力で探してはくれぬか。」

「吾らの役目は大王（おおきみ）や朝廷の警護を司る身故、鳥麻呂だけを探す命を出すわけには行かぬが、警邏する者には話しを伝えておこう。」

その後、故郷のことを話し込んだりして、二人の会話は夜遅くまで続いた。


翌朝、文麻呂は都への出立前、郡家の長である大領の秦人牟都麻呂に挨拶に行った時のことを思い出していた。訪ねると大領は、

「此度の運脚と仕丁に応じ、嬉しく思う。都へ行ったなれば、この書状を持って左京四条三坊の秦人虫麻呂（はたひとのむしまろ）の舘へ行くが良い。そのお方は秦氏本家である松尾山の磐倉の出で、土木や金属の匠に長けた方じゃ。貴人でもあり都では大王に目通りできる方じゃ。吾主も秦氏の流れの者故一度お目にかかっておくがよかろう。」

二度目の仕丁ということで、そう紹介して書状を渡した。

海士人来た翌々日、文麻呂は左京四条三坊の秦人虫麻呂の邸宅を訪ねていた。若狭から持ってきた干した鰈を包んで手土産とした。

秦人虫麻呂の舘は築地塀に囲まれた壮麗な舘であった。表門の前の衛士に牟都麻呂からの紹介状を渡して暫くすると、奥の間に通された。

やがて奥から従五位下で中務省内匠寮の頭（かみ）の秦人虫麻呂が出てきた。五位下の薄青の朝服を纏っている。

「吾は若狭の国、野の里の秦人文麻呂と申しまする。遠敷の大領秦人牟都麻呂様より一度訪ねて参れ、とのお話を聞き、寄せて頂きました。」

文麻呂は頭を下げ、紹介状と土産を渡した。虫麻呂は書状を手に取って読むと

「吾主も若狭の秦氏流れを名乗っておるようじゃが、如何なる流れじゃ。」

「父は若狭の国遠敷郡で大領の遠い親戚に当たりまして、吾が家には代々伝えられた機織の技がございます。」

「吾は山城の松尾山の秦氏本家からの出じゃ。秦の国から韓にやって来た弓月君（ゆつきのきみ）が、新羅の妨害を受けながらも、応神天皇十四年（西暦約三百年後半から四百年初頭）に、百二十の専門の部を率いて倭の国にやってきた。一族の祖は若狭から入って来たと伝わっておる。渡来した大和の地で朝廷に仕えたが、今は山

城の国の西北の松尾山の磐倉に秦氏の本拠地を置き、各地の秦氏を取りまとめておる。今は磐倉を一族の神として祭っておる、その中心が太秦（うずまさ）の地じゃ。韓の国から伝えた技を生かして、山城や朝廷の大蔵などの官人として仕えておる。秦の流れの中でも吾一族は、様々な技を倭に伝え、代々養蚕や機織、田畑の水を引く土木、木を解して紙を作る技などを伝えておる。今は中務省（なかつかさ）の内匠寮（うちのたくみのつかさ）で金属を加工する仕事をしておる。吾主は金属の扱う技はできるか。」

「否、全くできませぬ。」

「そうか。残念じゃ。今、内匠寮でも宮廷や寺からの依頼が多いが、天然痘で多くの者が亡くなっておるので、作業に支障が出るほど工人が不足しておる。もしできるのなら、すぐに手配するのじゃが。」

そう残念がった。

「吾は前回も仕丁で大炊寮に勤め、調達された食材の仕分けをする仕事をしておりました。此度の仕丁でも同じ仕事で召されました。」

「若狭は御食国故、多くの調塩や調布や海産が運ばれて来よう。大王はいよいよ仏の力を借りて国を治めようと考えておられる。また多くの官人が登用される予定じゃ。大炊寮の守や介に吾主のことは伝えておく。」

秦人虫麻呂はそう述べてくれた。文麻呂は改めて一族の繋がりを感じ、深く頭を下げるのであった。

この時代、縁故を持たない者が官人に登用されることはなかった。何らかの取引で貴人と関わり合っている者か、自ら縁故を求めていく者しか官人になれず、文麻呂もそのことは身にしみてわかっていたのである。


天平九年（七三七年）九月二十八日。朝廷は臨時に官位・官職の任用を行った。

二年前から流行している天然痘が畿内にも及び、皇族や高貴の者や中下位の官人も数多く亡くなったためである。当時朝廷の中枢にいた藤原氏の北家の房前（ふささき）、京家の麻呂、南家の武智麻呂、式家の宇合（うまかい）が次々と亡くなった。人々は先年亡くなった長屋王の怨霊が祟ったのだと噂し合った。

それらの空白を埋めるため、読み書き算のできる地方の優秀な人材を多数配置する措置である。臨時の任用で前任の新田部志斐麻呂（あらたべのしびのまろ）は、少初位上から大初位下へと官位が上がって大膳寮へと異動になり、文麻呂も二度目の大炊寮雑人職の経歴から、晴れて少初位下になり雑人の長に任ぜられた。以前の大炊寮での働きが認められたこともあるのだが、裏では調や贄の担当である膳臣高橋氏の思惑や、秦人虫麻呂からの推薦があったことは間違いない。

朝廷への食材は各地からの租や調、東西の市で調達できたが、天皇や宮廷を支える新鮮な食材は、事実上若狭と志摩、淡路とが支えていた。宮廷の命綱である食材提供を通して、膳臣の高橋氏は自身の実権をさらに強化して朝廷内での地位を高めようとする考えを持ち、食材を取り扱う大炊寮で若狭の官人を増やそうと目論んでいたのである。

この大幅な人事の任用で、後に光仁天皇となる白壁王が新たに官職を得て、反藤原派の橘諸兄（たちばなのもろえ）が大納言になり、政権中心を担うこととなった。反面他の重要な官職は、そのまま藤原四家の息子らが引き継いだが、これらの任用による藤原派と反藤原派との対立が、平城京後半の政変や戦乱の種となっていく。

官人になると今までは宮廷内に近い諸司厨町（しょしくりやまち）の長屋に寝泊りしていたのが、平城京内に家が給せられる。三位以上の貴人は約二万坪の邸宅が与えられているが、少初位下の文麻呂には三位以上の六十四分の一町の広さの約八十坪の土地が与えられた。板葺きの屋根、四方に柱が立ち、周りは土壁で囲われていた。だが場所は左京八条三坊であるので、内裏まで通うのに距離があるため生活は一変した。

以前の雑人では、日の出の約半刻程に大音響で鳴り響く太鼓が聞こえてから、折烏帽子に白麻の水干小袴で身支度して出仕していた。だが官人となると、毎日夜明け前に起きて、半刻を掛けて平城京を南から北へ約一里を歩いていくのである。

朝は、昨夕の薄い塩味の粟の残り粥汁を口に入れて、腹を満たす。髪は髷を結って黒の漆紗冠（ひつしゃっかん）の冠を被り、薄手の朝服の上着を着て、襟と腰を紐で結ぶ姿となって出仕に向かう。文麻呂の場合は初少位下なので浅縹（あさはなだ）と呼ばれる薄青色である。

やがて第二関門鼓が鳴り、各門が開くと、官人たちは各役所の中に入っていく。今までは与えられた仕事を努めれば良かったが、正式な官人になると、上司である主典（さかん）から次の仕事を聞いて段取りを考え、各雑人に割り振らなければならなかった。そのため以前より早く出仕し仕事を計画的に進めなければならなかった。この後の激動した平城の都での、長い官人勤めの始まりである。

第十二章　長屋王の変の結末

天平十年（七三八年）七月。文麻呂は雑人職の仕事が終わると、非番の右衛府の古海部海士人を誘って、近くの官人が集う囲碁処に立ち寄った。当時の囲碁は白と黒の石を星に、事前に置石として置いておく方式が取られていた。

海士人が上手（うわて）で白を持ち、文麻呂は黒を持った。互いに碁盤の星に置かれた相手の石に掛かりを入れ、相手もそれに応ずる。始めに石が置かれているので、自分の石の周りには手を入れて陣を広げようとするし、相手の置石の周りには、眼を確保して活きようとする。この遊戯は天の星の動きから縦横に石を置いて未来を占う技から発展し、天竺から唐を経て倭国に伝わったとされている。始めて間もない頃は、難解でどこに打って良いのか分からなかったが、徐々に理屈がわかると、世の中にこれほど面白い遊びがあるのかと、夢中になった。

当時、貴人の多くは同じく唐から伝わった毬杖（ぎっちょう現在のホッケー）に熱中していた。宮廷でも盛んに行われていたが、仕事が終わった官人の多くは、陽の長い間は家に戻るのも忘れて、囲碁に時間を費やすことが多かった。

打っている途中、海士人の知り合いの官人が次々と入ってきた。その中に左兵庫少属（さひょうごのしょうさかん）で大伴子虫（おおとものこむし）という人物が来た。その後ろには右兵庫頭中臣宮処連東人（うひょうごかみなかとみのみやつところのむらじあずまんど）という男である。どちらも四十路を越えたばかりで、夏用の白い朝服を着ていた。

大伴子虫は以前、長屋王の私兵の長を務めていて、王が亡くなってからは左兵庫の少属に属している。

二人は文麻呂たちから少し離れた場所に座ると、すぐに打ち始めた。暫くするとその二人の会話が聞こえてきた。

「属（さかん）もなかなか良き手筋をされておる。」

「其方も上手であられるが、以前吾が世話になっておった左大臣長屋の君には足元にも及ばぬであろう。」

大伴子虫が言うと、中臣宮処連東人は表情を変えた。

「かの左大臣は・・・時の大王を蔑ろにし、朝廷を我が物にする非道な奴であった。しかも大きな邸宅で奢侈三昧に明け暮れ、他の者の言葉も一切聞かぬ。」

そう一言で打ち捨てるように言った。

「吾は彼の左大臣に世話になり、屋敷の警護の長をしておった。今の左兵庫の職を頂けたのもそのお陰じゃ。あのお方を悪く言うなかれ。」

左兵庫の子虫がそう諫めると
「吾主は、左大臣のお陰で今の左兵庫少属になれたのか。・・・吾は藤原四家一族からの頼みで、従七位下漆部造君足（じゅななない　ぬりべのみやっこきみたり）と組んで、彼が人形を作って呪詛を行い、皇太子を亡き者にしたと訴え出たのじゃ。」

遥か以前の昔話として東人はふと洩らした。それを聞いた子虫は茫然とした。

「それは冗談であろう。」

そう軽く受け流した。だが、東人はにやりと笑いを浮かべた。

「真のことじゃ。」

子虫は一瞬信じられない、という表情をした。暫く黙っていたが、顔にはみるみる怒気が溢れ赤く染まってきた。持っていた石がその手から滑り落ちた。

「其方が朝廷に訴え出たのか。そのために、左大臣や一族の多くが亡くなったのじゃ。・・・一族の恨みは今こそ晴らさん。」

血走った目で、直に東人を見据えると同時に、後ろに置いてあった直刀を取って立ち上がった。驚いた東人も立ち上がって後ろへ下がった。しかし自らの直刀までは碁盤を挟んでいたので届かない。

「待て。大王を軽んじ、朝廷を牛耳った左大臣の横暴を吾主は知らぬのか。」

「知らぬ。断じて許せん。」

そう言うと鞘を抜いた。

「左大臣の仇。」

叫ぶと前に踏み込んで、左胸を深々と突き刺した。東人は唸り声を上げ、そのまま後ろに倒れた。夥しい血が流れ、碁盤は碁石とともに血染めになった。子虫は自害しようと刀を喉に向けると、慌てて後ろから駆け寄った海士人が刀を取り上げた。

文麻呂は倒れた右兵庫頭東人に駆け寄ったが、血まみれで既に絶命に近い状態だった。海士人は子虫を押さえ付け、右腕を後ろに回した。そのまま外へ連れ出し、右衛府まで連行した。文麻呂が周囲の官人と共に東人を戸板に乗せて右兵衛まで運ぶと、官衙は大騒ぎになった。長年謎とされていた長屋王失脚の犯人が、九年の時を経て突然明らかになったのである。

子虫は後に近流の刑となった。左大臣長屋王謀反は当初から陰謀の説が強かったが、このような形で事の次第が明らかになろうとは誰も思いもよらなかった。文麻呂は改めて朝廷の政の裏に、藤原氏を中心とした激しい権力争いがあることを知って驚いた。さらに仕組んだ四兄弟全員が天然痘で亡くなったことから、長屋王の怨霊の噂が現実であることにも底知れぬ恐ろしさを感じるのであった。

第十三章　妻帯

天平十一年（七三九年）八月。文麻呂が少初位下の官人になり、二年の月日が経過した。文麻呂はかねて心を寄せていた同郷の佐奈女に思いを告げた。その思いを受け止めた佐奈女は、暫く大蔵省機織部で機織の仕事をしていたが、やがて辞して妻となった。文麻呂三十一歳、佐奈女二十八歳である。里一番の麗しき容姿は変わらず、再度都へ来てからも貴人から求婚されたようである。しかしいつか若狭へ戻ることを考えていたのか、頑なに断っていた。

左京東八条の八十坪の土地と家は、六寸の柱が四方に直接に立つ掘立で、回りには荒い土壁が塗られている。外から吹き込んでくる風を防ぐために、隙間は木板で覆われている。土間の中央には囲炉裏があり、周囲の座る場所には板の上に布の円座が置かれていた。大きな板で仕切られた寝間には、幾重にも敷き詰められた藁の上に麻衾が敷かれている。文麻呂は佐奈女のために、新たに大きな水瓶と木の椀が置けるように棚を用意した。

地域の妻たちに互いに助け合う、結いの仲間入りの米を納めると、程なく佐奈女は共に住み始めた。大きな家具はほとんどなかったが、佐奈女のために市で新たに交換した着る物も揃い、それまでは色彩のあるものはほとんどなかった家の中が暖かく感じられるようになった。それ以来、毎日、大炊寮に着ていく朝服と呼ばれる官服や下着も洗ってくれるようになったり、早朝から稗や粟を混ぜた米を粥にして用意してくれるようになったりした。夕餉も煮た菜と時々市で買い求める魚や茸が、二人で食べられることに幸せを感じていた。何よりも、毎朝出かける前に佐奈女は文麻呂の下帯の紐を結び、文麻呂は佐奈女の下裳の下紐を結び合うことが日課となった。

「主（ぬし）も良き勤めをなされませ。」

「佐奈もよき畑仕事ができるよう。」

結んだ後、二人は笑顔でそう言い合った。文麻呂は雑人の頃より食と住が満たされ、官人としての役目にも張り合いが出てくるのであった。

九月に入ると、朝夕が少しずつ涼しくなった。大炊寮から歩いて八条まで帰る途中、早くも陽が傾いてきた。

（陽の入りが早くなった。もう夏袖では涼しく感ずる。）

文麻呂は首筋をすくめた。木の葉も色づいている。

「比奈女や君比古たちは、如何がしているであろう。もう陸稲の取り入れは終わったであろうな。」

ふと平城京の周囲の山の様子を眺めた。

家の板戸を開けると、佐奈女が笑顔で迎えてくれた。

「東市へ行きましたならば、珍しく無塩の魚が有りましたので、二匹を一文で交換して手に入れました。」

「無塩か。珍しいことじゃな。」

見ると生の細長い秋刀魚が置かれていた。もう秋が来ていることが実感された。

「夏の間、魚は滅多に入らなかったが有り難い。これは如何なる処の魚であろう。」

「難波から来ているのでは有りませぬか。若狭からは無塩では運べませぬ。」

「早速、火を熾して秋刀魚を焼こう。」

文麻呂が囲炉裏の熾き火を広げて細木を入れ、秋刀魚に塩を振って串に刺し焼いた。外で朝洗濯した服を取り込んでいた佐奈女が、中に入って来た。

「三軒先の家に盗人が入って衣服を盗られたそうです。吾が家は家を空けることは殆ど有りませぬが、気をつけませぬと。」

「家には盗られるような物は何もないと思うが、よく盗られた物が市で見つかることもあるらしい。」

「服には標（しるべ）をつけて置かなければなりませぬ。」

佐奈女が木椀に飯を盛ると、文麻呂は焼けた秋刀魚を木皿に置いた。

「佐奈が来てくれてから、吾は大炊寮の役も苦にならなくなった。」

文麻呂は佐奈女のことを、佐奈と呼ぶようになっていた。

「織部で織っておりましたが、色々な式典に間に合わせるのに夜を徹して織っておりました。主も大膳寮の要望に合わせて食材を揃えるのはご苦労でございましょう。」

「各地から調として送られる物を過不足なく、宮内や大膳寮の求めに応じて、揃えておる。上からだけではなく。大炊寮の輔（すけ）や允（じょう）の横からも要望が多くて、やり切れぬ。しかし、都で調を受け取る役人になると、調を送っていた民の苦労は全く見えぬなあ。民が命を削って作ったり運んだりしている物が、いとも簡単に費やされておる。」

「今宵は久々の無塩故、煩わしき話はよいではありませぬか。」

佐奈女が箸を勧めると、文麻呂は久々に濁り酒を出してきて、都の中の有りや無しやの話をした。

「大炊寮で噂になっておる面白き話じゃ。大蔵省主計七位の史生（四等官）は、吝（しわ）い（けち）男なのに、都の西に広大な舘を持ち、娘には貴人以上の雅な生活をさせておるそうな。その男はどうやら高利で銭を貸していて、返された銭を庭の壺に入れ蓄銭しているそうじゃ。銭を入れる折「もし誰かがこの壺を開けたら、蛇に化けるのじゃ。吾が見る折のみ銭で、他の者が見る折は蛇になって銭を守れ。」ときつく言い渡した。それを陰で見ていた者が、留守中に銭を全て盗んで、代わりに本物の蛇を入れたらしい。知らずに銭を出そうとした史生が中に手を入れると、何と指を咬まれてしまった。それで「吾じゃ。銭を守れと言ったが、本物の蛇になれとは言うておらん。」と怒って壺を打ち割ったそうな。吝くなって欲を出し過ぎて失敗するのは、世の常じゃ。」

佐奈女は声を上げて笑った。

「面白き話ですが何故、史生はそのような高利で米や銭を貸せるのでしょうか。大蔵省の主計故、身内の米や銭を融通しているのでは有りませぬか。兎に角、身相応が大事でございます。身に合わぬ銭を持ったばかりに、盗人に入られたり、殆どの物を取られたりする話はよく聞きまする。」

「もう一つ面白い話がある。」

上機嫌の文麻呂は続けた。

「これは右兵衛の海士人から聞いた話じゃ。痴（おこ）なる貴人が、唐から伝わった物が好きで、何でも手に入れておる。唐から帰った僧が経を守るために連れてきた鼠を捕る禰古（猫）を高い銭を支払って買ったそうじゃ。珍しいので昼間は紐で括って舘の中で飼っておるが、夜は鼠を捕まえるために放つと、一夜で数匹の鼠を捕まえる。またその貴人は、茶を飲むのが好きで茶の木を舘で育てている。飲む折も木椀で飲むと茶の味や香りが解らぬからと、備前や丹波で作らせた土の器で飲むらしい。その貴人が唐から伝わったという様々な色の付いた唐三彩と言う珍しき茶碗を、何と一貫文も支払って手に入れたところ、可愛がっている禰古が走り回って、その茶碗を割ってしまった。貴人が腹を立てて禰古を叩いたところ、その夜から鼠を全く捕らなくなったそうな。愚かな者じゃ。吾など茶は体が悪い折しか飲めぬのに。禰古と言い茶と言い、贅を尽くしておる。」

「まあ大事な茶碗を割ってしまい、その上禰古も役に立たなくなったとは。痴なることの上無き話ですこと。木椀でも十分で味わえますし、何よりも、その日の糧にも困っている民もぎょうさんおりますのに。何と贅沢な。」

「蔭位の制で貴人の庶子は、どのような痴なる者でも生まれた時から大学へと進め、五位以上の貴人が約束されておる。どんな賢しく生まれて励んでも、変えることのできぬ仕組みじゃ。」

文麻呂は濁りを飲み、秋刀魚を箸で摘まむと、長い溜息を付いた。

佐奈女は都の珍しい話を初めて聞いて、笑ったり驚いたりするばかりであった。


彼岸花の咲く夕方、文麻呂が帰ると前掛けのような褶（ひらみ）を付けた佐奈女が家の裏の畑に冬の大根の種を蒔いていた。

「主、季禄を支給していただきましたが、とても来る歳の二月まで食べ物が持ちませぬ。」

季禄と呼ばれる俸給は、文字通り二月と、八月に絹・布・鍬・絁（あしぎぬ）の四種が大蔵省から現物支給されるものである。五位以上の貴族が位田や位封・位禄などの多種の禄を給されるのとは全く異なり、下級役人の生活は楽ではなかった。

「今のままでは十分食べて行けぬか。吾もお役のない折には、畑の菜作りを手伝おう。若狭に居た頃は野山を駆けて菜を摘みに行っていたが、ここは市に行かなければ何も手に入らぬ。吾は稗や粟に煮た菜物があれば良いが、裏の畑をもっと広げてさらなる菜を作らなくては。しかし、これから涼しくなるのに大根の他、如何なるものを植えればよいか、考えていこう。」

その返事を聞くと、佐奈女は微笑んだ。

「そうじゃ、写経所に吾と同じ少初位下に安都雄足（あとうのおたり）という者が、古びた機を持っていると言うておった。譲ってもらえるか頼んでみるが、相済まぬが佐奈も織る技を持っておる故、手伝うてはくれぬか。」

思い出したように文麻呂が言った。

「それならば機で布を織って、市に出そうと存知ます。大炊寮に勤めていても半年に一度の季禄ではとても足りませぬので、主も何か糧を得ることをして頂けると助かりまする。」

「商いを始めるには元手がいる。近頃は仏の経を書き写す生業が盛んじゃと聞いておる。吾も字が書けるようになった故、そのようなことも挑んでみようか。」

翌日、文麻呂はすぐに安都に機の手配と、写経の仕事を頼みこんだ。同時に、上司に月借銭解（げっしゃくせんげ）を申請した。これは官人が生活に困った折に、季禄と引き換えに借りる高利の借金であり、安都を保証人として、それを元手に古い機織機を譲ってもらうことになった。

数日後、安都の手を借りて機織が家に運びこまれた。佐奈女は古いが、大きな機が届くと、早速あちこちを触って顔を火照らせた。糸を潜らす杼（ひ）の調整を念入りに行っている。以前から市場で手に入れた綿を右手の親指と人指し指で撚り出し、左の手で大きな糸車を回し、少しずつ糸にしていた。それを機の縦糸に用意すると、試しに杼を通し始めた。うまく通るのを確認すると、佐奈女は機に手を置いてしゃがみこんだ。

「佐奈、如何がした。具合でも悪いのか。」

文麻呂が言うと、佐奈女は涙ぐんで首を横に振った。

「里では縦糸の棒を足の先で踏み押さえながら、手前の腰の処で横糸の杼（ひ）を巡らしておりました。流石に都では、古いと雖も良き機でございますれば、余りにも嬉しきこと故、声が出ませぬ。」

そう静かに語った。

翌朝早くから、佐奈女は慣れた手つきで機を織り始めた。出仕しない日は、文麻呂も写経をし佐奈女を手助けした。二人で仕事をし、家の周りの畑に菜を育てて糧とすると、生活は少しずつ安定し落ち着き始めるのであった。

第十四章　誕生

天平十二年（七四〇年）。前年佐奈女が身籠った。文麻呂は無事赤子が生まれるように聖武天皇が発願して建立した平城京の南の帯解（おびとけ）寺の子安地蔵尊に安産を祈願しに行った。当時出産は危険を伴ったので、文麻呂も懸命に祈願した。

四月。出産が近づくと近くの出産経験のある近所の女数人に来てもらい、また巫女を呼んで出産の無事を祈った。文麻呂は巫女に言われたように幣帛を立てて祈り続けた。ついに待望の男子が生まれた。それからは産養（うぶやしない）の期間で、赤子が無事に育つように、毎朝夕、粥を赤子の前に置き、祈り続けるのであった。

　名は足が達者で健康な赤子になるように「足麻呂」と名づけた。文麻呂は家の前の通りに瓶に胞衣（えな）を入れ、通りを歩く人が踏めるように埋めた。この出産の折に出る胎盤と羊膜がを埋めた胞衣が踏まれれば踏まれるほど、赤子は丈夫に育つとされている。栄養や環境が十分でなかった当時、半年を待たずして亡くなる乳児が多かった。多くの人々は気候が暖かくなる三月以降に赤子を産み、冬が来る前に六ヶ月を迎えるようにした。それほど乳児の生存率は低かったのである。

　文麻呂は大炊寮の帰りに東市に行き、佐奈女のお乳が良く出るように根菜や魚を手に入れ食べさせた。

「ねーんねーん、ねーんねーん。足麻呂よう。」

　佐奈女が乳を飲ませて足麻呂をあやしている。

「佐奈、吾が代わりにあやそう。」

　足麻呂が生まれてから文麻呂は、抱っこしたり、おんぶしたりしてするようになった。初めての吾が子を腕に抱えると、楓のような小さな手、元気に動く足、つぶらな瞳、全てが新鮮であった。

「十数年前に亡くなった山上憶良筑前守は、反歌で銀（しろがね）も 金（くがね）も玉もなにせむに 勝れる宝子に及（し）かめやも、と歌われたのを聞いておる。吾が足麻呂の愛しさはこの上ないものじゃ。眼（まなこ）に入れても痛うはない。」

文麻呂の溺愛ぶりに佐奈女も相好を崩した。

十月に入り雨が降き、文麻呂は大炊寮に出仕しなかった。家にいる間はいつも仕事によく使う、刃渡り三寸程度の小刀三本の手入れに余念がなかった。木簡に新しく文字を書く時に木の表面を削るために使う小刀、紙に必要な字を書く場合に和紙の一部を切り取る小刀、荷縄を切ったりする小刀である。それらは特徴に応じて刃先や刃渡りの具合が微妙に違い、砥ぐのも異なっていた。いつも出仕する時に腰にぶら下げて持っていくのである。また、季禄を給されるためには六ヶ月の内四ヶ月を出仕していれば良く、雨の日は家で、写経所の知り合いに頼んで写経の仕事を引き受けていた。長男足麻呂が生まれたため、より多くの収入を得て生活の安定を図ろうとしたのである。

雑人の折から、土や砂地に覚えた呉字や漢字を書いて字を覚えてきた。最初は丁寧に書くのに時間がかかり、腰も痛くなった。写経紙一枚書く毎に五文得られ、多い者は一日十数枚、少ない者でも五枚は書いた。四十枚書き上げると布一反が支給された。

当時は米一俵が約百文だったので、写経には硯や墨、筆は必要だったが、字さえしっかり書ければ、大きな収入となる。反面、誤字は一字で五文、脱字は一字一文、行飛ばしは罰金を取られたので、緊張を強いられた。当時は国分寺や多くの寺院が国の政策で建てられたため、写経は多くの需要があったのである。

その日はいつにない大雨で、屋根から雫が落ちてきた。雨漏りしているようである。髪の毛が下の紙に落ちないように頭に幞頭（ぼくとう）という、顎に紐を通し頭の上で結ぶ烏帽子に似た頭巾を被った。写経に使う紙が濡れないように、桐油の紙で覆い、低い写経机を動かした。尻が冷えないように藁を更に引きつめ、気を引き締めて写経に打ち込んだ。

肩が凝ると、足麻呂を抱いたりして気分を紛らせた。

「吾も始めから写経所に勤めておればよかったのう。浄衣（作業衣）や薬用酒も支給され、滅多に入れぬ入浴もできる。佐奈にも楽をさせられるのじゃが。」

足麻呂をあやしながらそう呟いた。

「そのようなことは望みませぬ。ここで親子慎ましく暮らせれば、十分でございます。けれども季禄や写経で銭を頂いても、この頃は銭で買える物の量が少なくなっております。」

佐奈女は怪訝な顔をした。

「朝廷は民に広く銭を使うように進めておるので、長門や山城の鋳銭司に命じて銭を多く作らせておる。そのため何か事を成しても銭が見合った以上に支払われるし、銅で作る銭の価値よりも多くの物と交換できるようになったため、銭が多く出回ると物を買える量が減るのじゃ。」

「難しきこと故解りませぬが、ほんに煩わしきことでございます。」

佐奈女は機を織る手を休めて腰を伸ばした。

「吾も銭の事は分からぬ。ともかく佐奈やこの愛しい足麻呂のために、気を張って懸命に大炊寮の長の仕事と写経に励むぞ。」

足麻呂のくりくりしたつぶらな瞳を見て、文麻呂は頬ずりした。その姿を見て佐奈女も笑顔が弾けるのである。


夏になり、寝苦しい日が続いた。佐奈女が足麻呂をおんぶしながら、機を織っていると、文麻呂が疲れた表情で帰ってきた。

「今日、平城京の外の築地塀に「百敷きの　大宮人は暇（いずま）あれや　桜かざして今日も暮らしつ」と言う落書があったそうじゃ。」

「大宮人とは、各省に勤める官人のことで御在いますね。暇があってのんびり暮らしているとは、悪く書かれておりますこと。」

機の手を止めずにそう言った。

「高貴で富裕な方はいざ知らず、我々下位の者はどんなに仕事ができても、食べるのがやっとじゃ。まあ写経の仕事も引き受けてもらったし、雨露を凌ぐ家と今宵の糧があるだけでも良しとせねば。」

文麻呂は割り切って考えている。

「そう言えば、今日また大炊寮の介から、月借銭解は如何じゃ、と言われた。」

「また銭を借りる話でございますか。なるべく必要のない物を買わずにどうにかやり繰りして生活しているのに、銭を借りるなど要りませぬ。以前機織機を譲ってもらった折、三百文を借りて月三十九文、一割二分以上の利息を支払いました。二ヶ月で返済しなければならず、しかも保証人も要りまする。月借銭解は、お上が吾らに季禄を渡さぬための手段ではありますまいか。」

「そうではあるまいが、暫く利用していないと、一度ぐらいは応じないと上司に顔向けができぬ、と思うてなあ。」

「また、返す折には煩わしきことになるやも知れず、今夜食べる糧に困っているわけでは有りませぬので、断わって下され。」

佐奈女の反対は理に適ったことである。

「うむ。承知した。明日断わりを入れる。」

文麻呂は上司への気兼ねと断わりで、半ば心配半ば安堵の複雑な表情を見せた。すると佐奈女が機を織る手を止めて、珍しく目を輝かせて話した。

「この頃市では、常世（とこよ）の虫と言う蚕が、人の気を呼んでいるそうで、それを飼って崇めると貧しい人は富を得て、老いた人は若返ると言われております。」

興味深々という顔つきである。

「それは乙巳（いっし）の変（大化の改新）の頃に流行ったと言われる芋虫じゃな。また昔の迷信を信じさせて、常世の虫を増やして売ろうとしておる者が出てきて、商っておるのじゃろう。佐菜、それは何の謂れもないことじゃ。芋虫を商って儲けをする者の嘘を信じてはあかん。」

「ですけど、富人になれて若返って商えたら、ええことばかりですけど・・・。」

佐奈女は未練があるようである。世間では再び常世の虫が大流行で、厳しい現実から逃れようと多くの民が、夢中であった。しかし実際は多くの財を注ぎこんで何の益も得られず、返って財を失う者が多かったのである。

佐奈女は常世の虫はあきらめたものの、自分も機織以外に糧をさらに得られないか考え込むのであった。

第十五章　野遊び

八月も下旬になると、朝夕幾分涼しくなった。文麻呂が大炊寮から戻って、佐奈女の前に大きな黒い菜を置いた。

「これは大炊寮の仲間からもらってきた。夏に実がなるので「なつみ」（茄子）と呼ばれる菜じゃ。花が咲くと必ず実がなるので目出度き菜と言われておる。煮ても美味しいのでこれを今宵は食らおう。」

佐奈女はずんぐりとした見知らぬ黒色の菜を手にとって繁々と眺めた。

「いつも胡から伝わった胡瓜（きゅうり）か葱しか食べておりませぬ。若狭ならば、野に出て母と菜を摘んで煮ますれば、都では裏の畑でできるものと、都の外から売りに来る菜を手に入れるのが精一杯で、「なつみ」がどんな味か楽しみです。」

興味深そうに言った。

文麻呂はいつものように足麻呂を抱いて、稗や粟、米で作った薄塩の粥を木匙で口に運んだ。足麻呂は足を大きく動かして口を開けて食べた。その様子を二人で見つめ微笑んだ。その後、文麻呂はいつもの稗と粟、米の雑穀粥に野菜の塩汁を口にした。

佐奈女は貰ってきた「なつみ」を残りの塩汁で煮て一口食べた。

「思うたよりも美味しゅうございます。夏は市に出ている菜が少ないのですが、これの種を取って春に蒔けば暑き時季に取ることができまするなあ。」

「それも多くできると有り難いのだが。」

文麻呂は笑顔で応えた。

夕餉が終わると、佐奈女は
「売りに来る者には見知らぬ菜を扱っておる者も居ますが、そう言えば、この黒き「なつみ」もよく出ておりまする。また布を織って交換してきましょう。」

「葱と胡瓜だけでは、物足りぬこともあるが、このなつみは腹のおさまりがよい。また売りに来たら手に入れてくれ。」

二人の団欒は遅くまで続いた。


九月のある朝、大炊寮の属の越安麻呂（こしのやすまろ）が、文麻呂に話しかけてきた。

「三日後の十六日、大炊寮の頭（かみ）で従五位上の藤原朝臣参議が、野遊びと徒打毬（かちだきゅう）の会を持たれる。大膳寮との対戦じゃ。吾主は打毬をしたことがあるか。」

「否。遠くから見たことは在りまするが、したことは在りませぬ。」

「大炊寮の介や允も参加せよとの、頭よりの命じゃ。すぐに熟達する故、吾主も出ませい。」

「吾は打毬に用いる毬杖（ぎっちょう）を持って居りませぬが。」

文麻呂が尋ねると、

「構わぬ。毬杖は頭が多く持って居られる。」

属の言葉に逆らえず、文麻呂は渋々承知した。

打毬は早くから中国より伝わり、神亀四年（七二七年）には、春日野で皇族や高貴な者が競い合ったことが、万葉集にも記載されている。騎馬打毬はポロとして現在も伝わっているが、当時は走って毬を打ち合う、徒打毬（かちだきゅう）も盛んであった。

当日は、抜けるような青空である。朝、行く支度をしていると、佐奈女が
「徒打毬は、怪我をすることはありませぬか。」

そう心配そうに言った。

「固き毬（まり）を打ち合うが、よもや当たって痛き思いをすることは無かろうと思う。」

「場所は春日野でございますか。」

「春日野の上の原じゃ。」

「間食は用意しておりませぬが。」

「大炊寮の方で準備しておるようじゃ。」

「気をつけて行って下さりませ。構えて怪我をなされぬように。」

佐奈女はまだ案じている。

「足麻呂、行って参る。」

文麻呂は足麻呂のほっぺに自分の頬をつけると勇んで出かけた。

宮外の春日野の麓に大炊寮の者が集まると、日傘のような大きな屏繖（へいさん）を携えて藤原朝臣参議とその妻、及びお付きの者、十数名がやって来た。参議と妻は、鮮やかな紅色の正装をし、他の者は緑や青の正装をしている。この時代は纏っている服の色で身分が明らかになり、勝手に色の付いた服は着られなかった。身分の高い傍のお供は手鉾と直刀を、他の男性は折り畳みの床几や敷物を持っている。黄色い服を着た安麻呂から、三本の毬杖を渡された文麻呂は、少初位下として黒の朝服を着て後ろに並んだ。最後尾には参議の屋敷の数名の雑人が、両端に間食の入った外居（ほかい）と言う天秤棒を担いでいる。

参議の妻や供の女は、薄桃色や緑、黄色の正装をし、足元は襪（しとうず）と呼ばれるつま先を上げた沓を履き、腰にはスカートのような裳を身に纏っている。それぞれ女の顔を隠すために、薄い絹で作られた正円の団扇のような翳（さしば）を持ち、他に参議のために蝿払い、背平掻きなどの道具を持っている。

「いざ、参らむ。」

参議が合図をすると、総勢二十名は男性から先に歩き始めた。

参議の舘から、春日野の原までの道のりは長い。女性は裳の裾を引き摺って歩くため、次第に距離が離れてしまった。

「ええい、遅きかな。女（おみな）どもは。何をしておるのじゃ。」

　参議が言うと
「吾らは先ほどからゆるりと参って居るが、待ち疲れたり。」

　允の紀伊の直人（きいのなおひと）も
「疾（と）くあれ。」

　と女たちに急かした。すると
「女は、疾く進めぬ。な慌てそ。」

　後ろから参議の妻の声がする。確かに裾の開いた裳を纏って、襪では早く歩けないようである。半時を経て、春日野の上の原に着いた。

　木々の緑は勢いを失わず、秋の穏やかな空の下で、乾いた風が気持ちよく吹き抜けている。一行は平坦な場所を見つけると相手と自陣に毬門（きゅうもん）を作り、参議は床几に、妻や女たちは大きな麻布を敷いて座った。

　暫くすると、大膳寮の一行が来た。従四位下の大夫（たいふ）の石上久比都（いしがみのくひと）を先頭にして、二十数名を率いている。後ろには同じように女を伴っている。大炊寮と大膳寮の助同士が挨拶して、互いに東西に分かれて陣を張り、八人ずつ広場に出た。

まず西に陣を敷いた大膳寮から毬を打ち始めた。相手は毬杖の扱いに慣れていて、毬を味方に渡す技に長けていた。なかなか大炊寮に毬が回ってこない。途中、前に居た大炊寮属の安麻呂が先の部分で上手に毬を阻止すると、そのまま器用に毬杖の先端で毬を左右に転がして毬門に近づいた。相手が毬杖で妨害しようとするが、巧みにかわした。安麻呂は毬杖を一閃して、毬門目がけて毬を放った。

「打ち当てたり。」

声と同時に、毬は凸凹の地面をやや不規則な動きをしながら、毬門を通過した。

「したり。」

大炊寮の参議や女たちが大きな歓声を上げた。

(気安い気持ちで来たが、これは容易ならざることじゃ。引き受けなければよかった。)

皆が真剣に応援する様子を見て、文麻呂は後悔した。だがそんなことを考える暇はなかった。相手が毬を繋いで、自陣の毬門に迫ってきた。毬を右へ出すと見せかけて、左へ行こうとする相手の毬を、後ろに居た文麻呂が毬杖で阻止した。

「あー、悔しきかな。」

相手が大きな仕草で叫ぶと、見ていた女たちがどっと笑って拍手した。

汗をかいたので文麻呂は朝服を脱いで、再び毬の中に入った。毬杖で前に居た大炊寮の仲間に毬を打ち返すと、受け取った仲間はそのまま転がして相手の毬門に近づいた。毬を放ったが、それも近くの大膳寮の男に阻止された。

「な慌てそ。これからじゃ。」

仲間は余裕を見せた。大膳寮の男が毬を転がして味方に繋ぎ、相手陣に行こうとする動きが何度か続いた。その内に文麻呂は自らも大声を出し、毬を追いかけて体を動かしている自分に気がついた。

（このような面白きこととは知らなかった。心爆（は）ぜる思いじゃ。いや楽しきかな。）

官人として都へ来て以来、大王があちこちに移動したため、大炊寮として食材の調達に苦労したことが体に浸みついていた。しかし、汗をかき大声を出して体を動かしている内に、それらのことは全て吹き飛んでしまった。これほど楽しい経験を知らなかった。

「したり。」

相手が毬を自陣の毬門に入れ、大膳寮はどっと沸いている。女たちが拍手をして手を振っている。文麻呂は悔しがった。

暫くして休憩が入った。皆正装を脱いで白の小袖姿になり、汗を拭っている。他の者も休んだところで、間食の時刻になった。外居から酢飯の上に漬けた菜をのせた午餐（ごさん）が出され、木椀と箸が配られた。

文麻呂はこのような美味い食事は初めてであった。

（高貴な方々は、いつもこのような美味き物を食べているのであろうか。佐奈女や足麻呂にも食べさせてやりたいのう。）

打毬の楽しさと同時に、酢でしめた飯の美味さに、家族のことを思いやった。

打毬は引き続き行われた。午後になると文麻呂も毬杖の扱いが上手になり、幾度か毬を毬門に入れた。

幾度か交代があったが、八対八で最後かと思われた時、後方を守っていた文麻呂が毬門への毬を防いで、相手陣に居た伊可麻呂に長い距離の毬を渡した。それを直接毬杖で受けて、そのまま相手の毬門に放りこんだ。

「いでや。お見事、お見事。」

女達が声を出して、拍手をした。終わって自陣に戻ると、文麻呂にも多くの賛辞が寄せられた。

結局、勝負は九対八で大炊寮が勝ちを収めた。大炊寮の頭、従五位上の藤原朝臣参議は上機嫌であった。

「長は初めて毬杖をしたと聞いたが、見事な毬捌（さば）きじゃ。次も必ず来て毬杖をしてくれよう。」

そのように頭から声を掛けられたのは、初めてであり、文麻呂は心が弾むのを感じた。佐奈女や足麻呂が見てくれていればと、思うほど気分が高揚していた。

一行はその後入り混じって酒盛りをして楽しむ。文麻呂は末席で注がれた澄み酒を飲んでいた。貴人やその妻、取り巻きも麻布の上敷きの上で、世間話に終始している。始めは興味深く聞いていたが、宮廷や官人の下世話な内容になると、別世界のように感じ、次第に興ざめして来るのだった。

陽が西に傾きかけた頃、皆片付けを始めた。それが皆に別れを告げ、春日野の上の原を下る所で足麻呂を背負った佐奈女の姿に出会った
「佐奈、何故にここに居るのじゃ。」

文麻呂が尋ねると、佐奈女は
「天気が良く、足麻呂も機嫌よう居るので、間食の後上の原まで来て、途中から遠くで打毬を見て居りました。」

「そうか、佐奈と足麻呂とで見てくれていたのか。良かった。吾の様子は如何であった。」

「主（ぬし）が打毬を追って、あのように速く動き回れるのを見て驚きました。」

佐奈女は笑顔で応えた。文麻呂は足麻呂の顔を見て、

「吾もなかなかのものであろう。足麻呂や。初めて打毬と言う遊びをしたぞ。実に愉

快じゃ。其方も大きくなったら、するとよい。吾が教えて進ぜるぞ。」

そう言って頬を撫でると、足麻呂はきゃっきゃと声を上げ、笑顔を浮かべた。

その後春日野の下の原で、佐奈女が持ってきた堅塩の付いた粟交じりの飯を親子三人で食べた。まだ陽は明るく、都の端々まで見通せる。

「打毬という面白きことを初めてした。いや実に愉快なり。今日は楽しい一日であった。足麻呂が早く大きくならぬかなあ。共にいろいろなことを教えてやりたい。」

そう自慢気に語る文麻呂に、佐奈女は思わず笑ってしまった。

「あれほど行くのを嫌がっておられたのに、晴れ晴れとして楽しき遊びをされて良きことでございました。私も日々の糧に追われて、ついぞこのようなゆるりとした時を持てませなんだ。これからは余裕を作って、足麻呂と共に出かけたいと存じます。」

久々の遠出に佐奈女も機嫌が良く、文麻呂も打毬のことと相まって忘れられない家族の一日となった。

第十六章　彷徨う天皇

天平十二年（七四〇年）九月三日、藤原広嗣が、大宰府で九州の兵を集めて朝廷に対して反乱をおこした。広継は藤原式家の長男で、天平九年に一度は朝廷の要職に就いている。しかし当時の朝廷では、橘諸兄が権力を振るい、藤原氏を抑えるため遣唐使帰りの吉備真備と僧玄昉を重用していた。聖武天皇も常に彼らを支持し大きな発言力を与えていたため、広継はそれが面白くない。気質も「偽りや奸計を巡らし、増長かつ凶悪」と当時から非難されるものであったらしい。それらの理由から九州の太宰少弐の職に左遷されていた。

数日後、反乱の詳細の知らせが届くと、大野東人（おおののあずまびと）を将軍に任じ、東海・東山など五道から一万七千人に動員を掛けた。十月九日九州の板櫃河（いたびつがわ）の戦いで朝廷軍は、天皇の威光を出して圧力を掛けると、反乱軍からは続々と投降する者が相次いだ。特に広嗣が頼りにしていた薩摩の隼人が寝返ったのが痛手であった。果たして総攻撃を掛けると藤原広嗣軍はすぐに打ち破られた。

大野東人は、新羅に逃げようとした広嗣と弟の綱手を肥前松浦郡で斬首し、翌年一月に広嗣軍を支援した者二十六人を死罪とし、総計二百六十一人を処断した。

藤原広嗣に呼応した藤原一族の反乱が都で起きるのを畏れた聖武天皇は、平城京を出て東の伊勢に行く行幸の準備を始める。藤原氏だけでなく他の氏族にも広がることを怖れたのであろう。大炊寮は天皇の御膳を預かるので、雑人の長の文麻呂にも食材の調達のために道中に従うよう通達された。

文麻呂は佐奈女を近所に住む同僚の妻たちに頼んで、主典とともに従った。

九月二十七日、平城宮は行幸の準備で混乱を極めていた。天皇を護衛する騎兵四百人が招集され、先頭の錦旗のすぐ後ろには馬上に左大臣の橘諸兄が、続いて天皇の輿、その直後に元正太上天皇、光明皇后が従う。その後騎兵が続き、最後尾の運脚まで総勢八百人に及ぶ官人が準備に追われていた。

翌二十八日、盛大に行幸は開始された。

出発直前、大炊寮の文麻呂の処へ、右衛府の海士人が訪ねてきた。

「大王が伊勢に行幸され、右衛府から吾が選ばれて付いて行くことになった。戦にはならぬ思うが、道中何が起きるか知れぬ。吾が倒れるようなことが在らば、妻を宜しく頼む。」

普段は陽気な海士人が、真剣な面持ちで頼んできた。

「相済まぬが、吾も大炊寮の雑人職の長として行幸の従う大王の食材を調達し、運ばねばならぬ。今米や蔬菜、塩や醤（ひしお）の手配をしていたのじゃ。」

「吾主も共に行くのか。大宰少弐が筑紫で起こした不敬に、この都で呼応する者は居らぬとは存ずるが、大王は不安でならぬのであろう。」

「ともあれ、出立は明日じゃ。互いに御身大事に職責を果たそうぞ。」

遠くの出来事だと思っていた戦が、大王の行幸を通して身近なことになって来たので、平城京は騒然としていた。今にも戦が起こるとの噂も流れて、東西の市でも品物が瞬く間に無くなるという事態が生じた。

翌二十九日、小雨の中を一行は出発した。

官人には菅笠と雨を弾く桐油の引いた紙とが渡され、輿を担ぐ丁（よほろ）の雑人には同じく菅笠と藁蓑が与えられた。

時ならぬ大雨に平城京を過ぎて名張郡に向かう山道では、騎兵ら馬上の者は馬から下りて手綱を引かなければならなかった。また丁たちも足元が崩れて、天皇らの輿が不安定になることもしばしばであった。

後方にいた文麻呂は自身の四貫（約十五キログラム）の荷を背負いながら、各雑人たちを指揮していた。

頓宮（とんえい仮の宮）に着くと大炊寮の文麻呂たちが食材を準備し、調理を担当する大膳寮の者が石で作った簡易の竈を設置して、煮炊きを始める。騎兵や付き従う者たちは焚き火を囲んで座り、葉椀に盛られた粥を手で摘んで食べた。宿はその土地を治める郡司の許しを得て、雨の当たらぬ場所で夜露を避けた。天皇は郡家の最上の座に寝起きをするのである。

名張から伊賀にかけての険しい山道を過ぎて四日後、伊勢に向かう河口という地で頓宮を構え、その地に十日間滞在した。一行が山道で疲弊したので、その労いと伊勢を通過した後の頓宮の手配のためであった。

海士人が文麻呂を訪ねてきた。

「大雨の中、山道を行く折には如何なることになろうかと心配であったが、どうにか伊勢の宮の近くまで来られた。ここまで来れば大宰少弐に加担する者も追っては来られまい。」

「吾は都より運んできた御贄を如何に手配するか煩わしく感じたが、大王の威光で各郡司や里長が米や蔬菜を差し出してくれるので、望外に困ることは少なかった。」

「如何なる処まで行幸されるのであろうか。これから寒さが厳しくなる故、輿を担ぐ丁たちも疲弊しておるが。」

「まず太宰少弐たちの乱の決着が着くまでは当分終わらぬであろう。歳の内に都に戻れればよいが。」

「歳の内か。」

互いに都に妻を残してきているので気が気ではないのである。海士人も物思いに耽ったままその場を立ち去るのであった。

その頓宮に滞在していた十一月五日、一日に広嗣と弟の綱手が松浦郡で捕らえられ処刑されたことが正式に伝えられた。

一行は大いに沸き立ち、文麻呂たちもこれで都に戻れる、と喜んだ。しかし天皇は十二日まで滞在した後、引き返すどころか伊勢に立ち寄った後、さらに北の赤坂まで進んだのである。

「大王の御意思が伺えぬ。これからどこへ向かわれるのであろう。」

「御贄は各郡家で調達できる目処がついたため、都へ使いを走らせることは少なくなったが、この先行幸の糧秣を確保することは至極困難じゃ。」

まだ半月も立たぬ内に文麻呂を始め、付き従う者たちは疲労を覚えた。行幸はその後も北から西へ進路を変え続いて行く。


師走一日、行幸は不破の関（関ヶ原付近）の頓宮に着いた。

「文麻呂、文麻呂。」

大きな声を出して海士人が駆け込んできた。

「とうとう都へ帰れるぞ。」

「真か。」

文麻呂はその知らせに驚いた。

「吾ら供の兵は、もはや反乱は収まったとのことで、この地で解散を命じられた。各自、都まで戻れ、とのお達しじゃ。」

海士人の笑顔とは裏腹に文麻呂の表情は変わらなかった。つい先ほど、後十日分の御贄を調達せよとの、連絡があったばかりだからである。

「吾らはまだ行幸に付き従わねばならぬ。戦が起こらずに良かったが、大王も疾く（早く）帰られれば皆喜ぶのに。」

北風が吹きすさぶ中、海士人ら四百名の兵は平城京へと帰って行った。文麻呂は都で留守をする佐奈女の事を思いやった。

「如何がしているであろう。さぞ寂しい思いをしているであろうな。」

翌々日、都から御贄が不破の頓宮に届けられた。だが届けられたのはそれだけではなかった。都の国司の館へ若狭の運脚が贄と同時に、野の里の母赤女が霜月始めに亡くなったことを知らせたのである。

「ああ、やんぬるかな。反対を押してこちらへ来たのは間違いであったか。仕丁で都なればすぐに帰れるかもしれぬが、官人となった今、この遠く離れた地ではどうにもならぬ。母許して下され。比奈女や君比古は如何がしておろうか。」

そう言うと、若狭の方角に手を合わせ深々と頭を垂れた。


翌朝、行幸は関を越え、さらに琵琶湖の東岸を南に進んで、十二月十四日、山城国の玉井(京都府井手町)の頓宮に着いた。天皇は元正太上天皇と光明皇后とを置いて、諸兄と先に恭仁まで進んだ。ここは橘諸兄の支配下の土地であり、別荘もあった。

当時元正太上天皇と諸兄は皇族勢力、皇后と藤原仲麻呂は藤原氏の勢力に加担し、天皇はその狭間で悩んでいた。しかし心の底では、広嗣の乱を機会に藤原勢力との決別を考えていた。また右大臣の諸兄もこの行幸を通して、藤原氏の勢力から逃れ、平城京から他の地へ遷都を目論んでいた。結局天皇は難局を切り開けず、行幸は恭仁京、信楽京とずるずると長引き、決断ができないまま、天平十七年（七四五年）平城京への復都まで、実に五年を要するのであった。宮廷や朝廷からの指示で動く以下の官人たちは、右往左往で疲労困憊していた。各都を造成するのに各地から運ばれる庸調では足りず、各地の租の正倉から大宝律令以来蓄えていた租を費やし、各正倉の備蓄は約半分にまで減った。そのため一度飢饉になると、民への救済は困難になってしまった。

食を支える雑人職の長である文麻呂も、長い同行や各宮での勤務、都との連絡や往復、母の死などの苦労が重なり、すっかり痩せ細ってしまうのである。

第十七章　盧舎那仏（るしゃなぶつ）建立の詔

天平十三年（七四一年）如月。聖武天皇は悩んでいた。古の時代は、国々の民は安泰で作物の稔りも多かった。しかし実の母との不仲や息子の死、それらを乗り越えても、最近は疫病や災いが多く、秋の稔りも少なくなっている。

（これは朕の不徳から出てきたことに違いない。）

眉間に皺を寄せ、深く憂う日々が続く。そのため唐から韓を経て伝わった仏教を更に広め、仏の力を借りて実りを豊かにして世を安定させる必要がある、と考えた。賛同した光明皇后と協力して、各地に仏教の拠点となる国分寺と国分尼寺の建立の詔を出すに至った。

さらに天平十五年（七四三年）聖武天皇は、国分寺の一丈六尺の仏像の十倍の大きさの盧舎那仏の建立と、総本山として東大寺を造営することにより、さらなる国と民の安寧を願い、再び詔を出した。

「もし一枚の草、一把の土でも運んで造像に加わりたいと願う人があるなら、願いのままに許可せよ。国や都の官吏はこのことのために、人民を苦しめたり悩ましたり強いて多くの税を収めさせるようなことをしてはならない。遠くも近くも布告して吾が意を知らしめよ。」

と宣言したのである。

天皇が、天平十二年の恭仁宮、十四年の紫香楽宮、十六年の難波宮の三つの都の造営を進めていた折、相次いで山火事が発生した。遷都に反対する勢力が点けたとされているが、明らかになっていない。しかし反対する勢力は一連の山火事に勢いづき、世の中は騒然となった。

三ヶ所の都の造営が中止になることに止めを刺したのが、天平十七年四月に起こった美濃を震源とする大きな地震（ない）である。三日三晩続いた地震は、聖武天皇の遷都に対する心を完全に萎えさせた。天皇は太政官の官人や薬師寺の僧らに都をどこにすればよいかを問うた。多くの者は平城京が良いと応えたので、五月、天皇はついに元の都に戻ることを決意した。人々は平城京に戻る行幸の列を見て涙を流し、木津川の橋を渡る折には、期せずして「万歳」があちこちで湧き起こった。遷都や造営で疲れ切った人々から自然発生的に起こった歓迎と安堵の涙であった。

天平十七年（七四五年）の六月、造営途中の恭仁京から資材や食材を平城京へ移す指示が大炊寮に出された。

夏を迎えようとする蒸暑い朝、文麻呂は雑人たちと共に、奈良から平城山を越えていくところであった。その途中木津川の上流へ向かう道で、行基一行に巡りあった。当時人々は行基を「行基菩薩」と崇め、その数百人に及ぶ集団への托鉢に応じたり、物や労力を提供したりと助力を惜しまなかった。その折にも行基は普請のために白い麻衣に杖を付き、集団の先頭に立って指揮していた。天皇より「大僧正」という最高位の名を頂いても身なりは構わず、陽に焼けた顔には無数の皺が刻まれている。親しみやすい顔の眉には白髪が混じっていた。文麻呂がその姿を目にするのは二度目である。かつて行基一行が、若狭にやってきた遠き昔のことを思い出していた。

養老三年（七一九年）。若狭の国の野の里に、行基らの一行がやってきたことがあった。彼らは二十人ほどの集団で托鉢をしながら、都から遠く離れた若狭の各里に仏教を広めていた。当時朝廷は国家安泰の仏教を唱え、個人の幸福をかなえる仏教のあり方を否定していたため、民衆に仏教を広める活動は強く禁じられていた。一行は都の近くには居られず、各地の民に仏の功徳を説き、かつ皆が願っていた橋や道の要望を聞いて、地域の有力な豪族と協力して土木工事などを行っていた。

行基は野の里に暫く腰を据えると、民衆に仏の教えを分かり易く説いた。また山裾によい欅の木を見つけると、麓の岩屋で仲間の仏師と共に千手千眼像を彫り始めた。

毎日行基の話を聞きに来ていたのが、少年の日の文麻呂であった。

「お坊様、それは如何なる仏なりや。」

「これは世の苦しんでいるあらゆる人々を見る眼を持ち、皆をあらゆる苦しみから解き放ち、願いを叶える千本の手を持った有難い仏じゃ。」

「吾も懸命に拝めば、願いは叶えられるかの。」

「人には努力で叶えられることもあれば、そうではないことがある。叶えられぬ折には、仏の祈るのじゃ。この現世のことも来世のことも全て仏様がお見通しじゃ。」

「吾の父が病で臥せって居ります。何とかして父を救うて欲しいと思うております。」

「それならば、この千手千眼の観音様に祈ることじゃ。」

「観音様に願うと願いが叶えられるのか。」

「何か困った折は、南無観世音（ナームカンゼオン）と唱え祈るのじゃ。人は祈る姿が最も尊い。その折邪念も何も無い。観音様、吾は身も心も捧げて信じますので、どうかお守り下さい、と言う意味じゃ。」

「南無観世音、南無観世音。」

文麻呂は忘れないように何度も唱え祈った。

「仏様は祈りを捧げるあらゆる者の願いを叶えて下さる。この観音様は特に千の数の眼や手を持っておられ、あらゆる願いを聞いて叶えて下さる有難い仏様じゃ。必ず叶えて下さる。よく信じて願うことじゃ。」

それを聞いて文麻呂は毎日彫られている仏像に、南無観世音と静かに唱えて手を合わせ続けた。後年、その地に妙楽寺が創建され、千手千眼観音はそこに安置されたのである。

文麻呂が祈り終えると、行基は傍にいた阿人（あびと）という本草に詳しい男にと命じた。

「この者の父が病んで居るそうじゃ。一度見て薬草を与えてやってくれ。」

阿人は野に生えている草や根から薬草を見極める本草学に長け、病人の様子を見て、その者に合った薬草を調合していた。その後野の山辺の文麻呂の竪穴まで来て父の具合を見て、必要な薬草を与えてくれた。父はその後徐々に具合が良くなっていった。

「僧正様。覚えておいでですか。養老の始め、若狭の野の里の岩屋で千手千眼観音像を彫っておられる時お世話になりました秦人の文麻呂と申します。」

行基僧正は傍に駆け寄った文麻呂を見ると、暫く思い出していた。

「おお、あの時、毎日見に来ていた童か。如何なることでこちらに居るのじゃ。」

「仕丁で都に参りまして、先の天然痘の繰上げの任用で少初位下に任ぜられ、今は大炊寮の雑人職の長をしております。」

「それは稀有なことじゃ。あの時、拙僧は仏の道を民に広めた不埒な僧ということで、都を追われて諸国を行脚していた頃じゃ。その頃は「小僧行基」（しょうそうぎょうき）という仇名までつけられてしもうた。じゃがそれでも仏道を広めて各地を回った。恭仁京や紫香楽京、難波京を結ぶ道の普請や橋を民と共に直した。今年の一月には大王から逆に大僧正の名を賜った。」

「大王から最上の名を。お目出度きことでございます。」

「これから大王が出された慮舎那仏建立の詔のため、近江の里から切り出した大木を、木津川から都に運ぶ道を普請するところじゃ。」

「大僧正も齢を重ねて居られます。どうか御身を大切にしてくださいませ。」

薄汚れた袈裟が纏わりつくような湿気の多い風に揺れている。文麻呂の言葉に微笑んで頷いた大僧正は、さらに上流へと進んでいった。

大王は民衆に慕われている行基を大僧正に任ずることによって、盧舎那仏の建立をより一層押し進めようとした。大僧正もその期待に応えあちこちで寄進の行脚をし、天平感宝元年（七四九年）二月に亡くなるまで、建立に向けて民と共に歩んだのである。

第十八章　崩れゆく公地公民

先の天平十三年（七四一年）、聖武天皇は、各地域の国司に仏教の中心となる国分寺と尼寺である国分尼寺建立の詔を出した。その費用は大宝律令（七〇二年）以来、各郡家の正倉に蓄えられていた租を充てることとした。三十年以上鍵を開けなかったので正倉はほぼ満杯状態だったが、朝廷からの指示で国衙を構成する国司や郡司は二寺の造営に取り掛かった。その結果地方の蓄えは半分にまで減ってしまった。また天皇は前年には恭仁宮、翌年には紫香楽宮、さらに翌々年には難波宮の造営を開始し、三都の相次ぐ建設で庸調による収入の均衡が大きく崩れてしまった。その影響から中位や下位の官人には、ややもすると季禄すら支払いが滞ることになった。

天平十五年（七四三年）。朝廷は天皇の盧舎那仏建立の発願に対して、口分田による租の安定的な増収を図るため、それまでの三世一身法から、墾田永年私財法を定めた。

三世一身法から二十年を経て、当初懸命に耕して耕作地を広げてきた民が、期限が近づくと耕作地を放棄し、浮浪や逃亡をしたからである。浮浪の民とは、耕していた口分田は捨てるが、本願と言われる居住地の近くにいて租は納めないが、庸である労役や調は納める者であり、逃亡の民とは本願から遠く離れて居場所がわからず、租庸調は一切納めたり務めたりしていない者である。後者の民は有名な貴人や地域の豪族に逃げ込んで奴婢として田を耕し、稲を納めたり雑徭に従事したりしていることが多かった。

天平十八年（七四六年）五月。文麻呂は雑人三名と共に平城京外の有力な豪族である山辺蓮人（やまべのはすひと）の邸宅へ向かった。山々には緑が芽吹き、南からの暖かい風が快く感じられる。山辺氏は六位の官人であり、郡司として朝廷へ調を納めている。文麻呂が来たのは調とともにより多くの大炊寮への食材の提供を要請するためであった。

高い築地塀を回って門へ行き、用件を伝え、中に入ると平城宮の中の貴人宅と同じく反対側の塀が遠くに見えるほど広かった。

山辺氏の主と春からの贄としての食材の打ち合わせをした後、山辺氏の雑人の長が、提供する菜を作っている所を案内してくれた。作られている作物を見て回った後、文麻呂たちが帰ろうとすると、畑を耕している痩せた一人の男が目に入った。どこかで見覚えがある顔であった。近くを通った時に傍に行って、もう一度顔を覗き込む。

「鳥麻呂ではないか。」

男ははっとしてこちらを振り向いたが、すぐに顔を背けた。

正面に回って改めて見ると、左目の下の大きな黒子が目に入った。

「やはり鳥麻呂であったか。生きていたのか。」

顔は老けたが、紛れも無く鳥麻呂である。文麻呂は肩を掴んだ。

「其方はなぜここにおるのじゃ。若狭へ戻る折に、吾らが寝ている間に勝手にどこかに行ってしまい、吾と佐奈女は探すのに苦労したぞ。」

そう問い質した。しかし鳥麻呂は顔を背けたまま返事しない。

「如何がした。なぜ応えぬ。」

文麻呂がさらに問いつめると
「探してもらって済まぬ。吾を待ってくれた母が亡くなって、もう帰る用は無くなった。若狭に居た折には里長への雑徭や郡家での下働きで、租を納める口分田も十分耕せなかった。それに母も病がちで、身内の者や里の者も助けてはくれぬ。八方塞がりで、生きるのもやっとであった。断丁で都に出て、こっちは役目を果たせば食べ物はもらえた。以前断丁で知り合った仲間が、この山辺の里で働かぬか、と誘ってくれていたのを思い出して、此処に来たのじゃ。そのまま十数年間居ついてしもた。」

鳥麻呂は淡々と言葉を続けた。

「もう若狭の里へは帰らぬのか。」

「ああ、もう帰ることはない。ここには鞭を持ってくる里長もいなければ、租や調もなく、雑徭もないのじゃ。言われた通り畑を耕して収穫を主人に出しておればどうにか飯にありつける。もう吾は此処でええんじゃ。」

痩せてはいるが顔つきは幾分ふっくらし、表情も明るい。その後鳥麻呂が語った事実に文麻呂はさらに驚いた。

「以前遠敷郡から仕丁に出た須部君足（すべのきみたり）という者は、吾と同郷の者じゃ。大炊寮の雑人に来たものの、すぐに厭になり市に逃げて吾と出会った。同じ山辺の別の場所で田畑を耕しておる。あの者ももう若狭へは帰らぬ、と申しておる。」

「何としたことじゃ。大炊寮を逃げ出し、今まで行方が不明であったのに。これは郡家に連絡せねば。」

文麻呂が言うと
「無駄じゃ。里で里長や郡家に租や調を出せと言われ続け、雑徭も多い。おまけに都での仕丁じゃ。ここではあのような煩わしきことはないからのう。」

鳥麻呂は、山辺氏の下で生きる決意をした須部君足の明るい様子を語った。それとは裏腹に、文麻呂の表情は沈んで行った。若狭でも税が重くて里から逃げたり、税を払わなくともよい、官の許可を得ない私度僧になるものが多く見られる。壮年の男性に多くの負担がかかったので、ある里では生まれた子を女と偽り、女ばかり偏った里になることも見られた。富人は逃げ出した民を誘い、自らの田畑を耕させて財力を蓄えていく。そのため、本来ならば国司や郡司を通して朝廷に入るべき口分田を耕し、租や調を納めるべき民が少なくなり、各郡司や地方の豪族の下で働く。最近特にその傾向が著しくなってきた。

少初位下の雑人の長として、大炊寮で各地からの調を扱う重要な役目を任せられるようになった文麻呂は、最近それらの量や種類が、以前よりも少なくなっているように感じていた。

(戸籍に応じて朝廷が口分田を下さり、民が実った租や作った調を、朝廷に納める仕組みが徐々に崩れていくのではないだろうか。)

文麻呂は、平城京を支える律令制度の徴税の仕組みが、足元から崩れていくようで、下級官吏の一人として大きな不安に陥るのであった。

第十九章　別れ

聖武天皇は彷徨しながら、恭仁宮、紫香楽宮、難波宮の三つの都の造営を進めた。

その間も、文麻呂は都に食材を調達しに帰った折には、東八条の自宅に戻って、一人歩きするようになった足麻呂を可愛がるのが生きがいとなっていた。

家に居る時は常に足麻呂を膝の上に乗せて顔を見ていた。

「足麻呂は吾が家の宝じゃ。吾も励んで足麻呂に字を教えて大学寮まで入れて、栄えある官人にならせたい。」

「大学寮は五位以上の貴人か八位以上の優れた子弟で、書・算・音に式部省の挙試験もございます。何よりもまだまだ先の話です。」

佐奈女も二人の様子を笑顔で見ながら機を織っている。


冷たい雨の降りしきる十月のある日。何日かぶりに自宅へ戻った。家の中の囲炉裏の火の薪がいつに無く大きく燃やされている。佐奈女が土間に敷かれた分厚い藁の上の褥（しとね）で麻衾を被っていた。懐に足麻呂を抱えるように寝ている。

「如何がした。」

文麻呂が覗き込むと
「夕べから足麻呂に熱が出て、頭に冷えた布を当てて眠らせて居るのです。」

そう語る佐奈女の顔も赤みを帯びていた。足麻呂の体には家にある衣が幾重にも着せられている。

「これはいかん。吾は市場に行って生姜と葛粉を買うてくる。佐奈も暖こうしておけ。」

囲炉裏に薪を入れて、雨に濡れぬように蓑を被って市に出かけた。道々文麻呂は昔習った観音様への「南無観世音、南無観世音」と唱えながら足麻呂の回復を願った。

半時を経て家へ戻った時には、もう暗くなっていた。

「佐奈、買うてきた。」

文麻呂は浅鉢に水に溶かした葛粉を入れ、そこへ粟と生姜を刻んだものを入れる。浅鉢を石に置いて囲炉裏の薪を引いて、火にかけた。

やがて浅鉢が煮え、部屋の中に生姜の香りが立ち込めた。佐奈女が足麻呂を抱き抱えて起きてきたので、文麻呂は背に麻衾を着させた。そして粟と生姜の入った葛湯を木椀に入れ、匙を付けて佐奈女に渡した。足麻呂は目を覚まして泣き始めた。体が辛いのであろう。佐奈女が左腕で抱えて、葛湯を口に運ぶと足麻呂は泣き止んで、飲み始めた。それを見て文麻呂は喜んだ。

翌日も雨が降り続いた。夕方、文麻呂が蓑を着て走って家に帰ると、佐奈女が泣き崩れている。

「如何がした。足麻呂はどうじゃ。」

近寄って足麻呂の顔を見ると、一見眠っているように見えた。

「昼過ぎから熱は引きましたが、先ほどから息が小さくなっております。」

佐奈女は震える声で話した。それを聞いた文麻呂は眠っている我が子の傍に行った。

「足麻呂、足麻呂。如何がした。目を覚ませ。」

大きな声で呼びかけた。だが瞳は閉じられたままで、体も白く冷え切っている。

時が止まった。静寂を破ったのは佐奈女の嗚咽であった。文麻呂は吾が子を両腕で抱きかかえたまま、佐奈女と寄り沿って共に泣き続けた。

その夜、風は強くなり雨は一晩中降り続いた。

第二十章　造東大寺司（ぞうとうだいじのつかさ）

天平十八年（七四六年）の十一月。足麻呂を失った心の傷が癒えぬまま、文麻呂が大炊寮へ出勤すると、允である備前の古多麻呂（こたまろ）という民部省の官人が朝廷からの通知を持ってきた。

「此度、大王は盧舎那仏建立と東大寺造営のため、新たに造東大寺司を置かれることになった。本格的な作業の開始じゃ。大炊寮からも各地の食材を仕分ける役目を果たせる者を出せ、との言いつけなので、秦人文麻呂、新しくできた大炊厨所（おおいくりやどころ）で、其方が少初位上で属に任ぜられた。歳が明ければ、追って正式な通知が来るであろうが、新しき処で励んでくれ。」

そう励ますように伝えた。突然の達しに文麻呂が驚いた顔をしていると、

「大王の相次ぐ都の造営で、我々下級官吏は只でさえ右往左往しておる上に、年二回の吾らの季禄も遅れがちじゃ。仏の力で国を治めるためとは言え、つい最近まで三つの都を同時に作っておったのに、この上新しき司を設けるなど、うまくいくのであろうか。」

古多麻呂は独り言のように呟いた。

(国分寺と尼寺の造営を命じられ、国司や郡司をはじめ民は疲弊しておる。三つの都とその上盧舎那仏の建立じゃ。そのような莫大な費えはどこから生み出されるのであろうか。)

文麻呂もそう不安に感じ、古多麻呂の話しを聞いた。

盧舎那仏建立は国家的事業として、天皇を中心に進められた。しかし当時の経済規模から考えても、それは途轍もない大事業であった。その費用を支えたのは行基とその集団で、費用と資財との勧進のため、各地の有力者を回って支え続けた。しかし建立の作業が本格的に始まると、今のままでは及ばないことは明白である。

聖武天皇は奈良に都が戻った直後から、建立のため土台となる基壇を作るよう指示していた。また建立と東大寺造営、その後の開眼供養会を見据え、新たに平城京の東の山裾に造東大寺司の建物を作った。その規模は各省にも匹敵する司で、下の部署に各省から多くの専門的、かつ優秀な官人を集め始めた。この司は盧舎那仏の建立が終わり、大仏殿ができても東大寺の発展を期して写経所を設け、その後四十年以上に渡ってわが国の仏教に多大な寄与をしていくのである。

天平十九年（七四七年）六月のある朝、蒸し暑いさ中、文麻呂たちは、平城宮の朝堂の前の広場に集められていた。造東大寺司は、各省庁から盧舎那仏建立と東大寺造営のため、造仏所・造鋳所、造瓦所、絵所、木工所、写経所、木屋所、石工所など、総勢約千二百名を超える規模で構成され、それぞれ長官（かみ）次官（すけ）判官（じょう）各一人主典（さかん）四人が中心となり運営した。その場には全体を統括する政所、様々な現場を担当する所の官人と技術者の中心となる関係者約五百名参集した。

各省から専門の者が参加し、一番前には正一位から三位の紫、続いて四位から五位の赤、六位から七位の緑、最後に八位以下の青服の官人たちが並んだ。文麻呂は大炊寮での経験を買われて、造東大寺司の大炊厨所という大膳所に提供する食材を調達する大炊所の属（さかん）として後ろの方に立っていた。

造東大寺司の初代長官市原王が壇上に立ち、それまで金光明寺と呼ばれた寺を東大寺に変え、そこに巨大な盧舎那仏を建立する意義を長々と述べた。その下には事務方と現場とを支える次官の佐伯今毛人（さえきのいまえみし）が毅然と立っている。

「今集まっている五百人の官人の食材を集め調理するだけでも難しいのに、技術者や工人、各地からの作業人を加えたら如何なる規模になるのであろうか。」

前に並ぶ顔見知りの元大膳寮の者が、不安そうに呟いた。隣の男は
「おそらくこの十倍は作らねばならぬ。食材の保管場所、賄所も新たに作らねばならぬであろう。」

と見当をつけた。

「十倍と言えば約五千人・・・。」

文麻呂は思わず息を呑んだ。

(今でも糧の調達は畿内では不足しがちなのにこれ以上、どこから調達するのであろうか。)

一日当たり五千人もの人々が、毎日作業を進めるための水の手配、米や塩、菜の調達を考えると、不安が先立ち目が眩む想いであった。

第二十一章　良弁と実忠

ある朝、出勤すると若狭の国司高橋人足の息子である高橋百嶋が、造東大寺司の南に建てられた大炊厨所に文麻呂を訪ねてきた。百嶋は父に似て、背が高く青い朝服を纏っている。

「属の秦人文麻呂とはその方だったか。存じておろうが吾は高橋百嶋と申す。この度

設けられた造東大寺司の大炊厨所の允（じょう）として勤めることとなった。今後盧舎那仏建立までは長き務めになろうが、共に励んでくれ。此度は盧舎那仏建立の中心となっておられる良弁和上（ろうべんわじょう）に、若狭の運脚より木簡と贄の魚を預かって来たのじゃ。其方も同じ若狭の者故、一度目通りしておいた方がよかろう。」

文麻呂は心が沸き立つのを感じた。幼い頃より聞いていた若狭出身の良弁和上の名は知っていても、会うのは初めてである。

盧舎那仏の建立の壮大な計画を支えたのは、初代東大寺の別当良弁和上とその弟子の実忠である。現在東大寺二月堂の下に良弁杉がある。和上は若狭の国の出身で、赤子の折に鷲に攫われて、都の当時金光明寺と言われた寺の、杉の木の根元に連れ去られたとされていた。唯一肌身に付けていた観音菩薩のお守りが証となって、後年若狭の根来の里に両親がいることがわかった僧である。

（大王とも話ができる和上とは、どのようなお方であろうか。）

文麻呂は早くも緊張してきた。別の部屋に居た雑人を呼んで荷を担がせると、百嶋の後について近くの法華寺に向かった。

寺の中で案内を請い、暫く待つと背丈が高く鼻梁が通った青年の僧が現れた。この寺の実務をする僧の実忠である。盧舎那仏建立と東大寺の造営の貢献では聖武天皇・

行基・良弁・菩提遷那の、いわゆる四聖ではないものの、それに続く存在で二月堂の修二会を始めるなど、この後日本仏教に多大な功績を残した人物である。

「よくお越し頂きました。和上はこちらでございます。」

実忠は、そう案内して良弁和上が待つ本堂に通された。

良弁和上はまだ六十歳前後の年齢であったが柔和な笑顔で迎えてくれた。初代の東大寺別当で紫の僧衣を着ている。百嶋と文麻呂とが頭を下げ挨拶した。

「和上様には盧舎那仏の建立並びに造東大寺司の設立につきまして、一方ならぬお世話になっております。」

百嶋が頭を下げた。

「よく来てくれた。父上は達者であるか。」

「若狭で膳臣として、大王の贄を司って居りまする。父からの文と海の幸が送られて参りました。お納めいただきとうございます。」

「有り難きこと。若狭の新鮮な魚を食べると昔を思い出し、体が若返った気がする。」

良弁和上が礼を述べた。そのまま横に座っているもう一人の客人の僧を二人に紹介した。

「こちらは盧舎那仏の建立のために、天竺から唐を経て来られた菩提遷那（ぼだいせんな）和上じゃ。」

「吾は造東大寺司の大炊厨所の允高橋百嶋と申します。伴は若狭出身で大炊厨所の食材を調達の属を務める秦人文麻呂と申します。以後見知り置きを願います。」

菩提遷那和上は天竺（インド）生まれの僧である。長身碧眼で鼻が高く、アーリア系の端正な顔立ちで、良弁和上と同じ紫の僧衣を着ている。遷那和上は天竺でできて間もない仏教の教団に入り、教えを広めるために、タクマラカン砂漠の南の西域南道を越え、唐の長安に経典と共にやってきた。遣唐使の阿倍仲麻呂より日本の天皇が、盧舎那仏建立と開眼供養会の中心となる僧を探していることを聞いた。その依頼を受けて韓の国から船で大宰府に渡り、安芸灘や周防灘、播磨灘を越えて来たのである。

「此度、大王が今までに類を見ない金銅でできた盧舎那仏を作られようとしておられる。その供養会のためにわざわざ天竺から唐を通って来られたのじゃ。」

良弁和上は遷那和上が来た理由を述べた。

遷那和上は笑顔で二人を見た。

「倭の国はもっと鄙びた国かと思うたが、唐の国と同じく立派な国じゃ。地は豊かで人は穏やかじゃ。この地には他を滅ぼそうとする異敵が居らぬのもよい。律令の仕組みも徐々に整備され、大王を中心とした人智の国作りと同時に法治の国作りが進んでおる。唐に匹敵する規模じゃ。」

遷那和上はそう続けた。

「良弁和上は若狭の生まれと伺っておる。長安から長い旅路で、何度も陸路や海路を経てようやく倭国に辿り着いた。最後の航路も瀬戸の海は荒ぶる賊が多いので、安全な若狭回りでと思うたが、適当な船がなかった。」

遷那和上は温和な表情で二人にそう語った。良弁和上は続けた。

「古より唐との行き来は韓を経て若狭が表玄関じゃ。此度の盧舎那仏の建立に際して、遣唐使が唐の都で配った建立と開眼供養会の案内を受け、各国々から大王に贈り物が届いておる。ほとんどが若狭を経て都に入ってきておる。言わば若狭と都とは兄弟のようなものじゃ。」

と語った。

その時遷那が唐から伝えた茶葉を、若い僧が運んできた。木の椀に茶葉が入れられ、そこに鉄瓶から熱い湯が注がれた。辺りに良い香りが漂う。

独特の香りの中で遷那和上は語り始めた。

「拙僧は、天竺から唐へ行く間に幾つものカナートを見た。カナートとは砂漠の下を通る地下水脈のことじゃ。表面からは見えぬが、地下を通る水脈によって遠くの人々が耕す田が潤い、豊かになっていく。若狭が食材や文化の供給地で、奈良がそれを受け取る側じゃや。人々や食材や文化が通い合い、支え合う水脈のような関係じゃ。奈良が平城京の都として朝廷の政を支えられるのも、此度の盧舎那仏の建立や東大寺の造営も、若狭からの食と文化を伝えるこの太い水脈にかかっておるのじゃ。」

そう力説した。

そこまで話すと、良弁和上が昔を思い出したように続けた。

「拙僧の生まれた若狭の根来の遠敷川に多く鵜が集まる瀬がある。その下に人が潜れる位の洞窟があろう。古より遠敷川の水はその穴を通して奈良まで流れているとされておる。其方は存じておるか。」

「遠敷川の鵜が集まる瀬は存じておりますが、その下にそのような人が入れる洞窟があろうとは全く存じませぬ。」

文麻呂は和上の言葉に驚いて答えた。

「その瀬の淵の洞窟は、誰も辿りつけぬくらい奥が深いそうじゃ。」

良弁和上は自分が生まれた里のことを、詳しく良く覚えていた。

やがて四人は湯茶の入った椀を手に取った。初めて飲む文麻呂はどうやって飲むのか分からなかったので、隣の百嶋を真似た。浮き上がった茶葉を椀の向こう側に吹き流して、手前から飲むのである。一口飲むと、文麻呂の口の中に今まで味わったことのない渋みと甘みとが広がった。茶が喉を通り抜けると、味わいの深さに驚いた。

和上は暫く若狭と奈良との繋がりを熱く語り続けた。四人の話は盧舎那仏建立にも及び長く続いた。

「国司若狭守から盧舎那仏建立のために多大な寄進がされたと聞き及んで喜んでおる。此度の建立に際して大王のために是非力になっていただきたい。また父上によろしくと伝えて下され。」

良弁和上は百嶋にそう願うのであった。

法華寺からの帰り、百嶋と文麻呂とは菩提遷那和上の言ったカナートということの意味を語り合った。

「盧舎那仏を建立すれば、おそらく仏の威光は千年保たれるであろう。吾らはその出発点におる。大王は、北ツ海を通して若狭の国から運ばれる、韓や天竺の渡来物や、新鮮な贄にいたく執着しておられる。吾が大炊厨所の允に召されたのも、其方が属に任ぜられたのも、良弁和上が申されるように、御食国若狭出身の吾らにカナートの役割を特段の支援を大いに期待してのことじゃ。それ故、どうか吾の右腕として大王の大事業に力を貸してくれ。」

別れ際に、允の百嶋は、自分達が大炊厨所の允や属に任ぜられた意味を文麻呂に伝え、百嶋が手を握ってきた。

「真に有難き事に存知ます。吾も及びませぬが、力の限りお仕え致しまする。」

文麻呂も允の手を握り返し頭を下げた。

頭を上げると百嶋の目は微かに潤んでいた。文麻呂にも百嶋の熱い気持ちが伝わり、造東大寺司の仕事に全力を尽くすことを決意し、都と若狭とを結んでいる地下水脈との言葉に、改めて誇らしい気持ちになるのである。

第二十二章　大炊厨所（おおいくりやどころ）

当時、盧舎那仏に塗る予定の大量の黄金だけは工面できず、遣唐使による金の輸入も考えられていた。しかし、天平二十年（七四八年）、渡航直前に遣唐使は豊前国の国東（くにさき）の宇佐八幡宮で占ってもらった。

「唐に渡って、多くの黄金を得、無事に帰れますように。」

派遣される者が願いを伝えた。それを受けて巫女は神の前で舞い、託宣を待った。

「汝等が求める黄金は、近いうちにこの国から見つかるであろう。従って唐に行く必要はない。」

巫女はそのように告げた。

果たして翌年二月。陸奥の国で黄金が見つかったことが報告された。朝廷は大いに沸き立った。中でも聖武天皇は、

「斯くの如き一大事に、このような吉報がもたらされようとは。此れは八幡宮の託宣通りじゃ。盧舎那仏建立には傍に八幡宮を設けよ。これも仏のお導きなるぞ。」

満面に笑みを称え、感極まって即座に改元して、時代は天平から天平感宝となった。

続いて下野の国からも金は見つかり、建立の機運はますます盛り上がった。当時越中の国司として赴任していた大伴家持は、この報を聞いて次の歌を詠んだ。

「皇命（すめらぎ）の　御代栄えんと　東なる　みちのく山に　こがね山咲く」

共に喜んだことが伺える。

これを機に、東大寺には盧舎那仏の守り神として手向山八幡宮が設けられ、朝廷の信頼を得て、八幡宮は全国に広がりを見せる。

最も必要な銅は、長門の長登(ながのぼり)鉱山から大量に調達する目途がついた。盧舎那仏作りの芯となる木材は播磨の国から巨木百五十本、近江の二上山から木炭用の木材が運ばれる目途をつけた。朝廷は造東大寺司の組織を固め、更に全国に資材の調達の網を着々と広げていった。

しかし、技術者や工人、作業人たちが食べる大量の食材の調達の見通しは、まだ十分立っていなかった。蔬菜は都の近郊から仕入れるとしても、米や塩などの基本的な食材は朝廷の決定を待たなければならなかった。

盧舎那仏建立の全体計画の決定は、造東大寺司の中の政所(まんどころ)であるが、食材調達の基本的な調達立案は大炊厨所であった。平城京の東の山裾に新たに作られた舘で高橋百嶋と文麻呂、他の官人達が、これから始まる建立を支える食材の調達について協議していた。

「盧舎那仏建立の膨大な食材を、近隣から調達せよとの方針が示された。しかし最近の相次ぐ飢饉で畿内だけではとても集められないことは明白じゃ。朝議でも皆頭を悩ませて居る。」

「この飢饉の上に、各国衙では国分寺、都においては盧舎那仏建立と東大寺造営と世の民は苦しんでおります。余裕のある国衙などどこにもありませぬ。」

文麻呂は日々伝わってくる租の状況や、運ばれてくる調の内容から各地の事情を伝えた。すると允の百嶋が答えた。

「朝廷の方から御贄を献上しておる若狭・志摩・淡路の御食国の三ヶ国に対して、大王は自らの贄を減らしてでも、建立や造営に米や塩を回せぬか調べよ、と仰せられた。」

「朝廷は、三ツ歳以内に国分寺の金堂や僧坊を建立すれば、永代に郡の役人に任ずるとの布告も出された。各郡ともそれに手一杯で、大量の米や塩の調達は各地域とも余裕はありますまい。」

他の者が反論した。

「都に最も近い御食国は若狭の国じゃ。海の荒れや険しい道を越えずとも三日で大量の米や塩が運べる。大王はこの大事業の成否は若狭の国に掛かっておる、とまで仰っておられる。」

百嶋は力説した。

「若狭は近国ではありますが小国故、そのような期待に応えられるほど、多くの食材を提供できるとは思われませぬ。」

実情を知っているだけに、文麻呂はそう続けた。

「ならば如何すればよいのか。」

「まず国司の父上に、若狭三郡の御贄や調が如何ほど出せるのか、調べていただきとう御座います。しかし若狭だけではとても足りぬことは明白です。近くは近江や丹波、北の越前や越中、紀伊。遠くは東の尾張や三河、西の播磨や備前など各国衙から建立が終わるまで、毎年のように米や塩を集めなければなりませぬ。」

百嶋は暫く考え込んでいた。文麻呂はさらに畳み掛けるように言った。

「朝廷はこの盧舎那仏建立と東大寺の造営に、如何ほどの期間、資材や食料の調達が必要だと考えておられるのか。」

「この二月に、朝廷は各地に五千戸の封戸（ふこ）と、既墾田百町歩及び四千町歩の新田開発を許可された。そこから順次資材や食料を調達される予定になっておる。」

封戸とは寺社や貴人が封主となってその維持運営のために、その封戸から租庸調を納めさせる制度である。盧舎那仏建立と東大寺造営のために、朝廷は予め畿内を中心に越前や若狭などの地に、東大寺の封戸を指定していた。

「その程度で間に合いましょうか。もっと主計を司る省だけでなく、全省を挙げて長期に渡って取り組まねば、到底及びませぬ。」

百嶋の顔色が変わった。盧舎那仏の工期や資材についてはおおよその見当はついていたが、食材の全体量は十分把握できていなかった。今までの組織の延長で賄える、という見通しが甘かったことを知ったのである。文麻呂は造東大寺司だけでなく、朝廷や全省を挙げて調達を図り、各国衙には国分寺や国分尼寺の建立や造営のためには保全している租や調を取り崩してでも、盧舎那仏のために回すよう進言した。

「つきましては、盧舎那仏建立に地方の郡司や富裕な者に、官位の叙位を引き換えに、木や金属、銭や食材の寄進を要請しては如何でございましょうや。」

文麻呂がそう思い切った策を提案すると、百嶋は首を傾げた。

「官位の叙位だけで、そのような寄進に応ずるであろうか。」

「寄進に応じた者には、墾田の私有をさらに認めるとか、優遇策を講じれば何とかなるのではありませぬか。」

「それでは租や調の徴収が減ってしまう恐れがある。・・・しかし他に策がないとなれば、それら調達の基本案を作成し、正式に朝議に諮らねばならぬ。そのためには弁官局の審査を経なければならぬ。」

「噂の辣腕の行政官でございますか。」

「致仕方ない。朝議に諮り、全省庁に通達を出そうとすれば、あの鬼門を潜らねば、次へは進めぬ。」

二人が話しているのは、朝議に諮る審査のための書類の確認を統括する弁官局の輔のことである。石川名足（いしかわのなたり）という人物が、太政官の朝議に諮る前の審査を行っているのだが、この審査がどこの省でも問題になっている。しかし、厳しい現実を切り抜けるためにも、百嶋は御長官（おかみ）を通して、文麻呂の提案を朝廷に上奏することを決意した。

百嶋が出て行こうとする時、文麻呂が願い事を伝えた。

「此度、大膳寮と大炊寮に若狭から来た仕丁で屯倉徳麻呂（みやけのとくまろ）と、廝丁の青郷早足（せいごうのはやあし）という二人の者が居りますれば、彼の者を大炊厨所に召して下さるよう願います。両名は若狭の米処や贄の里に関わりのある者たち故、今後お役に立てるかと存じます。徳麻呂は智慧が回り、読み書きも達者な男で、早足は名の通り足も速く、腕（かいな）も猛々しい強き者でございます。他の寺社や若狭との連絡にも何かと重宝に御仕え致すかと尾存じます。」

若狭の旧知の者から、事前に優れた仕丁を送ったことが知らされていたのである。

「承知した。御長官から、両寮に伝えていただこう。」

百嶋はそう言うと、大炊厨所から近くの造東大寺司の舘に戻って行った。

愛児を失くしてから、文麻呂は佐奈女の様子を案じてはいたが、話をすることが少なくなった。朝早くから佐奈女は機を織り続けている。

「休む暇も無い程、織り続けることはない。体を労わらねば疲れが取れぬぞ。」

文麻呂が言葉をかけても、佐奈女は無視するかのように応えずに、一心不乱に手を止めない。吾が子を失った心の衝撃は文麻呂よりも遥かに大きいのであろう。

（足麻呂を失って、吾も佐奈女も言葉も失ってしもうた。互いが笑い合える日が来るのであろうか。）

佐奈女の様子を気に掛けながら、勤めに出る日が続いた。

造東大寺司の発足に伴い、食材の調達の手配に忙しい最中、百嶋の指示を受けて、大炊厨所から造東大寺司や朝議に発する文書が多くなると、文麻呂も下層ではあるが官人としての上日（じょうじつ）と呼ばれる勤務日が多くなった。

八条の自宅からある朝、文麻呂が出て行こうとすると、佐奈女が心配そうに声を掛けてきた。

「御主も勤めが忙しくなって、大変ですが、上日が越えれば春秋の季禄は頂けますから、程々で宜しいのではありませぬか。体を労わりませぬと。」

夫の体を気づかったのである。

「考が多くて選で評定されても、六位以上の貴人はいざ知らず、吾は位階にはあまり関心はない。ここしばらくは期日のある仕事に追われておるのじゃ。」

六位以上の通貴と呼ばれる官人にとって、多くの考を得て、良い勤務評定である選を得て位階を上げることは最大の関心事であった。当時は官位相当制であり、正八位から従七位に位が上がると、属の職が相応しくないため、従七位に相当する内膳司など別の允職を探さなければならなくなる。そのため中以上の官人は多くの選を得て、官職位階を決定する除目（じもく）が最大の関心事であった。しかし文麻呂など地方から出てきた者には、栄達にもあまり関心がなかった。季禄の際に行う上司への進物をする余裕は無く、何よりも出世を保障する後ろ盾の縁故も全く無かったからである。

食材調達の基本的な調達立案が進む中、弁官局の審査の日が近づいてきた。

当日、内裏の東にある弁官局に行くと、既に八省以下の多くの役人が列を成して待っている。審査する部屋の前の廊下に並び、二人はその列の最後に座った。審査を統括する弁官局の輔は、石川名足という凄腕の行政官である。盧舎那仏の建立と東大寺造営でそれぞれの役割が割り振られているため、各省とも朝議に提出する書類を抱えている。先に審査を受けている者が指摘を受けている大きな声が聞こえてきた。

「汝が出すこの書類では太政官の朝議には出せぬ。まずこの読み難い文字は何だ。汝は字を存じておるのか。もっと読み易き字を書いて参れ。」

皆の前でそう指摘を受けた式部省正八位の佑（すけ）は体を固くして聞いている。名足が審査をする時、顔の左右の表情が違っている。厳しい言葉を発する折は、右目が細く固定されたままだが、左の目は大きく開き、意思を伝えている。右目の冷静さと左目の感情とが一つの顔に同居した奇相である。

「次に建立や開眼式に使う布の長さが百八十丈（約五百四十メートル）という見積もりが出ておるが、その根拠は如何なる所から算出しておるのか。」

「それは、盧舎那仏と東大寺の大きさから算出致しました。」

「実際に歩いて寸法を測ったりしたのか。」

「否。」

「図面上の計算もしていないのか。」、

「まだできておりますぬ故、おおよその見積もりでございまする。」

「そのような曖昧な根拠では、朝議に通らぬは。汝の式部省では確か数年前にも杜撰な計画で大王の式典に要らぬ調布を数多無駄にしておる。きちんと筋道を立てて見積もれる者はおらんのか。審査はやり直しじゃ。もう一度出直して参れ。」

記憶力抜群で頭は鋭いが、性格が実に悪い。おまけに言葉遣いも荒く、書類の欠点を見つけると徹底的に突いてくる。しかも名足は蘇我氏の血を引く名門の出で、朝廷に取っては最強の人物でも、受ける方は最悪である。流石の佑も書類を抱えてすごすごと引き返すしかなかった。

その様子を横目で見ていた文麻呂は、書類を持つ手の震えが止まらなかった。

「これは思いやられますな。」

「吾等は疎漏無きよう書類を十分吟味して根拠を取り揃えておるので、案ずることはない。」

百嶋はそう心を落ち着けるように言った。いよいよ大炊厨所の番である。百嶋が名足の正面に座り、文麻呂は多くの書類を名足に差し出した。

「此度の盧舎那仏の建立に際して、大炊厨所は職人、工人を始め多くの作業人の食を受け持つが、その調達の手配はできておるのか。」

「各省の賄い所や宮内の大膳寮、大炊寮の協力を得て従来の租や調とは異なる手配を考えて居ります。」

冷静に百嶋は応じる。名足は書類に目を通しながら
「異なる手配とは、具体的に。」

「各国衙に貯蔵して居りました租を、臨時に徴収できるように朝議にお謀りしたい。更に地方の郡司や富裕な者に、官位の叙位を引き換えに、木や金属、銭や食材の寄進を要請して、不足する資材や食材を募らば、此の事業は見通しが付くかと。」

「して、食材に関して全国の国衙から徴収する量は如何ほどになる。」

「一日最大五千人分を手配しますので、米俵約二百四十俵石高で四十石と見込んでおります。」

「そのような量を毎日手配できるのか。」

「畿内や近隣の国衙だけでは確保できませぬ故、ここ数年豊作であった越前国の国衙や東大寺の封戸から多く手配できるよう努めておりまする。しかしそれでも不足が予想されますので、朝議ですべての国衙への手配と、先ほど述べた木や金属、銭や食材の寄進を要請して、応じた郡司や富裕の者へ官位の叙位を与える方策を採るならば不足は解消するかと存じます。」

文麻呂の額にも汗が滲んできた。

「官位の叙位だけではなく、富裕の者が持つ三十町歩の私有田をさらに広げられる制度の見直しも含めて、検討してはどうかと考えて居りまする。」

百嶋がそう提案した。

「それでは口分田からの租が減り、調も上がって来ぬではないか。」

名足は左の眉が吊り上がり、目も大きく開いた。この表情が出た時は要注意であることを百嶋は知っている。

「今此処で思い切った策を講じなければ、大王が望まれる盧舎那仏の建立と東大寺造営はとても無理でございます。」

「それは大蔵省の主計寮をはじめ、反対が多く朝議ではとても通らぬであろう。」

名足の言葉に、百嶋はここで引き下がっては攻められると感じた。

「では大王が望まれる盧舎那仏の建立の実現は叶いませぬ。」

名足は両目を閉じた。暫く沈黙が続く。

「如何ほど私有田の拡張を認めればよいか。」

その言葉に突破口を見出した百嶋は強気で畳み掛けた。

「叙位と共に、今所有する私有田をさらに五十丁以上認める策でございます。名実が少なければ寄進が進まず、多ければ租や調に影響し集まりませぬ。吾らの大炊厨所だけでは決めらず、朝廷で裁可していただきませぬと。」

そう補足した。

名足は改めて出された書類を次々と読み込んだ。暫くして
「其方たちは作業人の米や塩を見積もり過ぎなのではないか。特に仕丁や奴婢のための食の手配などは、各国司や郡司に任せてよく、見積もる必要はない。」

別の観点からの思いがけない指摘に、二人は顔を見合わせた。

「食べ物が無ければ、仕丁や奴婢たちは仕事が進みませぬ。各地から来る者たちは地べたに敷いた藁の上に寝て、昼は多くの難しき作業をする予定でございます。各郡

司からの食だけでは到底足りませぬ。」

百嶋は名足に言い返した。文麻呂も
「皆、進んで都の地まで来るわけではございませぬ。その日に食べる米にも困っている者ばかりでございます。何卒多くの食が確保できるよう手配を願います。」

「そのようなことでは盧舎那仏の建立までは、途方もなく食を手配せねばならぬ。仕丁や奴婢は暫く作業におれば、やがては国に帰れるではないか。そのような者まで何故手配が必要じゃ。」

「おそらく仕丁や奴婢たちは、昼夜を問わず囲われて煩わしき作業にも携わることになろうかと存じます。せめて食だけでもしっかり手配できるよう、朝議に諮って頂きとうございます。」

二人に反論されて名足は気色ばんだ。長い沈黙が続いた。

「寄進の者への叙位の基準と私有田の範囲は必ず諮り、多くの寄進が得られるよう努めよう。しかし、この作業人の米や塩の見積もりや手配には反対だが、朝議には諮ろう。」

左の眉が吊り上がり目も大きく開き、憮然とした表情で名足は二人に返事した。文麻呂は大きな安堵の息をつき、汗がどっと噴出すのを感じた。

弁官局から外へ出ると、太陽が眩しかった。

「流石、允は場数を踏んでおられる。吾ではとても乗り切れませぬ。」

冷静に対応する允の百嶋を改めて見直すのであった。

「彼の弁官は曖昧なこと、いい加減なことは極端に嫌う者じゃ。各省が好き勝手に租や調を要求してそれが通ると、とても朝廷の政は続かぬ。そうでなくとも、これは途轍もなく大きな事業じゃ。このような厳しい審査は必要なのじゃ。特に吾れらは、費を要求するだけではなく、租や調を官位と引き換えに集める手段を提案したため、気に入られたのであろう。入りを計りて、出づるを制すじゃ。」

百嶋は提案の主旨が名足の心を掴んだからである、と語った。

「弁官局の允ともなれば、名のある家に生まれ、幼き時より食べ物にも苦労などしたことがないのでありましょう。貧しき者や仕丁や奴婢などのことは頭にもない話ぶりでした。」

文麻呂は百嶋に話しながら、怒りがこみ上がって来るのを感じた。

(仕丁や奴婢の者たちを、牛馬のように考えておる。断じて許せぬ。)

帰り道、憤怒の思いは続いた。反面審査が終わり緊張が緩んで、疲れがどっと押し寄せて来るのを感じながら家路につくのである。

盧舎那仏建立と東大寺造営とで、従来の御食国や近隣からの米や塩の搬入ではとても足りぬことを悟った朝廷は、百嶋の提案を受け、郡司が勝手に正倉の種籾用の租を使わぬよう命じた後、各国衙より米を都へ運ぶ指示を出した。

　文麻呂が提案し、百嶋が上奏した案の狙いは的中した。各地の郡司や富裕の者に木材や金属、銭や食材の要請は直ちに布告され、多くの者が官位の叙位と引き換えに、寄進を申し出た。河内の大初位下の河俣連人麻呂（かわまたむらじのひとまろ）は銭一千貫（米量換算一・五万石）、越中の砺波臣志留志（となみのおみしろし）という人物が三千石の米を寄進したので両人に外従五位下という官位を授けた。

　天平感宝元年（七四九年）には陽故史真身（やこのふひとまみ）という地方の豪族一族が銭五千貫を寄進したため、全員外従五位下を叙位されている。当時郡司は墾田永年私財法の下でも三十町までしか田畑の私有は認められなかったが、朝廷の方針が変わり、寄進により五位になると百町歩まで私有が許されたので、地方の豪族は益々豊かになっていった。同時に、このことは口分田からの租が少なくなり、律令制度の足元を脅かすことにつながった。

　朝廷は多くの寄進に気を良くして、さらに各地の郡司などに広く募った。その結果、米や海産物での寄進が相次ぎ、文麻呂も胸を撫で下ろすのであった。

　審査から数日後、高橋百嶋に頼んでいた同郷の仕丁屯倉徳麻呂と、厮丁の青郷早足とが大炊厨所にやってきた。二人ともやや着古した白の水干を着、膝までの小袴を穿いている。

屯倉徳麻呂は丸顔で柔和な顔付きで少し太っている。厮丁で大炊寮にいた青郷早足は痩身小柄で、性格は明るく陽気な男である。名の通り足が強く、若狭から都まで通常三日かかる旅程を、僅か二日で来てしまう健脚である。文麻呂は二人に大炊厨所の目的を伝え、彼らの能力を最大限引き出して新しい任に当たらせた。徳麻呂を自分の担当の雑人の長として、早足は若狭との連絡や他の省や寮との連絡に自在に使った。

徳麻呂はすぐに仕事を理解し、確実に仕事を進めた。

朝陽が差し込む頃になると、釜から大きな木篦でお櫃分けられた粥は、外へと運び出される。外居(ほかゐ)と言う前と後に三脚が付いた笥(け)をぶら下げた天秤棒を持った仕丁たちが、お櫃の粥を運び出し、外で待つ工人や作業人に篦と木椀とを配って、朝餉が始められるのである。

大膳寮からも多くの賄人が移って来て大炊厨所で働いていた。盧舎那仏の基盤の工事が本格化すると、厨房ではまだ夜が明けない頃から、調理が始まっていた。大きな竈に巨大な鉄の鍋が幾つも並べられ、煮炊きをする。煙と匂いは風に乗って、平城京全体を覆っていった。

第二十三章　盧舎那仏鋳造の苦闘

盧舎那仏建立当初、一日の技術者と工人作業人の数は、文麻呂が心配していたより少なく、平均して約千人が携わった。

造東大寺司に認められた工人は、一日仕事の軽重により一五文から最大六十文まで銭が支払われる。また作業人は一日八合の米と塩や菜が支給された。しかし全国各地から雑徭で派遣され参加している仕丁や奴婢には、僅かな間食と塩しか与えられず、しかも熱い銅を流し込む危険な現場を割り当てられていたのである。

盧舎那仏建立の躯体工事が本格的に始まった。国中連公麻呂（くになかのむらじきみまろ）という渡来人の末裔が総監督となり、全てを取り仕切っている。彼の試算によると建立に用いられる銅（あかがね）は約百十万貫（約五百トン）、錫は約二千貫（八・五トン）、金は約三十八貫（約百五十キロ）水銀は約二百貫（約八二〇キロ）という膨大なものである。

天平十七年（七四五年）八月。平城京の外京の緩やかな山の斜土を削って、大仏の基檀を作る作業が始められた。大量の土が運び込まれた結果、周囲の若草山などの形はすっかり変わってしまった。

翌十八年（七四六年）三月。播磨の国から体骨柱用の巨大な柱の五十本が切り出され、運搬されてきた。それを仕切るのは越前から召しだされた大工猪名部百世（いなわべのももせ）である。彼は多くの工人を指揮して、巨木を芯にして木組みを作り、回りに縄を巻く作業を始めた。その上に土を塗り固めて、半年で大仏の原型となる塑像を作り上げたのである。

新しく大炊厨所の仲間となった屯倉徳麻呂と青郷早足は、文麻呂の手足のように働いた。大炊厨所に運び込まれる食材は一日千人分である。それらの米・塩と菜を過不足なく調達して、朝と間食と夕の賄をどうにか提供するのは至難の業であった。しかし、以前の大炊寮の経験が活きて、百嶋たちの計画的な手配もあり、どうにか賄うことができるようになる。

十月から巨大な土の塑像から、外子と言われる銅でできた外型を完成させ、一旦これをを外して元の塑像を数寸削って中子（なかご）と言われる中型を作る。その上でもう一度外子をはめこむのである。

天平十九年（七四七年）九月から中子と外子との隙間に、銅を流し込む作業が約三年、八回に渡り続いた。

暑い最中の時季、数百度の銅を隙間に流し込む作業は、熱さと危険とで困難を極めた。特に盧舎那仏の建立が、徐々に土盛りの高い場所に移っていくと足場が不安定になり、灼熱の銅を浴びて命を奪われたり、瀕死の重傷を負わされたりすることがしばしばあった。当初から、夜の闇に紛れて逃げ出す仕丁や奴婢が多数出始めたが、隙間に銅を流し込む作業が始まると、逃亡する者は一層多くなった。造東大寺司でもこれを見過ごすことはできず、逃げる途中見つかった者は見せしめで鞭によって叩かれる刑が待っていた。

天平二十年（七四八年）九月。暑さの残る昼下がりのことである。青郷早足（せいごうのはやあし）が大炊厨所に駆け込んで来た。

「申し上げます。先ほど作業場に間食を運んだ折、中子と外子に流し込む灼熱の銅が坩堝から引っくり返り、作業に当たっていた仕丁や奴婢らが多く火傷や怪我をしている模様でございます。」

「大炊厨所の者に災いはないか。」

「ございませぬ。」

「作業場の担当は、造仏所じゃ。だがそのような大きな災いならば捨てては置けぬ。」

そう言うと文麻呂は青郷早足に水桶の手配を命じ、担いで雑人たちと現場に向かった。途中その場を担当する民部省の現場の長に止められたが、大炊厨所の属であることを話すと通してくれた。急いで坂道を登り、小高くなった作業場に着いた。多くの工人や仕丁が集まっている。その中を掻き分けて前に出ると、文麻呂の終生忘れられない光景が広がっていた。坩堝から銅が飛び散って周囲の土を焦がし、辺りには焼け焦げた匂いが漂っている。よく見ると、黒く焼け焦げた五人の人形の匂いであった。生きたまま灼熱の銅を浴びて焼け焦げ、湯気とも煙ともつかぬ臭気を発している。また外側に居た者も半身に銅を浴びて、皮膚が爛れて膨れ上がり、絶命していた。何名かの工人がまだ息のある者を戸板に乗せて助けようとしている。

「お助け下され。」

雑徭で集められた仕丁であろうか、戸板の上でもがいて苦しんでいる。もう一人は、

「水を下され。水を・・・。」

焼けた銅が足にかかって火傷を負いながらも、水を求めている。早足が足に水を掛け、残った水を飲ませた。

(何という光景であろうか。何の罪も無い民が仕丁や奴婢として駆り出され、散々扱き使われた挙句、このような最後を遂げるとは。この者たちにも故郷では父母や兄弟が居て帰りを待ちわびておろうに。)

涙が溢れて見えなくなった。早足も声もなく下を向いている。造仏所や民部省の者が慌しく救護に走り回っている。周囲を取り巻く者は救うこともできず、茫然と立ち竦むだけであった。

そこを離れ、盧舎那仏裏側の作業場の近くに行くと、銅を流し込む作業が続いている。多くの者が、数百度の銅を外子と内子との隙間に流し込んでいる最中であった。熱気と怒号の下で鞭を持って作業を進めようとする民武省の官人、数百度で煮え立った坩堝の銅の釜を傾けようとする工人、あまりの熱さで作業することを怖れる仕丁や

奴婢たちとの関係は、地獄の底で命令する鬼と逃げ惑う亡者に似た様相を呈していた。

（かねてから話は聞いていたが、これほど過酷な作業とは。）

初めて見る造仏の鋳造作業の厳しさに、文麻呂は息を呑み、一言も発することができなかった。

文麻呂は元の場に戻り、担当する現場の長に尋ねた。

「作業場に焼け焦げた人がいたが、何処の国から来ているのじゃ。」

「存ぜぬ。」

「吾は大炊厨所の属の秦人文麻呂と申す。実は吾の出身の里に関わる者が亡くなってはいないか改めたい。怪我をした者は何処に。会って確かめたいのじゃ。」

「此の作業場は造仏所で、仕丁や奴婢を取り仕切る衛士は民部省の担当故、他の者の口出しは無用。戻れ。」

「吾の里から来ている者も居るやも知れず、何とかならぬか。」

早足も訴える。

「成らぬものは成らぬ。これ以上遮ると煩しきことになるぞ。」

長は持っていた棒を横にして二人を押し返した。

（弱き者が困窮し、犠牲になる者が多数出るようになった。何のための盧舎那仏の建立じゃ。民を救うための御仏ではないのか。）

文麻呂はそう考えながら、早足と足取りも重く大炊厨所に戻った。

「作業場はまるで地獄の底のように見えました。あのような場が現世にあろうとは。」

早足が呟いた。

「大王や朝廷の命で一日に何千もの人々がこの仕事に携わっておる。どのような事が起きようと、この大きな建立は誰にも止められぬし、誰もが大きな作業から逃げることもできぬ。」

悲惨の出来事が続くと、文麻呂の心は驚きから悲しみを通り越して、次第に怒りへと変わっていった。

第二十四章　鍍金の惨状

天平勝宝三年（七五一年）五月。困難を極めた盧舎那仏の鋳造が終わり、周囲を覆っていた土檀がきれいに取り除かれた。いよいよ表面に、黄金を塗る鍍金の作業が始まる。当時黄金を盧舎那仏の全身に塗るためには、一万四四六両（約四百三十七ｋｇ）の黄金と、「水がね」と呼ばれた水銀を一対五の割合で溶かして、汞和金（こうわきん）と呼ばれるアマルガムを作らなければならなかった。その精製には、それ以前から数年の月日がかかっている。

周囲に大きな足場が作られ、水銀色の液状の汞和金を桶に入れて刷毛で塗る、鍍金作業が始まった。

ある日、午餐を運び終えた青郷早足たちが、文麻呂の元へ駆けてきた。

「鍍金に従事する工人たちが一同に、心持ちが悪いと申しております。」

「工人だけではなく、仕丁も奴婢たちもふらふらして、作業後は臥せっている者が多くいます。」

「鋳造の折は灼熱の銅で亡くなる者がいたが、鍍金で何故そのような者が多く出るのじゃ。」

文麻呂は訝しんだ。

暫くすると、汞和金を塗る作業の場で、指示する工人や仕丁、奴婢の足元が覚束なくなり、高い足場から落ちて怪我をする者が多くなった。始めは、誰もが過酷な現場で体調不良になった程度に考えていた。

塗る作業の次は、炙る作業である。水銀色の表面を真下から大きな松明で燃やし、高温の火で炙るのである。それを一昼夜続け、温度が下がった後に布で磨くと、盧舎那仏はかつて誰も見たことのない黄金の輝きを見せた。

しかしこの作業には決定的な欠点があった。金の絶対量が少ないので、できるだけ薄く引き伸ばして汞和金の鍍金を行うため、水銀を金の五倍以上混ぜたのである。その後、塗る、炙る、磨くの三つの行程の、特に磨く作業で倒れる者が続出した。

鍍金作業が進んだ午後のことである。

「申し上げます。鍍金が終わって、松明で表面を炙って磨く作業が始まってから、殆どの者の手が痺れたり震えたりして、間食の木椀を持つことができませぬ。何故でございましょうや。」

早足をはじめ、間食を運び込んだ者は口々に文麻呂に報告した。

「分からぬが、炙る作業では、燃え盛る松明の近くでふらふらして倒れて、火で焼け死ぬ者が居た。だが、塗りや炙るなどの作業は、磨くだけで手足が震え、体が自由に動かなくなる者も多数出ておる。何故であろうか。」

「松明で炙り、熱の残る盧舎那仏の表面を布で磨いた後、苦しむ者は皆、水を欲しがっております。皆体の水が抜けておるのでしょう。水を与えるとを少し良くなりまするが、また作業をすると苦しみまする。一体何故でございましょうや。」

文麻呂は作業に携わる者たちだけでなく、自分の配下の者にも症状が移らぬか心配した。その人数の多さは、造仏所だけでなく造東大寺司の政所でも憂慮するほど事態は深刻さを増していた。

倒れた者たちの中には、高温で炙る作業で脱水症状に陥る者もいた。しかし殆どの者は、現在でいう有機水銀中毒である。汞和金を塗る、炙る、磨く過程で、濃い水銀の蒸気を吸ってしまい、当時はその恐ろしさに誰も気づかなかった。

文麻呂たちは、食と同時に、異常に喉の渇きを訴える工人や仕丁たちのために、大量の水も運び入れることとなった。しかし、鍍金の犠牲者の数は、鋳造時より遥かに多くなっていった。

噂が広がり、工人は作業に行くのを嫌がった。各地から集められ何も知らない仕丁や奴婢たちだけが、次々と投入された結果、多くの仕丁や奴婢が死に、周辺の山々に人知れず埋葬された。仕方なく鍍金の作業は、長い期間に渡って行われることとなった。民衆を救うはずの盧舎那仏が逆に民を苦しめ、その犠牲の上で作られたのである。

その惨状が報告されると、もう一人頭を抱える人物がいた。盧舎那仏の作業の記録を残す青年僧実忠である。彼は報告を聞いて慌てて現場に見に行った。すると工人だけではなく、各地から送られてきた仕丁や奴婢が何も知らずに作業に当たり、次々と倒れて、水を求める惨状を目の当たりにしたのである。

「苦しい。目も見にくくなった。」

「手足も痺れるし、土師器も持てぬ。誰か水を飲ませてくれ。」

作業場では、多くの仕丁や奴婢が倒れていた。

「僧正様。お救い下され。」

黒色の僧衣を見た工人たちは、水や薬草を施してもらえるのかと、近くに集まって来た。付き添って来た僧が追い払ったが、真っ青な顔色をした多くの作業の者がふらふらしたり横たわったりする姿に実忠は愕然とした。

（これは如何なことじゃ。）

民を救うための毘盧遮那仏のはずが、鋳造の段階でも多く倒れたが、この鍍金作業では、比較にならない程の多くの者が目の前で倒れているのである。立場上、作業を止める訳にはいかないが、提案で鍍金作業は長い期間をかけて行われることとなった。

（仏は、このような天竺にもない大きな盧舎那仏を作ることを、嫌がって居られるのであろうか。何故作業する者たちが、次々と倒れてしまうのじゃ。）

日々報告が上がる度に、実忠は心を痛め、眠れない夜が続いた。

第二十五章　供養会準備と太上天皇の夢

天平勝宝三年（七五一年）九月。盧舎那仏の開眼供養会が来年、四月に行われることになった。巨大な仏の頭部や顔はほぼ完成していた。だが、首から下の胴体は補修の最中で、羅髪や鍍金も十分終わっていない。また仏を囲う巨大な建物もまだ十分完成していなかった。しかしこの事態においても、二年前に譲位した聖武太上天皇の后である光明皇太后は、来年春に開眼式を行うことを強く望んでいた。

理由は二つある。一つは仏教が韓から伝えられて来年が二百年という節目に当たることである。もう一つは太上天皇の健康状態である。都をあちこちに移した挙句、その無理が祟ったのか体調が不安定になり、新年の朝賀への対応もほとんどできなくなっていた。その容態を心配した光明皇太后は、造東大寺司に釈迦の命日の四月八日に、開眼供養会を盛大に取り行うことを示した。

供養会に出席する皇族や高僧、官人は約一万人に上る予定である。その上式が終わると二日間、天竺や唐、西域から遥々来た舞人や楽人が、歌舞音曲を夜遅くまで披露する段取りになっている。そのために供養会の場には、総勢二万人にも及ぶ朝鮮や唐からの賓客の宿舎や、盛大なもてなしを手配しなければならなくなった。

「開眼式は式部省で、歌舞音曲の手配や次第は宮内省で担当するのじゃが、式の後の宴は全て造東大寺司の大炊厨所で担当せよ、とのことじゃ。」

百嶋から伝えられた文麻呂は思わず聞き返した。

「盧舎那仏建立や東大寺造営の食の作業を進めながら、開眼供養会の約二万の人々の華やかな宴の手配を、大炊厨所だけで準備することは無理なことと存じます。」

「太上天皇は、建立がこの国に光をもたらし、民に救いを与える唯一の道じゃと申されておる。天竺にも唐にもない黄金に輝く巨大なの盧舎那仏を建立することにより、国中に仏の力が溢れ、民が疫病で伏せたり、飢えることのない世になることを願っておられるのじゃ。どうか叶えられるよう力を尽くしてほしい。何か良き考えはないか。」

百嶋も長官からの命に戸惑っているようである。文麻呂は、あの広大な盧舎那仏の前を埋める人々の宴を支える食を、如何にして確保し準備をするのか考えた。

「今のままで開眼供養会をするのはとても無理でございます。まず各国々の神社に供える初穂を司る郡司や富裕の者に、朝廷より依頼して、改めて式のための寄進を募っては如何かと存じます。また此度は大炊厨所だけでは人も竈も足りぬので、大膳寮や大炊寮、大王の食事を預かる内膳司、造酒司など、食を扱う厨所の全ての賄人や厮丁も集めて取り組まぬととてもできぬと存じます。」

「それは妙案じゃが、各省の長官の許可が必要じゃ。」

百嶋は表情を曇らせた。文麻呂は更に言葉を続けた。

「御食国の若狭、志摩、淡路の三ヶ国に手配し、新鮮な食材を予め手配することが肝要かと。それ以外にも、今年の内から近郊の国司や郡司に命じて塩魚や干し肉、蔬菜の献上の触れを回しては如何かと存じます。」

そう提案をした。

「開眼供養会は一日でも、宴はさらに数日は続くであろう。早急に他の省との打ち合わせを進めよう。他の厨所と合わせて未だかってない規模の午贄（ごさい）の準備の計画を立て、必要な物を取り揃えられるよう早速朝議に諮って各省の許しを得よう。また朝廷は御食国の中でも若狭の国に期待することが大きい、と述べられておる。吾も父に伝えるが、其方からも各郡の郡司にも供養会に向けて、贄の用意を申し伝えてくれい。」

百嶋は決意を伝えた。

「畏まりました。」

当初、盧舎那仏建立時の賄いが中心であると聞かされていた大炊厨所が、開眼供養会の役割も担わされることに文麻呂は驚いた。建立には今までどうにか手配できたが、来春の開眼供養会の二万にも及ぶ規模の食の手配は想像できなかった。しかし聖武太上天皇の具合が良くないことから、四月に確実に行われることは間違いないようである。それをどうしていくか、具体的な計画を立てることで頭を悩ませた。

夕刻、徳麻呂と早足に百嶋から聞いたことを伝えた。

「朝廷は都に最も近い御食国は若狭の国故、開眼供養会の大事業の成否は若狭の国に掛かっておる、とまで仰っておられるそうじゃ。」

智慧に優れた徳麻呂はすぐに意味を理解した。

「三日で大量の調や贄を運べる若狭を頼りにしておられるのでしょう。しかし若狭は海や山の恵みは多くとも、近いが故に多くの贄や調塩調布をすでに納めております。それ以上は国司や郡司が懸命になっても民がついて来られぬでしょう。」

「若狭だけではとても支えきれぬ。志摩や淡路の御食国と共に、近江、越前、播磨、丹波や紀伊に至るまで、食料調達を図り、大炊寮や大膳寮、さらに全省に居る仕丁や廝丁も力を合わせなければ到底及ばぬであろう。」

文麻呂はそう応えた。青郷早足は即座に
「どちらにしても、かってない規模の宴を催すことになるのは間違いございませぬ。吾は若狭彦を祭る遠敷明神を預かる郡司に、大王の意思と開眼供養会の段取りとを触れ回って、御食国としての役目を果たせるように努めて参ります。」

「早速、若狭の国司や郡司へ向けて開眼供養会の事を知らせ、来春の準備を進めるよう伝えてくれ。」

「畏まりました。」

「しばし、あり待て。」

文麻呂は早足を待たせると、允より預かった木簡を持たせた。

「遠敷郡郡司宛　来四月八日　盧舎那仏開眼供養会開催　請　多量米、塩、海産供物
恐謹請申　造東大寺司　大炊厨所　」

翌朝、若狭へ向かう青郷早足を見送った文麻呂は来年の春を思いやった。飢饉や疫病でただでさえ故郷は疲弊しているのに、さらに開眼供養会で多くの糧が都に来れば、地域の民が春から夏にかけての、端境期を越せぬことは明白である。野の里に残る家族の顔を思うと、不安な気持ちに陥るのであった。

天平勝宝三年（七五一年）十月、新薬師寺で聖武太上天皇の病気の平癒を祈願する祈りが多くの僧を集めて行われた。

その歳の師走のことである。太上天皇は次のような夢を見た。

開眼供養会の前日、盧舎那仏の前の通りを一人の翁が竹籠を背負って歩いている。頭には幞頭（ぼくとう）頭巾、色褪せた水干小袴で、遠い道のりを歩いてきたのか、足中草鞋を履いている。

太上天皇はその姿を不思議に思い、声を掛けた。

「汝は何処より来たのじゃ。」

「吾は若狭より参りました。」

「何しに都へ参ったのじゃ。」

「明日、盧舎那仏という、やむごとなき高貴な御仏が来られると伝え聞いたので、若狭でぎょうさん獲れた、鯖をお供えしようと思うて参りました。」

「その仏は生き仏ではなく、盧舎那仏という金色銅でできた巨大な仏じゃ。明日完成して、開眼供養会が行われるのじゃ。」

「生き仏ではなかったのでございますか。」

翁は些か落胆した様子を見せた。

「若狭から遥々参じたのであれば、鯖を買い取ろう。如何ほどじゃ。」

すると翁は首を横に振った。

「否。それならばその御仏にお供え下され。」

そう言うと背中の竹籠から、薄塩の大ぶりの鯖十匹を取り出して見せた。

太上天皇はこの信心深い翁を、只者ではないと思い、改めて見直した。そこで
「そのように信心深き翁であらば、明日の供養会の経を読み上げる僧の一人に加わってはくれぬか。」

と依頼した。すると翁は
「そのようなことは過ぎる役故、とても引き受けられませぬ。」

と断わった。それでも是非にと頼むと、翁は引き受けたと言い残し、鯖を持ってそのまま何処かへ去って行った。

翌朝、翁は浅黒い僧衣を纏って現われ、鯖を高座の台に供えると、供養会の読経の僧たちの中に入った。読経が始まると、突然疾風が吹いた。砂埃が静まると、翁の姿は消え失せ、高座の鯖が華厳経八十巻の経典に姿を変えていた。

不思議な夢であった。

太上天皇は目が覚めると、早速光明皇太后と中務省の陰陽寮の陰陽師を呼び寄せ、

夢の話をした。陰陽師はその話を聞いて応えた。

「その夢は吉兆でございます。若狭は唐を経て韓から仏が伝わった古からの目出度き道、そこから来たという翁は盧舎那仏開眼を祝う仏そのものでございましょう。御仏が自ら翁に姿を変え、鯖の形をした華厳経八十巻を運ばれて来たのに間違いございませぬ。」

満面笑みを浮かべて言上した。太上天皇は
「吾の願いがとうとう叶えられようとしておる。仏が盧舎那仏開眼のため、この地に来て下さったのじゃ。春の供養会は成就間違い無しじゃ。」

そう語って光明皇太后と喜び合った。

話は大炊厨所にもすぐに伝わった。

「若狭からの鯖でそのような話が伝わるとは真に有難き日出度き話じゃ。誉高い話じゃが、逆に若狭から来ておる吾々の失敗は許されぬなあ。」

百嶋はそう語った。文麻呂も
「若狭の鯖や海産物を供養会にお供えできるよう、力を合わせて乗り切って行くしかありますまい。」

徳麻呂たちと共に決意を新たにするのであった。

第二十六章　苦難の運脚

天平勝宝四年（七五二年）一月。

山場の鋳造と鍍金の作業が終わったとは言え、まだ約五百人以上の作業人が、盧舎那仏の足元で蟻のように群がって仕事を進めている。冬の間、食材の調達は困難を極めていた。雪で閉ざされ、各地からの租や調の運脚や寄進も滞りがちになり、幾度となく食材も底を付きかけ、綱渡りの状態が続いた。

幾段にも積み重なっていた盧舎那仏周囲の土盛りの土檀（どたん）も取り払われ、遠くの山の見晴らしも良くなっていた。本体も胴体の継ぎ目の補修がほぼ終わり、頭の羅髪もかなりの数ができ上がっている。

二月下旬。野山の氷が溶け雪も消え始めた。峠道や海路が開かれると、志摩、淡路だけでなく各地からも、続々と供養会のための食材が、運ばれて来るようになった。三月中旬。各地の国司からはそれぞれの地の特徴を示す白い亀や孔雀など、珍奇な祝いの品が届いていた。各郡司からは地方豪族を動員して供養会のために大炊厨所にも大量の食材が届きはじめた。

若狭一の宮の彦神社を預かる郡家の長である大領の秦人牟都麻呂は、国司の高橋氏と同様、朝廷の方針に忠実で、此度の建立に際しても多くの米や銭を寄進してきた。彼は今回の開眼供養会で朝廷に足場を築き、郡司職を永続的なものにして、一族の繁栄を図るために、かつてない規模の運脚を計画し、そのための荷を準備していた。運脚の先達は稲目の息子の耶麻目（やまめ）である。文麻呂の命を受けた早足もその準備に当たっていた。

四月。開眼供養会は仏教が伝来した二百年目の、釈迦の入滅した八日に迫り、各地の国司や郡司からも競うように供養会を祝う食材を送られてきた。仕事ぶりから少初位下に取り立てられた徳麻呂は、昼夜を跨いで食材の仕分けを進めることに懸命であった。だが属の文麻呂は気が気ではなかった。肝心の若狭の食材の荷が届いてないからである。

若狭では、郡司の秦人牟都麻呂が、三月より遠敷郡だけでなく三方郡の三家人黒麻呂（みやけびとのくろまろ）や大飯郡の車持幹足（くらもちのみきたり）などの郡司にも広く、供養会への食材を呼びかけていた。またより新鮮な食材を届けるために、自らが海に出て漁を行い、都にはない魚や貝、鮑や蛸を捕っていた。それらは干物にしたり、塩漬けにしたりして、都まで運ぶ準備に余念がない。いつも運脚の様子を早目に知らせてくる早足も、準備に追われて文麻呂へ連絡できない状況であった。

「肝心の若狭からの荷が来ぬ。四日後に供養会じゃ。式部省の飾り付けをはじめ、他の準備は着々と進んでおると言うのに。」

傍にいた徳麻呂は

「国司や郡司は遠敷郡だけでなく三方郡大飯郡にも働きかけ、御食国の名に恥じぬよう、贄を尽くした海山の幸をぎりぎりまで手配しておられるのでしょう。案ずることはありませぬ。」

文麻呂になだめる様に言った。だがその日も荷は届かなかった。

翌日、朝から高橋百嶋も苛立ちを押さえられないのか、笏（しゃく）を両手で握りしめて廊下を右往左往している。

「属を呼び出せ。」

傍の者が外に出て、平城宮を取り囲む北壁の高楼に上がった。そこで物見をしている文麻呂が戻ると百嶋が訴えるように言った。

「今日は四月の四日じゃ。何か連絡が来ぬのか。如何なる理由で若狭からの食物は来ぬのか。」

「今暫く、今暫くお待ち下され。早足の知らせによりますれば、大領自らが若狭の山に分け入り海に漕ぎ出して、直前まで狩や漁をしている、とのこと。さすれば前日には必ず荷が着きましょう。」

そう返答したが、顔には冷や汗が流れている。

各省の準備は整い、開眼供養会の進行や各国から来た舞踊や楽曲の順番も決まって、夕方になるとその練習の調べが聞こえてきた。

「早足は何をしておる。弥生の新月に戻って以来、知らせが来ぬ。供養会まで後四日じゃ。もう若狭から大量の荷が届くはずじゃが。」

優雅な調べとは裏腹に、文麻呂の顔はかつてないほど、険しくなっていた。


その頃、若狭遠敷郡の郡家では大領の秦人牟都麻呂自らが、漁から戻って来たばかりであった。刺し子で補強した厚手の麻布を脱ごうとしていたその足元に、早足が駆け寄ってきた。

「供養会まで後四日でございます。今日の陽のある内に荷をまとめ、明日早朝出なければ、供養会に間に合いませぬ。」

「遣唐使が載せたという治癒の力のある腐らぬ水や、鮑や若布はすでに荷が作れておるが、鯛や鯖などの魚はここ暫く海が荒れて、漁に出られなかった。ようやく三日前に海が凪いで漁に出られるようになったばかりじゃ。今夜は魚を開いて塩を振り、夜通し荷作りをさせる。明日早朝に総勢八十八名で、他の何処にも劣らぬ海山の幸を供養会に届けようぞ。」

大領は、御食国の国司の意を受け、遠敷明神の名の下に郡内全域に多くの食材の調達への協力と、供養会の運脚への参加を求めていた。その結果、今までに例のない多人数の運脚が集められ、中に文麻呂の弟君比古も、里人を代表して運脚に参加することとなっていた。

運脚の先達耶麻目が大領に、野の里からやって来た文麻呂の弟君比古を紹介した。

「此度の運脚に荷を担ぐ秦人君麻呂でございます。」

「兄の属には絶えず連絡をいただいておる。此度の運脚、都まで供養会に供えし物や必要な食物をお運ぶので是非力添え願う。」

大領が言うと
「里長から運脚に応ぜよ、という命なので、まだ力は足りませぬが、都まで力を尽くしまする。」

君比古は、遠慮ぎみにそうに語った。

「都で活躍しておられる兄も喜ばれることであろう。此度の運脚では吾の傍で荷を担いでくれ。」

「全力で務めまする。兄が勤めている都を、一度見てみたいと思うておりまする。」

先達の言葉に力強く応じた。君比古は中肉中背で面長の顔は、鼻筋が通り目は大きく愛嬌のある表情をしている。既に四十路を過ぎ、里でも中心的な正丁として活躍している。此度の運脚では、塩漬けにした魚を背負うことを命じられている。

一行はその夜、郡家に泊まった。翌朝、幣を捧げてお祈りを済ますと、まだ明けやらぬ薄暗い中を、運脚の長い列は出発した。その直後から北から冷たい風が吹き、途中から雨も降ってきた。運脚一人ひとりには蓑笠を着け、荷も濡れぬように桐油を引いた和紙で覆っておいた。だが針畑峠に着く前からは、横からも下からも風雨が強まった。

「これでは皆の体が冷え切ってしまう。先達にまだ先は長い。この先で休めと伝えよ。」

大領は先頭を行く先達に指示を伝えた。やがて頂上に近い森の中で一行は雨を避けた。しかし昼の間食を過ぎても、風雨は止まないどころか、ますます強くなった。先達が心配した。

「如何がいたしましょう。このままでは久多まで進めませぬが。」

「仕方あるまい。風雨が少しでも弱まったら下って行こう。供養会には間に合うであろう故、構えて参ろう。」

大領はそう決断した。一行は風雨が弱まったのを見て下り始めた。しかし途中、連日の雨で道が崩れ、足元が滑り転ぶ者が出た。荷が大きいだけに

「先頭の先達に峠下までゆるりと進め、と伝えよ。」

流石に大領も慎重になってきた。

峠を下りた処より、道は平坦になってきたが、峠から続く針畑川は増水して、あちこちで渡渉しなければならなかった。

「このような大事な折に、何と言うことじゃ。まだ久多までは道のりがある。転んで

足を痛め、遅れる者も出ておる。父ならばこの場をどう乗り切られるであろうか。」

先達は空を見上げた。

両側の山には低く雲が立ち込めて、まだ陽は残っているはずなのに薄暗い。

「こうも足場が悪いと、久多まで行けるであろうか。」

あちこちに流された流木や土砂が行く手を遮る様子を見て、先達も不安に感じ始めた。濁流が道を削って、その都度山際に体を寄せながら、慎重に歩みを進める。目の前の流れに気を取られ、進むうちに雲が幾分切れてきた。しかし見通せた空は既に夕暮れに染まっていた。何とか暗くならぬうちに久多まで着くことを目指した。しかし運脚の列が長いため、途中で足を止めて後続を待つが、なかなか後ろが見えてこない。

「久多の里には既に吾らの運脚が来ることを伝えてあるので、其方たちは先に行け。いつもの河原では今日は休めぬぞ。里の上の広場で休ませてもらえ。」

そう言って後ろの者を先に行かせると、大領に伝えて先達は後続の様子を調べるため下がって行った。

最後尾に着くまでに時間がかかった。最後の何人かは足を引き摺りながら荷を背負っている。先達は特に疲労の大きな者の荷を分けて負担を軽くした。

やがて辺りが暗くなり、流れも見づらくなった。木の下で雨を避け、小さな弓と紐とで檜を擦り、蒲の穂をほぐした物に口火を灯した。荷から出した松明に火を点けると、後ろに居た者たちから歓声が上がった。その明かりを頼りに、全員足元を探りながら歩を進めた。

ようやく久多の里に辿り着いた。先に着いた大領に報告すると、付き添いの厮丁から夕餉の糒が出された。一行は山裾の何本かの大きな木の陰で折重なるようにして一夜を過ごした。

その夜、激しい雨が降った。

「何故、開眼供養会という目出度き折に、このような大嵐になるのじゃ。仏は吾らを見守ってくれるのであろうか。朝になったら険しき峠じゃ。無事に通れれば良いのじゃが。」

先達は不安を隠せなかった。

翌朝、雨は小降りになったので、先達が幣を捧げてお祈りを済ました。全員が蓑笠を付けたのを確かめると大領は出発を告げた。

久多川を渡り、小黒坂に差し掛かった折から、再び激しい雨が降ってきた。ブナやナラの木で直接雨風には当たらないが、山道に沿って上から川のように激しい濁流が流れてくる。峠の上の方に差し掛かった。

(これでは足場が悪すぎる。この九十九折の峠道で、転ぶ者や怪我人がでなければよいが。)

先達のすぐ後ろを歩いていた早足は、悪い状況から心配した。幾度も運脚や連絡でこの峠道を通っているが、このような激しい風雨は初めてである。

予感は的中した。激しい雨音とは異なるけたたましい音が、周囲の空気を切り裂いた。坂の上から巨木が地響きとともに根から傾き、下の峠道を切り裂こうとしていた。

「上を見ろ。逃げろ。」

「引け、引け、引け。」

列の上の方から見ていた者たちは、大声で必死に下に向かって叫んだ。

ちょうど坂の中程を大領のすぐ後ろを進んでいた君比古が、その声で見上げると、轟音と共に巨木が倒れ、自分達の方に落ちてくるところであった。

「危ない。」

君比古は咄嗟に前を行く大領を、激しく突き飛ばした。直後巨木が上に覆い被さって、激しい痛みと共に視界が遮られた。

上から見ていた先達には、目の前で繰り広げられている光景の瞬間が長く感じられた。前に押された大領は避けられたが、後ろの者数人が巨木の下敷きになっていた。

「大領は何処に。」

運脚の長を探すと、巨木から紙一重前へ倒れていたので難を逃れていた。状況を察した先達は、すぐに全員に聞こえる声で命令を出した。

「木の下敷きになった者を救い出せ。」

するとFから
「真下になっており、枝を払わねば救い出せませぬ。」

との声が微かに届いた。

「木の下側の主な枝を切り払って、上から皆で少し転がせれば、下敷きの者を易く救い出せるであろう。ここで時を取られると、供養会には間に会わぬかも知れぬが、如何がすべきか。」

先達は荷を下ろして下に降り、起き上がった大領の指示を待った。

「皆を一旦休ませて、他の者に周りの枝を払わせよう。終わったらすぐ下敷きの者を救い出せ。」

息を荒くして起き上がった大領が指示を出すと、何人かが腰の手斧を取り出して巨木の枝を払い始めた。下敷きになった者は三人のようである。

「助けて下され。」

一人が苦しそうに声をあげた。

「待っておれ。すぐに木を動かす。辛抱せよ。」

先達は木を動かそうとした。しかしびくとも動かない。手斧で幹に近い下方の太い枝が多く払われると、幹が少し動き二人は引き摺り出された。腕に怪我をしていたが、どうにか動けるようである。しかし最後の一人は巨木が直撃し、真下になっている。周囲から呼びかけるが返事が無い。

先達が覗き込んで、確かめようとしたが、突然声を飲み込んだ。

(これは秦人君比古ではないか。)

下敷きになっている男は、都で若狭からの荷を待つ属文麻呂の弟であった。

「何としたことか。よりによって属の弟ではないか・・・。早く枝を払って救い出せ。皆で力を合わせるのじゃ。」

先達に伝えると、近くにいた者が荷を下ろして力を合わせた。やがて下方の枝がほとんど取り除かれ、力の強い者が幹を転がした。やがて巨木と地面に挟まれていた君比古は荷を外されて、近くの木の根元に上体を預けられた。しかし意識はなく顔色を失っていた。、

「しっかりせよ。起きれぬか。」

大領はしゃがんで声をかけるが、君比古は全身を強く圧迫されていたようで体が動かない。先達が体に触って調べた。

「気を失って息はしておるが、心の臓が弱まっております。いかがいたしましょうか。」

大領は、苦しそうに息をする君比古を心配な顔つき見つめた。

「治す場所もないし、この坂ではどうすることもできぬ。」

「如何がいたしましょう。」

先達が大領に尋ねると
「怪我人と助ける者三人ほど残して雨が止んだら、交互に背負わせて久多の里へ下ろして休ませよう。帰りの運脚で若狭の里へ連れて帰る。」

大領はそう指示した。

「他の者は休んだ後に出発させよ。早足だけは先に都へ行き、若狭遠敷明神の一行が明日遅くに荷と共に着くと伝えよ。嵐にあったが運脚は順調に進んでおる、と伝えよ。」

そこまで言うと大領は一呼吸置いた。

「属の弟が吾の下敷きになろうとするところを、突き飛ばして自分が下敷きになった。吾の身代わりじゃ。不憫なことをした。都の属に申し訳が立たぬ。弟の君比古のことは吾が会って直接詫びる。」

その指示に従い、早足はすぐに峠のぬかるむ坂を登って行った。

「属の弟の命が案じられます。それにしても幾度も運脚しておりますが、このような悪天候は初めてでございます。」

先達はそう言ったが、蓑笠は着ていても雨は容赦なく降り続け、首すじから下帯まで浸み通っていく。

「仏も吾らを試しておられるのであろうか・・・。なんとしても大王の願う盧舎那仏の開眼供養会に若狭の荷を届けることだけじゃ。」

大領も珍しく天を仰いで、祈るような言葉を放った。

朝早く出たにもかかわらず、救出に時間がかかり、小黒坂を登って峠の頂上に登り切った頃には、既に午後になっていた。雨は小降りになり、雨の当たらぬ木の下で間食を取った。

全員再び出発した。峠を過ぎ八町平を見て、先達は声を上げて立ち止まった。

「これは如何がしたものか。」

湿原が連日の雨で周囲の山から水が流れ込み、溶けた雪の水も加わって湖のような状態が広がっていた。

先達が止まったため大領も下から追いついてきた。

「道がない。水の中を行くわけには行かぬ。何か良き方法はないのか。」

「水が抜けるには三日はかかりましょう。」

「しかし、早足は向かって行ったからには、どこかに道があるのであろう。」

先達は考えこんでいた。

「八町平の右の山道を迂回して、峰床山に抜けられまするが、険しい道を越えるので夕刻になってしまうかと存じます。」

「迂回できるのであれば、どこへでも向かおう。後一日しかないのじゃ。」

先達は南の湿原の水際の道を選んだ。全員が歩ける急な山道の方に登り始めた。

「後一息じゃ。気を保って進んでくれ。」

大領も声を上げて、皆を励ました。

荷は各自五貫目を背負っている。おまけに蓑笠は付けてはいるが、麻布も濡れて重くなっている。峰床山を過ぎ、フノ坂に差し掛かった頃には暗くなり、足元が見づらくなっていた。

「これでは先に進めぬ。」

耶麻目はフノ坂を下った森の中の広場で大領と相談し、一夜を過ごすことを決めた。

耶麻目はあちこちに焚き火を焚かせ、一行に暖を取らせた。

「このような山の中で夜を過ごすのは寒すぎるが、この焚き火のおかげで少しは服も乾いて暖かい。」

「わしゃ駄目じゃ。この荷にこの雨風。もう体が持たぬ。」

男は運脚に来たことを悔いていた。

「此度の運脚で無事に届けたら、大領より褒美が貰えるらしい。」

「そのようなことよりも、この荷と体を無事都まで届けられるのであろうか。」

男たちは置いた荷の上に蓑笠を脱いで、濡れていない草地を選んで体を横たえた。断丁が大量の糒を鍋に入れて焚き火にかける。やがて良い香りが辺りに漂うと、配られた小さな木椀が配られ、次々と塩粥を食べた。

先達は主だった者を集め、明日の道のりを話し合っていた。

「木が倒れて怪我人はどうにか列に付いてきているが、意識がなかった属の弟君比古は如何がしておるだろうか。」

傍らの者が心配していた。

「意識を戻しておればよいのじゃが。」

傍の運脚もそう案じた。

「明日の夕暮れ前には都に入らねば。」

大領が言うと、先達は
「明日の陽の暮れるまでに都に入るには、まだ明けぬ前に出立せねばなりませぬ。さすれば、明朝、運脚を速、中、遅の三つに分けて、それぞれに長を決めて都に向かっては如何がかと存じます。」

「それは良き考えじゃ。運脚もここまで多くなると、進む速さに違いがあり過ぎる。早く行ける者から先に進めば、間違いなく夕刻までには着ける。」

翌朝、東の空が明るくなる前に、早く進める者を募って列を編成し直した。

「まだ先は長いが、今日中に都に着こうぞ。苦しき道のりじゃが、構えて参るぞ。いざ出立じゃ。」

まだ強い風は続いていたが、雨は止んでいた。その中を先達から先に立って速の運脚から出発した。

ありがたいことに風は北からの追い風に変わり、運脚は順調に進んだ。速の集団は北山を下り、山城の平野を抜けようとしていた。

「この地を越えれば、都はすぐじゃ。気を張って行くぞ。」

先頭は先達が声を掛けると、約三十名が黙々と付き従っている。

中の集団には大領が先頭で率いている。それから少し離れて遅の集団が付いてきている。

真幡寸（まはたき）神社で間食を取る頃には時折雲が切れ、陽が差し込むようになった。すでに陽は中空を過ぎている。巨椋池を回った頃には、既に陽は傾きかけようとしていた。先達は速の集団の調子を落として、後ろが追いついて来るのを待った。

木津川を渡る処で中の集団が追いついてきた。その辺りから薄暗くなり、大領は松明に火を点すように命じた。やがて平城山の頂上に着くと、眼下に都の灯が見えた。

「皆の者、見よ。都じゃ。とうとう都が見えた。後一息じゃ。」

先達が叫ぶと、後に従う者は歓声を上げ、中には感極まって泣いている者もいる。

「とうとう供養会の前日に都まで運ぶことができた。」

大領も安堵の喜び声を上げて進んで行く。他の運脚も、都じゃ都じゃ、と叫びながら最後の坂を下っていくのであった。

第二十七章　前夜

天平勝宝四年（七五二年）四月七日。開眼供養会の前日である。朝から北の空の雲行きが怪しい。

「早足はまだ来ぬか。遅い。運脚に先立って、連絡をせよと伝えてあるのに。」

文麻呂もまた、苛立ちを隠せなかった。供養会の宴の配膳の手配をしていた徳麻呂が、大炊厨所に姿を見せた。

「各地からの食材もほぼ揃い、明日に向けて調理をしております。しかし若狭からの荷がまだ届きませぬ。」

「若狭だけがまだじゃ。早足は何をしておるのじゃろう。」

文麻呂は椅子に座ったまま、呻くように呟いた。百嶋も苛立った時の癖で、笏を打ちながら、部屋の中を右往左往している。

昼前、突然大炊厨所の入口が騒がしくなった。

以前審査を受けた弁官局の輔、石川名足が部下を伴い現われたのである。一気に緊張が走った。

「各地の郡司や富裕の者が寄進をしてきた内容や量を調べ、確認して式部省に報告しておる。それで叙位が下り私有田の開発許可が出されるのじゃ。各地より膨大な寄進がなされておるが、提案した允や属の里である若狭からの荷については何も報告が来ぬ。何故、御食国の若狭の荷だけ来ないのじゃ。」

言われた二人は、顔を見合わせた。

「供養会には間に合うように若狭を出立したと聞いております。間もなく、多くの荷を伴って間違いなく来ると存じます。」

「ここ数日の嵐で運脚が遅れて居るのでございます。何卒お待ち頂きたく存じます。」

百嶋が慌てて答え、文麻呂も補足した。

「供養会は明日じゃ。この後に及んでも未だ届かぬ時は、允や属は如何する。」

「まだ夕刻まで時がございます。どうかお待ちいただきますよう、お願い申し上げます。」

名足の追及に、百嶋が頭を下げた。

「再度允に問う。もし若狭からの荷が届かねば如何がする。」

「そのような事は有り得ませぬ。万一届かぬ時は、供養会が終わり次第、官位を返上し辞することとします。」

「吾も職を辞します。皆への依頼した手前、吾れらの荷が届かねば、周囲の者に顔向けができぬ。」

二人が即座に応えた。

「よくぞ申した。その覚悟、しかと覚えておく。」

そう言い残して名足は帰って行った。二人は事態の深刻さに茫然として佇んだ。

「まだ陽は高うございます。北の高楼に上がって、若狭の荷がまだ来ぬか見てまいります。信じて待ちましょう。」

徳麻呂の言葉に、二人は大きく息をし吾を取り戻した。その後改めて若狭の運脚のことを考え、仕事に戻るのであった。


午後、文麻呂と徳麻呂は外に出て、平城宮の外側を囲む高楼に上がっていた。肌寒い風が北から吹き、雲が千切れるように南へ飛んで行く。文麻呂は雨を心配して空を見つめている。時折陽が差し、高楼の影が東に伸びた。

突然下から早足の声がした。

「只今、若狭より罷り越しました。」

文麻呂は慌てて下に降りた。早足は息を弾ませている。文麻呂は早足の手を固く握りしめた。徳麻呂は階段を駆け降りて、高橋百嶋の待つ太炊厨所に連絡に走っていた。

「よ、よくぞ戻って来てくれた。して運脚の本隊は。」

「あと僅かで都に入りまする。」

改めて早足の姿を見て驚いた。背には堆く積まれた食材を負っている。

「その荷で若狭から三日かけて来たのか。」

「通りでございます。後に来る八十以上の者たちは、途中小黒坂で猛烈な風雨で足止めされ、倒木により怪我人も出ました。吾だけは大領の命により一足早く出て、今ようやく着きました。」

「八十以上の者がその食材を担いで、都へ向かっておるのか。そのような多くの運脚の数は聞いたことがない。この嵐の中じゃ。さぞ苦労をしているであろう。」

文麻呂は驚きと同時に本隊が無事着くように願った。


夕刻になり辺りは薄暗くなってきた。文麻呂たちは高楼に上がって本隊の到着を待った。突然、徳麻呂が叫んだ。

「あ、あれは。」

慌てて文麻呂が目を凝らすと、平城山の斜面に、ぽつりぽつりと松明の点が見えた。

「あれは何であろうか。」

「あれこそ若狭からの運脚でありませぬか。」

「そうであればよいが。」

文麻呂はまだ疑心暗鬼である。允の百嶋も高楼に上がってきた。

徐々に闇が迫ってきた。松明は更に多くなり、点から線へとつながって近づいてくる。皆、息を飲んで目を凝らした。

楼門の前に居た早足が大きな声で叫んだ。

「若狭遠敷郡の郡家大領が、先達を先頭にお着きでございます。」

全員下に降りた。先達は蓑笠のまま允の百嶋の前に立った。

「途中、針畑川の水が溢れて通れない処もあり、小黒坂も激しい風雨でぬかるんだ坂道を登るのに難渋しました。途中倒木で怪我人も出ました。八町平では残雪が溶けて池になり、険しい山道を迂回して、どうにか供養会までに都に辿りつけました。背中の荷は多くが、大領自らが海に出て獲られたもので、若狭の民が命に換えて運んで来た供養会の荷でございます。」

後ろに大きな荷を背負ったまま、途中の様子を伝えた。

次に大領が現われた。

「今まで会ったことの無い猛烈な風雨で足止めされ、このように刻限ぎりぎりになりました。盧舎那仏の工事で多くの人が傷ついたと聞いて、遣唐使が船に積んだという万病に効き、腐らぬ香水も運んで参りました。」

まず運脚が供養会前日の刻限ぎりぎりになったことを、允の百嶋に詫びた。

「よくぞ、よくぞ厳しき山道を越えて、これほどまでに大量の荷を多くの民が運脚して呉れようとは・・・。もう嬉しきことにて、言葉が出て来てこぬ。」

大領に改めて礼を述べた。

「何ともはや、見よ。次々と届く荷を。」

若狭より運脚が来たことを聞いてやって来た大炊厨所の者たちに、文麻呂は誇らしげに指差した。

運脚の列はまだ続いている。

「若狭の民はこれほどまでして、この開眼供養会のことを祝い来てくれたのか。太上天皇が御覧になった夢は、正夢だったのじゃ。」

百嶋は言葉を詰まらせながら呟いた。その目には涙が溢れている。

文麻呂は運脚ひとり一人に礼を述べて、労を労った。皆疲労の色を浮かべている。

「文麻呂ではないか。」

突然、運脚の中から声をかける者がいた。遠敷郡の億多里車持の真成（まなり）である。以前共に運脚に参加して、そのまま都で仏道を学び若狭の国分寺で僧になっていた。

精悍な顔つきでがっしりした体格。右門衛の海士人に匹敵する偉丈夫である。文麻呂も久しく会わなかったが、一目で思い出した。

「此度の開眼供養会に若狭からの僧として招かれたのじゃ。今は度牒を許され名を瑞伝と申す。供養会に間に合うか心配であったが、ようやく都に着いた。吾も荷を担いで来たぞ。」

「よくぞ来てくれた。久しく会わぬ内に、これほど立派な僧になっていたとは。有難きことじゃ。さあ厨所の館へ。」

文麻呂は一行に礼を述べつつ、徳麻呂に弁官局に若狭の運脚が来たことを知らせるように指示した。


翌八日は未明から雨であった。早朝、開眼供養会の中止を伝えにきた百嶋は落胆した様子であったが、大炊厨所の者たちは胸を撫で下ろしていた。

「したり、したり。伸びたお陰で昨夜届いた若狭からの食材全てに、塩を抜いたり水で戻したり、火を通したりして賄うことができる。」

徳麻呂が思わずそう呟いた。そばにいる文麻呂も笑顔で頷いた。

その後、大炊厨所の大膳所に向かった。普段の六十坪ほどの賄いではとても扱いきれず、外に大きな台を持ち出したり、臨時の竈を作ったりして調理をして、その様子はこれまで見たことのない規模となった。竈には薪が次々と入れられ、作業は夜遅くまで続いた。辺りの熱気は一晩中続き、料理の香りは平城京外まで漂うのであった。

陽が高くなった頃、弁官局輔の石川名足が来た。文麻呂が緊張した面持ちで迎える。

「若狭から荷が届いたそうじゃな。」

「昨夕、遠敷郡の郡家の長である大領自身が、八十もの民を引き連れて大量の山海の新鮮な食物を運んでくれました。」

「何、八十の民とな。」

名足は両方の目を大きく見開いた。

「さらに大領は若狭からの万病に効く腐らぬ香水を運んで来て、負傷した多くの工人達を癒そうとされております。」

「それは真か。」

文麻呂は名足が驚く顔を初めて見た。

「大王の願いに大領自ら応えて民を率いてくれようとは。・・・良弁和上様が若狭出身とは言え、これほどまで供養会に尽くされようとは。式部省だけでなく、朝廷でも報告せねばならぬほど、尊いことじゃ。しかし開眼供養会の前日に食き物を運び込むとは、あまりにも際どいことで、遅参したと思われても仕方ないのではないか。これでは大王の命に応じたとは言い難いと存ずる。」

評価した一方で、難癖をつける言葉を言い残すと、名足はそそくさと帰っていった。

「供養会のために命を懸けて運んでおるのに、そのようなことは全く見えぬのであろうな。何か相手の弱き所を見つけて、文句を言わねば気が済まぬお方じゃ。」
文麻呂は苦々しい顔で見送った。

第二十八章　開眼供養会

天平勝宝四年（七五二年）四月九日未明。文麻呂たちは大膳所に泊り込んで、それぞれの担当の間を調整していた。徳麻呂や早足は大膳所の雑人たちを使って、仕上がった料理を載せる大量の木の椀盤（おうばん）の準備をしていた。また椀盤の入れ物として、会場まで運ぶ外居も大量に用意した。食器は皇族や貴人は唐三彩の華やかな緑色の器が用意されたが、後は全て大量に準備された使い捨ての土師器である。

東の空が白み始めると、料理は次々と外に出され、椀盤に盛られていく。乾燥させた鮑や貽貝、干された蛸や烏賊、塩漬けの鮭や鯖、鯛なども一度茹で戻され、それに塩や酢、醤（ひしお）などをつけて食べるのである。中には雉や鳥の肉だけでなく、猪や鹿の乾燥肉もあった。また仏が人々を救うために米に様々な薬草を混ぜ合わせた汁を注いで食べさせた、と伝えられる天竺から伝わった香辛料の利いた料理も出された。菩提遷那や西域の僧侶から伝えられたようである。その豪勢な様子はそれまで誰も見たことのない規模となった。

陽が差し込むと、文麻呂は徳麻呂と供養会の行われる盧舎那仏殿の広い前庭に行ってみた。最上屋の左右の鴟尾（しび）から五色の長い帯が降ろされ、下には華やかな五色の旗と宝樹が飾られている。中央には東西の舞台が設けられ、華厳教の講師と読師のための高僧の二席が用意されている。

式部省の官人が最終の点検をしている。長さが百間にも及ぶ長大な青い開眼縷（かいがんる）が盧舎那仏の眼元から台座を越えて長く会場の各所に広がっている。幾分肌寒いが、それが歴史的な日の緊張した空気を作り出している。文麻呂はぱちんと自分の顔を叩いた。驚いて徳麻呂が見た。

「唐や韓の国からも多くの僧や楽人舞人が来ておる。おそらく千年後の世にも今日のこの日のことは伝わるであろう。・・・しかしこの日のために、どれほどの多くの準備がなされたことか。どれほどの人々の汗と血と涙が流されたことか。」

文麻呂は複雑な表情を浮かべた。官人として遥か以前から準備に当たっている文麻呂を見て、徳麻呂もその心中を察した。

五ツ半の刻が迫る。治部省の計画通り、高僧千二十六人が南門から次々と会場に入って来た。文麻呂は正式な黒い朝服に着替えて会場の端に立った進行を見守り、式が終わり次第、外の早足に知らせ、大膳部を通して一斉に午餐が運び込まれる予定になっている。合わせて若狭の瑞伝がその僧の中にいないかも見ていた。その時である。

「文麻呂ではないか。」

遠くから声を掛ける者がいた。古津出身の古海部海士人が、平城宮の禁裏の右門衛の長として、この供養会の大王の護衛に当たっていたのである。

「吾主も今は大炊厨所の属として活躍しているそうではないか。」

「其方こそ、右門衛の兵衛少志に出世したとは。供養会が終わったら、またゆるりと話そう。」

簡単な言葉を交わし、海士人は右門衛の衛士が所定の場所に着いているか確かめている。

皇族と五位以上の官人はそれぞれの色の礼服を着て参列し、式部省の役人に案内されて所定の場所に座った。光明皇太后、女帝考謙天皇が廬舎那仏の前の高台に着座したが、供養会の中心人物である聖武太上天皇の姿はなかった。この日は体調が頗る悪く、長時間の供養会に耐えられなかったのである。

やがて五ツ半の刻（午前九時）になると、近くに据えられた高楼に時を告げる漏刻(ろうこく）博士が仕丁二人を従えて登った。巨大な鐘が鳴らされると、それを合図に高僧が一斉に読経を始めた。

開眼供養会の導師は、以前文麻呂が会い若狭と都との関係を教えてもらった、インド僧の菩提遷那僧正である。紫の僧衣を着て足元に注意を払いながら、四丈（約十二メートル）に組まれた台座の上に登った。更に台に登り、盧舎那仏の眼を描き入れる儀式を取り行う。集まった皇族・官人・僧の視線が一斉に盧舎那仏の眼に集まった。後ろを見渡し皆に合図して、左の玉眼から仮斑竹と呼ばれる二尺の竹の筆の先に墨を含ませ黒々と描き入れた。筆には百間にも及ぶ青い縷が延びており、列席者はこれに触れることにより盧舎那仏と結縁（けちえん）するのであった。

眼が描き入れられると盧舎那仏に魂が入れられ、再度読経が始まり供養会は最大の山場を迎えた。

「夢にまで見たこの結縁の場に大王が居られぬとは・・・。」

光明皇太后が青い縷を持って涙を浮かべると、

「今は居られませぬが、大王の願いは叶えられたのではありませぬか。このような盛大な供養会は見たことがありませぬ。」

そう考謙天皇が慰めるように呼びかけた。

この後、唄（ばい）・散華・梵音（ぼんのん）・錫丈の四箇法要が行われた。続いて大安寺の隆尊律師が華厳経を講じ、その後元興寺の延福法師が華厳経を読み上げた。最後に都の各寺や各地から朝廷公認の度牒をもった僧約九千七百人が南門から入場し敷かれた座に座った。

文麻呂は、若狭から来た瑞伝がその大勢の僧の中に居るのを見つけた。

「彼方に吾の友が居る。このかつてない盧舎那仏の供養会に吾が馴染みの者が居るのは有難きことじゃ。故郷に戻って末永く民に伝えてくれるじゃろう。」

そう感慨に耽るのであった。

その後大安寺・薬師寺・元興寺・興福寺の四大寺の僧が、数々の経典を納め、高官がの珍奇な宝や、刀剣などを献上した。それらの一部は、盧舎那仏の基礎の部分に埋められた。

進行に合わせて文麻呂は早足を走らせた。いよいよ供養会が一段落し、祝賀の斎会(食事を伴う法会)に移る。大膳部が用意した数限りない午餐が、雑人達によって運び出された。

会場には皇族や高貴な人々には低い台が置かれ、絨毯に円座が敷かれている。周囲には円台が置かれ、各地からの賓客が供養会の後の祝賀の斎会を待っていた。

午後は日本だけでなく、唐や韓から来た楽人や舞人らによる舞楽が披露される。その時に大膳所が用意した午餐が、一斉に供されるのである。

まず雅楽寮の楽人が笙や篳篥の演奏を始めた。その後、東西に分かれて国内外総勢四千人もの人々による演奏や演技が次々と披露された。倭に古から伝わる各氏族の五節の舞、笛や和琴で舞う久米舞や、袴を着けて舞う袍袴舞（ほうこまい）、楯や刀を持って舞う楯伏舞などが演じられ、各地の舞踊も、笛や銅鑼、鼓などに合わせて演じられた。その後、唐や韓から来た様々な音曲歌舞が披露される。中でも跳子（とびこ）という高い棒の上で行う演技は、初めて見る皇族や官人達が手に汗を握るほど、はらはらしながら見ていた。

舞台が進んで唐から来た「行道」と言われる伎楽が始まった。仮面をつけた人々が原色の衣を纏い、舞を披露する。人々の印象に残ったのは、唐の「呉女」と呼ばれるしなやかな舞と、酔った王が舞い従者が供の獅子を酔わせて大暴れする劇である。その滑稽な動きは、それまでの日本の歌舞にはないもので、人々は大きな声で笑い、開眼供養会を祝い楽しんだ。

その舞台裏では、式部省や造東大寺司の役人やその下で働く無数の仕丁や厮丁たちが午餐を入れた外居の木箱を運んでいた。

「さあ、急ぐのじゃ。盧舎那仏の裏手から運び込んで、周りの卓に載せておけ。」

指示する文麻呂の額には汗が滲んでいた。

中央の舞台では、次々と煌びやかな芸能が繰り広げられていた。始めは開眼供養会に緊張していた皇族や高貴な官人たちも、斎会が進むにつれて、祝いの舞踊を見る者は少なくなり、足を伸ばしたり他の者へ清酒を注いだり話し込む者が現れ始めた。若狭や他の御食国から運ばれた、海鼠（なまこ）や鮑、貽貝、干された蛸や烏賊、塩漬けの鮭や鯖、鯛などが饗されると、貴人たちは食べる時に醤（ひしお）、塩、酢、酒で好みに応じて味付けをして食した。特に酢塩で味付けられた多くの鯖は、飯に添えられ、すぐに食された。

「美味し、美味し。このような無塩の魚は普段、都では食することはできぬ。東国から届けられた牛の乳を煮詰めた蘇も、美味きことこの上なし。良き日に、開眼供養会を迎えられ、しかも美味し午餐が饗され、喩え様のない目出度き日じゃ。」

「この鹿肉を糀で漬けた塩辛の鹿醤（ししびしお）も、珍味じゃ。嘗って、此くの如き盛んなる斎会は見たことがない。」

あちこちで感嘆の声が上がっている。天竺や唐からの賓客をもてなすため、魚だけではなく、動物の肉も用意されていた。

「目出度き供養会でございます。日の光も柔らかで雑技や舞踊も華やかで、恙無く御膳も進んでおります。」

徳麻呂は興奮気味に語った。

「かくの如き巨大な金色銅の盧舎那仏は天竺にも唐にもないと聞いておる。仏の教えが伝わって二百年目にできたことは、大きな節目となるであろう。」

文麻呂が応えた。

「この供養会で大王の願いは結願され、御仏の教えが広まり、その力で世の中が安らぐこととなりましょうや。」

徳麻呂がそう尋ねると、文麻呂は小首を傾げて黙った。暫く時を置いて
「吾にも解らぬ。今はただその力で国が治まり、民が安らぐことを願うだけじゃ。それ以上は吾の知識では答えられぬ。」

実は徳麻呂の問いは、文麻呂の長い間求めていた問いでもあった。

宴は翌日も続き、文麻呂以下、大炊厨所の者は眠る暇も無く、働き続けた。


供養会から一ヶ月が立った。文麻呂の心は重く沈んでいた。供養会が終わり手伝っていた運脚が帰る直前に、大領が改まって伝えたことである。

「此度の運脚に弟の秦人君比古が居られた。しかし、小黒坂の途中、風雨で突然巨木が倒れてきたのじゃ。その下敷きになって・・・。」

言葉に詰まっていた。横に居た先達が言葉を続けた。

「すぐに久多の里まで下ろして養生させたが、介抱していた者が後日都に着いて、属の弟秦人君比古が亡くなったと伝えてきたのじゃ。」

文麻呂は言葉を失った。

「久多の里に葬ってもらった。相済まぬことをした。」

大領が頭を下げ、その後、先達が風雨の小黒坂の様子を詳しく述べた。しかし、文麻呂には、かわいがっていた弟が亡くなったことしか頭に残らなかった。

「あれほど一度、都が見てみたい、と言うておった君比古が、この供養会の運脚で死んでしまうとは。何と酷い仕打ちに出会うのであろうか。大領は里に残った妻子のことは面倒を見ると言うてくれたが、もう言葉も力も出ぬ。ああ、君比古、君比古。」

心が張り裂けるような想いが続き、暫く仕事が手につかぬほどの、大きな衝撃が続いた。

若狭から供養会のための荷を運んでいた運脚や、志摩、淡路の御食国、各郡から来ていた臨時の仕丁も、その役目を終えて国へ帰って行った。盧舎那仏建立や伽藍造営は峠を越し、多くの仕丁や奴婢は、華やかな供養会を見ることもなく、ひっそりと各地に戻って行く。帰路の食料は無く、激しい作業で痛んだ体を引き摺りながら戻るため、途中で多くの者が路傍で倒れた。供養会の祝賀の宴を支えた、多くの外国の賓客や楽師たちも各国へ帰って行った。

臨時に用意された竈や薪、調理台の片付けに忙殺され、文麻呂は一連の激務と弟の死とで頬はこけ、すっかりやつれてしまった。

二ヶ月後、都の周囲の山々には青葉が満ちてきた。片付けが一段落した文麻呂は、東大寺の実忠を訪ねていた。供養会の時、徳麻呂がした同じ質問を実忠に尋ねた。

「この供養会で大王の願いは結願され、御仏の教えの力で世の中が安らぐこととなりましょうや。」

実忠は黙っていた。暫くして
「それは吾にも分からぬ。民の中にも、有難き盧舎那仏に祈りを捧げても、空腹は満たせぬし、欲も果たせぬ、と申す者も居る。しかし人に祈りが無ければ、山猪と同じではないか。腹を満たしたい、欲を果たしたい、争いの無い世を作りたい、世を安らかにしたい、という心の願いが、御仏に手を合わせ祈りという行いに結びついてこそ、人の身も心も、そして吾が国もあるべき姿に向かうのではあるまいか。」

文麻呂は静かに聴いている。和上は続けた。

「開眼供養会が終わっても、明日から急に世の中が変わり、すぐに民が楽になるとも思えぬ。しかし大王は新しき歳を迎える時には、まず四方に祈りを捧げられると聞いておる。御仏への万人の祈りが集まり束となり、国の目指す標となって、国の進む道が決まり、豊かになって行くのではないか。吾が国の歩む道は、全て祈りから始まるのじゃ。」

文麻呂は、更に尋ねた。

「大王は、何故そのように祈られるので御座いますか。」

「吾が国の多難さを見よ。春には民は寒さに震えひだるい思いで過ごす。夏は大雨が続いて田畑は流され、時には一転して日照りに喘ぐ。秋は強風と大雨に晒され、冬は雪や寒さに耐える。折々に地震が起き、同時に海から波が押し寄せる。だが災いは、実り多き恵みと裏表で、それらのお陰で陸稲や多くの菜が萌え出るのじゃ。この人智を超えた厳しき自然から、民を守り国を成し続けるには、まず大王の祈りが必要じゃ。祈りこそ最も強い鋒であり絆なのじゃ。人は祈りを捧げている時が最も美しい。もし大王の祈りとそれに従う献身的な僧と、民の務めとが果たされれば、吾が国は名実共に比類なき敷島となろう。」

和上は静かに祈りの意義を語った。仏が伝わって二百年の節目の供養会が、後世にどう伝えられるかはわからない。しかし文麻呂は和上の話を聞いて、盧舎那仏への祈りが、吾が国の新しい始まりであることを肌で感じるのであった。

第二十九章　鑑真和上

開眼供養会から二年が立った。天平勝宝六年（七五四年）三月。文麻呂は允の百嶋に呼び出された。

「この一月に唐に遣わした船が九州に戻って来た。大王が願っておられた戒律を与えて下さる鑑真和上が幾多の遭難を経て唐の国から遥々お見えになったのじゃ。」

「大王が長年願っておられた、僧に正式に受戒できる鑑真和上ら八名が遥々お越しになったとのこと。真に目出度いことでございます。しかし、この件は治部省の担当かと。」

「吾も全く関わることはないと思うておった。それが都に来られた折の祝賀の儀を造東大寺司が治部省に代わって担え、とのことじゃ。」

「吾らは今も東大寺の造営に関わっております。そのような余裕はありませぬ。」

文麻呂の様子に百嶋は眉を潜めた。

「開眼会が盛大に行なわれて、韓や唐に帰った僧等から吾の国の盧舎那仏ばかりか、開眼会の歓迎や国の仕組みも高い評価を受けた。和上をお連れした遣唐使の大伴古麻呂（おおとものこまろ）も唐で聞いてきたそうじゃ。故に朝廷も大炊厨所をいたく信頼しておられるのじゃ。」

「それで吾等に何をせよと申されるのか。」

「歓迎の宴を大炊厨所で担えというお考えがあるそうじゃ。」

「では宴の案は、一度治部省の主典と打ち合わせたく存じまする。」

そう言ったものの、文麻呂は仏に関わることは何でも造東大寺司に任せてしまおうとする、朝廷の方針に疑問を感じるのであった。

同年四月。聖武太政天皇、光明皇太后、孝謙天皇は来日した鑑真和上から菩薩戒を授けられた。いよいよ本格的に東大寺に戒檀を設け、僧を正式に受戒する制度を始めることができるようになった。そのことにより税や雑徭を逃れるため、勝手に僧や尼になっていた私度僧をなくす事ができ、僧の質が飛躍的に高まったのである。

同年八月。平城宮大内裏、朝堂院で鑑真和上以下八名の唐の僧を迎える宴があった。遣唐使の大伴古麻呂や迎え入れた普照（ふしょう）の二人は、感極まる面持ちでその場に臨んでいた。

宴の始めに良弁和上が歓迎の言葉を述べた。

「五度の渡航、並びに六十余名の尊い犠牲を払い、鑑真和上にお越し頂いた。私度僧が多く、度牒を持たない僧が増える中、此度和上が来て下さり、盧舎那仏も完成し、名実共に大王が願われる仏が治める国に相成ったと存ずる。」

普照も涙を浮かべている。戒律ができる僧を探す命を受けて十九年、共に向かった栄叡（えいさい）は漂流して越南（現ベトナム）で死亡した。和上も五度の渡航で失明し、この春、ようやく屋久島まで辿り着いたのである。

大炊厨所の担当としてその席にいた文麻呂は、初めて鑑真和上を遠くから見て、その御姿に圧倒された。小さいが透き通った凛として張りのある声は、一度聞いたら忘れられないものであった。和上は目こそ不自由になられたが、伝わった経を聴くと誤った箇所を全て指摘して直させた。また僧が持ってきた薬草を全て舌で調べ、名前と効能を述べるという、超人的な能力を見せて、人々を驚かせていた。

中でも、鑑真が連れてきた法進（ほっしん）や思託（したく）、僧の中で最も若い鑑禎（がんてい）という弟子たちが素晴らしい僧であった。

「遠路遥々お越し下さり、有り難きこと。今宵は長旅の疲れを癒し、ゆるりとされよ。」

百嶋が労いの言葉をかけた。鑑禎は背が高く、目は輝き、才気は溢れんばかりに光っている。まだ倭の言葉に不馴れなようであったが、普照が間に入ってくれた。

「貴国は木々が麗しく、山々も瑞々しい。和上と共に来たが、この地で新しき仏の道を求めていく。」

鑑禎はそう述べた。

後十数年を経た宝亀元年（七七〇年）。鑑禎和尚は運脚で通る北山の地に、千手観音菩薩を本尊とする鞍馬寺を立てる。その寺は平安遷都に伴って発展していくのある。

鑑禎の横には同じ遣唐使船で来た破期（ペルシャ）から来た清通という茶髪碧眼の人物が居た。西域の遥か彼方から唐を経て、大学寮に教えに来たそうである。

文麻呂には破期がどのような処なのか想像もできなかったが
（このように唐ばかりか、西域の彼方より遥々移ってきた若者が、新しき国を作っていくのであろうな）

と思うのであった。

華やかな歓迎の宴においても、文麻呂には腑に落ちないことがあった。本来治部省の担当なのに、突然大炊厨所に替えられたことである。

正面の右側には孝謙天皇や大炊王、藤原仲麻呂が並んでいる。左側には光明皇太后と道祖王（ふなどおう）と橘諸兄の息子の奈良麻呂（ならまろ）が座っている。。どちらも次期天皇の立場を狙っている。文麻呂たち下級役人には想像もできなかったことであるが、この宴の裏では孝謙天皇一派と光明皇太后一派との間に、藤原氏と反藤原氏という関係で凄まじい権力争いが発生していたのである。両派の、橘奈良麻呂と藤原仲麻呂とは、この後相次いで変や乱を起こし、平城京の土台を揺るがしていくのである。

第三十章　悔過会（けかえ）から修二会（しゅにえ）へ

天平勝宝八年（七五六年）四月。開眼供養会から四年が過ぎた。

良弁和上は菩提遷那と共に、新たに別当になった実忠を伴って宮内へ病に臥せる聖武太上天皇を見舞った。

「大王が願われた盧舎那仏開眼建立と東大寺造営の目途が立ち、発願された事柄はほぼ叶いましてございます。」

光明皇太后の見守る中、良弁和上が恭しく言上した。

太上天皇は青白い顔を起こし、三人を見て語った。

「仏の教えが伝わって二百年の節目に、夢にまで見た黄金の盧舎那仏ができ、開眼供養会が無事できたこと、真に嬉しく思う。朕ももう無理ではないかと幾度も思うた。しかしこれも偏に先年亡くなった行基大僧正、供養会を取り仕切った良弁和上、盧舎那仏に魂を入れた菩提遷那和上のお陰じゃ。また裏で支えてくれた別当の実忠にも礼を言う。」

労いの言葉を掛け、初めて笑顔を浮かべた。

「開眼に漕ぎつけたのも、大王が皇太后様と共に、皆を激励なされた賜物でございます。」

菩提遷那和上もそう言上した。

「数多の民の支えがあったからじゃ。多くの官人を始め、職人や工人たちの献身的な努力が実を結んだ結果、あのような盧舎那仏ができたのじゃ。朕は感慨無量じゃ。」

そこまで言うと太上天皇は涙を滲ませた。

そこにいた光明皇太后をはじめ全員が感涙に咽んだ。香がたかれ静かに漂う。太上天皇は疲れたのか体を横たえた。一堂がそこを立ち去ろうとすると、別当になった実忠を呼び寄せた。

「此度の盧舎那仏建立と東大寺造営のために各地の神々から数多の寄進を受けた。古の神代の頃、神武以来の大王が、倭の国を敷いたがこの敷島にも、未だに従わぬ者が多かった。仏が百済から伝わり、蘇我氏は新しき仏の力でこの国を治むるべし、と述べたが、物部氏らは古の神々を敬うべしと述べ、激しく対立した。壬申の争いも、背後には仏と古の神との信奉問題があった。しかし今、盧舎那仏建立が成し遂げられ、斯くの如く国々の神が、仏の力に従ったではないか。朕はこれを以って倭の国は、初めて厩戸皇子（聖徳太子）が隋に示された日の本となった、と思う。長年の朝廷の願いが達せられたのじゃ。この後は、民に仏と神とが相対するものではないことを広めて欲しい。またこの難事に協力した各地の神々を東大寺にて祀り、合わせて途中で犠牲になった民を弔う悔過会（けかえ）を末永く執り行うように計らって欲しい。」

か細い声で願いを伝えた。

「大王のお言葉通り、既に各地の神々の御芳名は、盧舎那仏開眼の折より十一面観音悔過会にて祭っております。今後は今の小堂を更に大きくして、犠牲となった民も弔うように致しまする。」

実忠はそう応えた。その言葉を聞くと安心したのか大きく頷き、体を横たえた。

聖武太上天皇が亡くなったのは、それから間も無く五月のことである。

太上天皇が案じた仏と神との問題は、後に仏が神の姿を借りて世の人々の前に姿を現す、という本地垂迹（ほんちすいじゃく）説として融合が図られる。それが民衆に広まるのは平安の世になってからである。

天平勝宝八年（七五六年）九月。道々には赤い彼岸花が咲いている。大炊厨所へと歩く文麻呂には、供養会以来、頭から離れないことがあった。

（このままの盧舎那仏が後世に残っても、あの悲惨な鋳造や鍍金のことは、すぐに忘れられるであろう。故郷を離れ、遠き都で恐ろしい作業を命ぜられ、亡くなった多くの者たちを弔う良き方法はないものだろうか。）

良弁和上の下で盧舎那仏建立と東大寺造営を推し進めていた別当実忠は、相模の国出身とも、大陸からの渡来人とも言われている。江戸時代に若狭の国を訪れた貝原益軒は、旅行記で「古の平城の時代に、実忠が若狭に一時期住んでいた」との記述を残している。笠置寺で華厳経を学び、聖武天皇の願いを受けた良弁和上の計画を、忠実に具現化すべく、多くの官人や僧を動かし、朝廷と各寺とを結んで実行していった。建立四聖には入っていないものの、実務に長けた僧で、彼がいなければ当時の世界で最新の技術を駆使した盧舎那仏建立や、開眼供養会もあれ程順調に行ったかは不明である。

その別当実忠のいる東大寺に、文麻呂は翌春の悔過会に関わる食材の文書を届けに行った。

「来年の春の十一面観世音菩薩悔過会の、食材の計画を持って参りました。」

「それは足労かけた。」

若い僧が、茶を運んできた。別当は出された茶を静かに啜って尋ねた。

「属は以前行われた開眼供養会を如何が思われた。」

「盛大な供養会で言葉に表せぬ程、心に残りましてございます。」

文麻呂が応える。

「亡き大王は、自然を敬う各地の神々が今までは一つになることはなく、朝廷の権威も及ばない処も多かった。盧舎那仏建立や開眼供養会ができたのは、仏の教えが広まったお陰で、吾が国が初めて一つに合い成った証じゃ、と述べられた。そのため自ら食する物も惜しんで取り組んだ各地の神々の名を末永く残すように、とも仰せられた。それ故、様々な寄進した国司や郡司が信奉する神々の名を、今後もひとつ一つ記録し、読み上げたいと考えておる。」

「良きお考えと存知ます。」

「亡き大王の願いはおおよそ叶えられた。だが鋳造や鍍金の過程で多くの工人ばかりか仕丁や奴婢までもが倒れておる。この現実をどう受け止め弔うかじゃ。」

別当の言葉に力が入った。文麻呂は手に持った茶を一度置いた。薄緑の茶葉が揺れている。

「鋳造の折、皆が逃げ出さぬか衛士が見守り、工人が仕丁や奴婢を煮えたぎる銅の元に追いやる様は、吾には仏の罰である地獄そのものに見えました。」

文麻呂が述べると、別当は静かに応えた。

「吾も仏に仕える身として、都に来てあのように犠牲になった、多くの民を供養したいと思うが、如何なる行法で弔うか日々思案しておる。」

暫く間をおいて文麻呂は、かねてからの考えを述べた。

「盧舎那仏の鋳造でも多くの作業人が苦しみ倒れましたが、後の鍍金でも多くの者が倒れております。黄金を溶かした汞和金を、大松明の火で熱する時の煙と匂いが原因でございます。あの気を吸ったり接した者は、手足が痺れ体が動かなくなり、渇きのため水を求めたまま、死んでしまう者も多数出ました。」

「大松明を使って表面を炙る作業の様子を、多数の犠牲者が出たことを後世に残しては如何かと存じます。」

文麻呂は実忠に熱心に語り続けた。

いつに間にか、陽は傾き、斜めに差し込んだ光が、板間の座布の影を静かに動かしていく。

「若狭の郡司が供養会前日の運脚の遅れの詫びに運んできた、万病に効き、命を蘇らせると言われる決して腐らぬ香水と、盧舎那仏の表面を炙り、人の世の活動の源ともなる火の作法を取り入れて、感謝と弔いの悔過会を東大寺の行法として、末長く続けて行こうと存ずるが如何であろうか。」

「それは何より有り難き事でございます。香水がそのような形で生かされれば、悔過会が行われる限り、末長く若狭から香水や贄の運脚を行うよう国司や郡家の大領にも伝えまする。」

「ならば香水と火との二つを行法に取り入れて、亡き大王が願われた通り、仏の力で吾が国が末永く発展する礎として、十一面観世音菩薩悔過会を取り行おうと存ずる。」

かねてから文麻呂が考えていた盧舎那仏建立弔いの内容が、別当の考えと相まって形が見えてきた。

「亡き大王が仰せられたが、盧舎那仏建立までは、出雲や筑紫、伊勢の神々との争いに勝ち、東国も敷いたが、神々はまだ各地の自然を祭り、朝廷には必ずしも協力的ではなかった。しかしこの建立を通して初めて、各地の神々が自ら進んで寄進してきた。吾はこの神々のひとつ一つの功績を読み上げて、顕彰したいと思うておる。」

別当は悔過会の行法を今後、さらに発展させようとする確固たる表情に変わっていた。

時は遡る。開眼供養会に先立つこと一ヶ月の天平勝宝四年（七五二年）三月。東大寺北東の上院の十一面観音堂では、悔過会の行法が始められていた。盧舎那仏建立や東大寺の造営で、多大な犠牲者を出したことを弔うと共に、まもなく始まる開眼供養会が無事進むように願うためである。供養会が終わった翌年も、まだ続く工事や、大王の詔に応じて寄進を行った各地の神々の名を読み上げ、顕彰するために悔過会は続いた。初年度から、一日六回の十一面観音悔過行の勤行は始められたが、当初はまだ寄進した者の名前は十分揃っていなかった。しかし、建立や造営が進むにつれて徐々にその名前は多くなり、最終的には全国一万三千七百余りの神々を祭ることとなる。別当は、悔過会の中で犠牲者が最も多く、悲惨な状況で民が亡くなった鍍金の作業を、松明で炙る様子を模した行法を小さいながらも、達陀（だったん）の業として修二会に取り入れ、犠牲者を弔うことにした。

盧舎那仏建立に多大な寄進を行い、開眼供養会に協力した、若狭の遠敷明神も祭られていた。その折、供養会のための漁をし過ぎて遅参したお詫びに、郡司が持参した若狭の香水が十一面観音に捧げられている。供養会以降、香水を供えた観音堂の下を掘ると、あらゆる病を癒す、類無き甘泉が湧き出た。それを若狭井として、以後、毎春若狭の音無川からの送られたとされる香水が十一面観音に供えられ、修二会として末永く続けることとなる。

文麻呂は、若狭と都との深い結びつきや、若狭の民が供養会に献身的に尽くしたことから、別当が修二会をそのような形で残してくれたことを心から嬉しく感じていた。


別当は、開眼供養会から一連の悔過会の中で、盧舎那仏建立と東大寺造営に関する内容を詳しく記録し残した。それは後に「東大寺要録」として残される。その中に開眼供養会の前に、大量の新鮮な食材を供えるために遅参した遠敷明神や、十一面観音悔過会に供える香水のことが「古人曰く」として特記された。

この後、当初は三間二面小堂に過ぎなかった十一面観音堂を、聖武太上天皇の願い通り、二月堂として改築し広げていった。毎年早春、十一面観世音菩薩像に、今までの行いを悔い改める悔過（けか）の行法をする中で、盧舎那仏建立や東大寺造営に寄進した国司や郡司を、各地の神社の神々の名を読み上げることを通して顕彰していく。同時に地方から来て携わった多くの職人や工人、また雑徭で送られて来た仕丁や奴婢などを弔う場として悔過の行を、年々繰り返すことにより、次第に回廊を伴った観音堂だけでなく、閼伽井や良弁杉、遠敷神社などが建てられ、若狭と都との絆を深めて行った。若狭から運ばれたとされる香水が、作業人の怪我を治癒するものであり、回廊を火の粉が舞い上げて疾走する大松明の篝火が、作業時の犠牲者を弔うものである。それらは応仁や戦国の戦乱や、近代の戦争においても「不退転の行法」として続けられ、千三百年を経た現在でも修二会で引き継がれている。

第三十一章　蕎麦がき

佐奈女は朝餉の後もずっと機を織っている。

吾が子を無くして以来、無口になり、笑顔も見られず顔色も良くない。

「機織もよいが、あまり無理をせず、間を置いて体を休めよ。」

文麻呂が声をかけた。すると今朝、佐奈女は珍しく手を止めた。

「昨日、織った布を市の店へ持って行きましたら、備前の綿の糸で織った綿布が良くできておると、高い値で買ってくれました。銭を二十五文も頂きましたので、糸をたくさん頼んできました。」

久しぶりの明るい声に、文麻呂も写経の手を止めて、改めて佐奈女の顔を見直した。

「佐奈は織部の頃より、良き織り手として重宝されておった故、すぐに売れるのであろう。高く売れて良かったのう。」

そう喜ぶと佐奈女も口元を緩めた。足麻呂が亡くなって以来、このような明るい顔を見たことがなかった。文麻呂はそのまま妻の顔を見守った。

「綿は柔らくて織り易いし、肌触りも良くてすぐ売れるそうです。本当は織部でも絹を扱っていた故絹を織りたい気持ちもあるのですが、糸も高いし、この機では十分織れませぬ。でも吾はこの綿でも十分満足して居ります。」

「絹はやんごとなき貴人が着るもの故、織るのも大変じゃが、高く売れるであろうな。」

「高く売れても、絹は扱いが大変ですし織るのも疲れます。買ってくれた人が喜んでくれるのなら、綿を織るので十分でございます。」

自分の織った布が褒められて喜んでいる妻の表情に、文麻呂の固くなった心も解れていくようであった。

「良き品は、作った人の人柄が現われると言うではないか。市場で布が認められたことは、作った佐奈が認められたことと同じではないか。よかったのう。しかし無理をするでないぞ。」

(このまま機織が励みになって、元のように笑みが出る佐奈女に戻ってほしいのだが。)

文麻呂は妻の横顔を見ながら、そう願うのであった。

連日、雨が続いている。文麻呂は大炊厨所に出仕せず、朝から写経をしている。時折後ろの麻衾に寝転んで、天井を見上げている。息子を病気で亡くし、弟が運脚と途中で亡くなったこと、開眼供養会と一連の行事の片付けが終わったことで、一気に力が抜け妙に虚しい気分になった。大炊厨所の属として役目はまだ続いているが、暫く仕事に身が入らない日々が続き、言わば虚脱状態であった。

「主は如何されたのじゃ。雨の日でも写経もせずに、眠ってばかり。どこか病にかかっておられるのか気がかりじゃ。」

佐奈女は夫を気遣いながらも、相変わらず機を織っている。

「供養会が終わって、体から力が抜けてしまったのじゃ。もう弟も居らぬし、若狭の里に残された妻や子のこと考えてやらねばならぬ。運脚の話じゃと、大領が生活を助けてくれて、比奈女の家族と近くの伏庵で暮らしようになったと伝え聞いてはおるが。」

そう返事をしたものの、最近は、ずっと体が重く感じられて動かない。長く大炊厨所の属として身を粉にして働き、気苦労や疲労が積み重なった反動であろう。おまけに石川名足が最後に言い放った、「若狭の荷が遅参した」という言葉が心に棘のように突き刺さっている。

「若狭の民もあれ程遅れぬよう尽くしたのに、正当に認めてもらえぬ。」

何かの機会があると、その言葉が繰り返し思い出され、作業の手が止まるのである。

数日後、佐奈女が頼んだ綿糸を東市まで二人で取りに行った。

「今までの銭を合わせて六十文分を頼んでおきました。」

「高価な綿糸でも六十文と言えば、量が多い。吾一人で持てるかわからぬ。」

「大きな麻袋を持って行きます故、背負って下されば十分持てます。」

佐奈女は明るい声で言う。二人で市へ出かけるのは久しぶりである。

外へ出る時には隣に住む人に留守を頼む。この時代は盗賊が多く、家を空けるのも互いに警戒しながらの外出である。

綿糸を頼んでおいた店は、東市の真ん中にあった。川沿いは運河で運ばれる食料品を扱う店が多く、奥へ行くほど乾物や衣料、日常の陶器・鉄器などの雑貨を扱っていた。狭い通路の両脇に並んだ品物を見るだけでも、二人の心は弾んだ。

綿糸を扱う店の前に来ると、店主が出てきて佐奈女に挨拶をした。

「備前の綿糸が届いて居ります。」

佐奈女は店の奥に置かれた綿糸を手に取った。

「この綿糸は混ざり物が少なく、色も白い。甚だ良き綿糸じゃ。」

佐奈女はそう言うと後ろに居た文麻呂に、大きな麻袋を担ぐように頼んだ。

「また良い綿布を織って持って下され。高く買いますれば。」

銭を受け取った、店の主人は笑顔で挨拶した。

店を出ると、文麻呂が尋ねた。

「綿はこの辺りでは採れぬのか。」

「暖かく雨の少ない所でなければ、良き綿は取れませぬ。」

「良き綿があれば紡いで糸にできるのじゃが。」

「若狭でも綿から糸を紡いで居りましたが、きれいな綿を収穫するのは難しく、種を取ってそこから糸を撚り出すにも苦労でございます。ほぐした綿を右手の親指と人指し指の腹で撚（よ）り出し、糸が緩まぬように、水や唾で湿らせながら糸を撚り出しまする。吾の母は撚り出しが早く、きれいに糸を紡いで居りました。」

久しぶりの綿の話で佐奈女は熱く語った。

「吾も母の機織をして居ったが、麻布ばかりであった。やはり綿は違うのう。」

「糸を一桶紡ぐのに一日かかります。一反の綿布を織るのに七桶必要で御座います。綿から糸を紡いで一反の綿布まで織るのは吾一人では無理でございます。」

「それで高くても糸を仕入れるのか。」

文麻呂は綿布作りの大変さを初めて知った。さらにいろいろ話しをした後、佐奈女には大きく息を吸った。

「またこの綿糸で懸命に機織りをやり、良き綿布を織り出そうと存じます。」

佐奈女の声を聞きながら、文麻呂は機織りを拠りどころに、佐奈女が前向きに生きていこうとする懸命な気持ちを感じ取った。文麻呂の心に深い安堵とあたたかい気持ちが広がった。

二人は、市の人混みの中を歩いた。

「せっかく市まで来たのじゃ。市の出口にある「蕎麦がき」を食っていこう。」

文麻呂が言った。佐奈女は驚いた顔をしたが、文麻呂は以前仲間と来て食べた「蕎麦がき」の味が忘れられなかった。一度共に食べたいと考えていたのだ。東市を出た所に木の切り株が置かれ、一椀一文で売られていた。荷を下ろすと文麻呂と佐奈女は初めて外で二人で店で食べる体験をした。店の裏で蕎麦粉を湯で練って固めたものに、塩と醤で味付けした出汁に入れて味わう。出てきた蕎麦がきの一つを箸で掴むと、熱い出汁の香りが漂った。

「このように美味しいものは、味わったことがありませぬ。」

佐奈女は笑顔で口に入れた。

「美味いだろう。以前他の者と共に来て、吾も美味しさに驚いた。やはり都の市じゃ。ここには何でもある。また綿糸を仕入れる折には共に来て、ここへも立ち寄ることをしよう。」

佐奈女の頭に巻いている綿の布から、黒髪の毛が顔に垂れている。文麻呂がそれを耳元に戻してやると、佐奈女に昔のような、はにかむような笑顔が戻った。そのことが何よりもうれしく感じるのであった。

第三十二章　奈良麻呂の変

天平勝宝八年（七五六年）五月。聖武太上天皇の逝去に伴い、光明皇太后は太上天皇が生前使っていた品物や、開眼供養会のための各国からの祝いの品を保存する大規模な正倉の建築を進めていた。

この時代には、都では巨大な盧舎那仏や東大寺などの建築が進められ、地方では国分寺などが作られていた。当時の国家規模に比べ、無理な計画が進められているという思いは、高貴な官人から庶民に至るまで、誰しも持っていた。にも関わらず、朝廷は全国に支配が及ぶ仕組みを作り上げ、膨大な資材や食料を集め、無理を承知の上で推し進めていたのである。

聖武太上天皇の逝去で、その歪（ひずみ）が表面に出てきた。太上天皇の遺言で一旦道祖王（ふなどおう）が皇太子に立てられたが、翌七五七年、孝謙天皇の考えで廃嫡され、翌年大炊王（おおいおう）が皇太子になった。しかしこの大炊王は天皇が信頼していた藤原仲麻呂と親戚であり、亡き太上天皇の意思は無視され、廃嫡騒動は孝謙天皇、藤原仲麻呂二人の筋書き通りの交代劇であった。

これに怒ったのは橘諸兄の息子の奈良麻呂（ならまろ）である。道祖王を推薦した大伴氏や佐伯氏と組んで藤原仲麻呂を襲って、孝謙天皇や大炊王を倒そうと計画した。

だが奈良麻呂らの計画が杜撰だったのか謀議は密告され、関係者はすぐに捕まった。

追捕の追手藤原永手が橘奈良麻呂を尋問した時の様子が伝わってきた。

「何故、謀議を起こしたのか。」

「内相の藤原仲麻呂の政の行いが余りにも無策無道なので、兵を起こして問い、後に彼等の罪を質そうと思った。」

「無策無道とは如何なることをいうのか。」

「盧舎那仏の建立や東大寺の造営のため民が苦辛しております。氏々の人々もこれを憂いとしております。」

「其方の言う氏々の人々とは何氏を指すのか。」

「・・・。」

奈良麻呂は連座する者が多くなるのを恐れて黙ってしまった。そこで使者の永手は
「そもそも盧舎那仏の建立や東大寺の造営を押し進めたのは、汝の父が左大臣の折に計画したからではないか。そのことをよもや忘れたのではあるまいな。」

そう言われて奈良麻呂は顔面が真っ青になり、全く返す言葉が見つからなかった。

その後は、ただ頭を屈するばかりであった。

盧舎那仏建立は奈良麻呂の言葉どおり、当時の人々には大きな負担となっていたこ

とは自明のことだった。権力抗争はどの時代においても、微妙な均衡の上になり立っているが、太上天皇の逝去をきっかけとして均衡が崩れると、忽ち朝廷の権力抗争として歴史の表面に現れた。奈良麻呂による変は、盧舎那仏建立の社会の歪の現れとも言える。

文麻呂たちの下級役人には何の影響もなかったが、以前参議であった橘奈良麻呂の顔は見知っていた。彼の話を伝え聞いた文麻呂は、

「参議も結局は自分で汗を流すことなど無く、本当に民が苦しんで居ることなど知らぬ。政を自分の手に取り戻すために、民が苦しんで居ると理由に使っただけじゃ。いつも民のためじゃ、と言いながら政を吾が身に利する材料にするだけで、実際に作業を改めたり止めたりする事はせぬ。」

そう呟くのであった。

文麻呂は下級の官人であったが、民を犠牲にしてでも、計画を無理に押し進めていこうとするこの国の政の仕組みに疑問を感じていた。

国の目標ばかり優先して、民から資材や食料を収奪していく国のやり方に、文麻呂は半ば不安を抱き、半ば悲しみを越して恐ろしささえ感じていた。

結局、謀議に加わった者の多くは杖刑になった。橘奈良麻呂や大伴氏は、獄中死したり流罪に処せられたりして変は解決した。しかし、天皇の座を中心とする朝廷の権

力の争いはまだ続き、これらはまだ平城京での様々な事件の一端に過ぎなかった。

第三十三章　再会

天平宝字二年（七五八年）三月下旬。雪が融け、都にも春の気配が近づいてきた。暖かくなったある日の午後、大炊厨所文麻呂の所に、新しく造東大寺司の写経所の主典（さかん）に任ぜられた男がやって来た。

「安都雄足（あとうのおたり）主典が挨拶に来られました。」

文麻呂ははじめ名前を聞いても分からなかったが、顔を見るとかつて写経所に居た少初位下の阿刀その人であった。

目が縦に付いているのではないか、と思えるほど垂れ目の顔の特徴は以前と変わらなかった。

「雪が融けてようやく越前から戻ってきたばかりじゃや。息災であったか。」

会って話すと以前とは違い、へらへらと薄笑いを浮かべている。

「ああ、開眼供養会が終わっても、忙しゅうしておる。其方は越前に行って東大寺領の封戸を管理指揮していたそうじゃな。」

文麻呂が話すと
「越の国の史生として、盧舎那仏建立のために、租を管理し調を都へ送っておった。

其方は見知っておるか存ぜぬが、栃の木峠を越えると、冬は雪は背丈ほど降って寒く辛い処であった。」

そう言って笑みを浮かべた。

「若狭も雪は降るが、さほどは積らぬ。」

夕刻、二人は西市で塩漬けにした菜を買い、隣の酒屋で瓢箪に濁り酒も少しばかり買い求めた。そのまま傍の丸太に座って焚き火を前にして酒を飲み始めた。

「越の国は如何であった。」

「まず都と言葉が違うので、都から越に共に帰った仕丁が居なかったら、暮らすことも難儀じゃった。おまけに朝廷の命を伝えても、向こうの郡司は少しも意を解さぬ。」

「それは難儀であったのう。」

文麻呂が察すると、雄足は鼻をびしびし鳴らしてすすった。

「写経所では少初位下の舎人で雑用ばかりしておった。じゃが越の国では四等官の史生で立派な官人として扱ってくれる。次第に便宜を図って呉れるようになり、吾も多くの田畑から収入を得て、四年で少しく蓄銭もできた。」

(吾が身は食べるだけで精一杯なのに、四年で多く蓄銭したとは)

文麻呂は内心驚きを隠せなかった。

「此度、正八位上で帰って来れて主典に任ぜられのも、全て蓄銭のお陰じゃ。」

（正八位上・・・）

文麻呂は言葉を失い、心が萎えるのを感じた。その後は何を話したか、よく覚えていない。供養会が終わり、大炊厨所で文麻呂が右往左往している間に、同じ官位だった雄足は、一気に出世栄達したのである。

当時、地方の有力者は、天平十五年（七四三年）五月に出された墾田永年私財法を境に、当初は位階によって制限されていた墾田所有の歯止めが無くなり、地域の民をも巻き込んで、墾田開発が熱を上げていた。しかも国衙の役人は郡司などよりも立場が上とされ、郡司なども四等官の蓄財に力を貸し大切にもてなしたのである。

その夜、普段深酒をしない文麻呂は、すっかり酔い潰れた。

（さほど能力のない戯（ざ）れ者が正八位上とな。・・・一体、如何ほど銭を貯めて寄進したのか。口惜しい。吾も供養会などで懸命にやっておるのに）

家へ帰ったが酔った勢いで、珍しく佐奈女に当り散らした。

「たった四年で正八位の上じゃ。吾も懸命にやっておるが位も上がらねば蓄えもできぬ。官人の考や選の評価は正しくなされておるのか。元々栄達は諦めておるが、忠実にやっていても、これほど違いができるとは。生まれも縁故も銭も持たぬ者は、何をやってもずっと下っ端じゃ。」

文麻呂の目から涙が溢れ出た。佐奈女は夫に白湯を差し出した。

「雄足の方も、妻や子と共に雪深い越の国で苦労されたのですから仕方有りませぬ。それに蓄銭と共に此度都に主典で戻られたのも、何か吾らが知らぬ縁故をお持ちなのでしょう。余り案じられるな。」

佐奈女にそう慰められた。

「佐奈には宮仕えの万年下っ端の吾の心持ちなど、分からぬであろう。」

妻の慰めの言葉が返って心に堪えた。

夜半から雨が降り始めた。酔ってはいたが眠れぬまま朝を迎えた。


盧舎那仏の主要な躯体工事はほぼ終了していたが、東大寺の巨大な東西の七重の塔の造営はこれからであった。

墾田永代私有法により各地の寺社や有力な一族は、口分田や封戸から逃げ出した民を取り込み、一層富を増やしていく。

天平宝字二年（七五八年）八月。朝廷は孝謙天皇が譲位し、法華寺に移った。新しい天皇は藤原仲麻呂の親戚になる大炊王（おおいおう）で淳仁天皇となった。二十六歳の若き男帝は、推薦してくれた藤原仲麻呂を最高位の右大臣にし、恵美押勝（えみのおしかつ）という名を与え、封戸三千戸と田一千町も与えた。

その二年後の天平宝字四年（七六〇年）。光明皇太后が亡くなった。すると重石が取れたかの如く、藤原仲麻呂は政を思うが侭にし始めた。近江保良宮（ほらのみや大津市）に遷都しようとして貴族や官人を移させたり、正一位の最高位を得たりした。だがその春は、各地で干害や飢饉が起き、飛騨や信濃で地震が発生するなど天変地異が相次いだ。

各地の災害報告に驚いた天皇は、夏になる前に平城京に戻る事を決意せざるをえなくなった。

文麻呂は引き続き大炊厨所で任に当たっていたが、元の大炊寮の官人や雑人たちは、近江保良宮と都との間を頻繁に行き来し食材を調達していた。その中の一人の雑人の噂を耳にした。

「保良宮では連夜、天皇や仲麻呂一族とで多くの遊行女婦（うかれめ）を呼んで宴会を行い、大騒ぎをしているそうじゃ。吾は先日この厨所に来た写経所の主典の安都雄足が、あの右大臣と共に居るのを見た。今飛ぶ鳥を落す勢いの御方と親しげであったが、地方官からいきなり造東大寺司の主典に出世した裏には、あのような縁故があるのであろうな。」

それを聞いた文麻呂は合点がいった。

「やはり佐奈女の言う通りであったか。何か強い縁故がなければあのような出世はできぬ。おそらく蓄銭した銭も動いたのであろう。世の民は飢饉でその日の糧もなく彷徨って居るのに、貴人は何のために居るのか。唐の国では政が悪いと、異敵の者が武の力で国を倒すのが当たり前と聞いた。吾の国は周りを海で囲まれている故に、唐のような異敵が居らぬ。もし仏の力で国を治めるのなら、まず政をしている者から仏を信じ身を正していかねば。今のままでは国が乱れる。」

果たして文麻呂が予想した通り、天平宝字八年（七六四年）九月。右大臣恵美押勝こと藤原仲麻呂は、孝謙太上天皇との対立から反乱を起こした。だが太上天皇は先手を打って、反対勢力を固めたので、仲麻呂は逃げた近江高島で地で殺された。その反乱には多くの者が関わり、連座していたものは官職を奪われてしまった。安都雄足がその直後に主典を退いた、と文麻呂が聞いたのは、そのずっと後のことである。

下級の官人ならば権力とは全く無縁と思われたが、見知った権力者に頼って出世すると、その権力者の失脚と共に吾が身も破滅する危うさや恐ろしさも、文麻呂は痛感するのであった。

第三十四章　造船命令

天平宝字三年（七五九年）九月。大炊厨所の允高橋百嶋が文麻呂の処を訪ねてきた。

「実は太上天皇の意を受け、朝廷が兵部省に新羅討伐のために北陸、山陰山陽、南海の諸国に対して五百隻の兵船を作れと命じてきた。」

「何と五百隻も。」

「盧舎那仏建立に続き東大寺の造営で、ただでさえ疲弊している諸国が、その上兵船を作る余裕などありませぬ。」

そう言う以外になかった。

事の発端は、開眼供養会の翌年、天平勝宝五年（七五三年）の正月のことであった。唐の都長安の新年祝賀の際、各国の臣下の席順が示された。その時訪れていた遣唐副使の大伴古麻呂が顔色を変えた。

「新羅は我が国に朝貢しておる国でございます。その下位の国が我が国より上位の席次なのは納得行きませぬ。」

と唐に激しく抗議し、その結果席順は逆転された。しかし新羅に取ってこれほどの屈辱はなかった。同年、新羅に派遣された朝廷の大使は、王との会見は拒否され、日本と新羅との関係は一気に悪化し、その後関係は悪くなる一方であった。折りしも新羅の後ろ立てであった唐には、安禄山の乱が発生し、新羅を支援するどころではなくなった。これを機に朝廷では、新羅を攻撃する計画が持ち上がった。その六年後、ついに造船命令が下ったのである。

「若狭などの十五ヶ国では、再び疫病が流行っておる。もう正倉を開いて租を配給して、民が冬を越せるようにとの話も出ておる。」

各地の国司から連絡が来ているためか、百嶋は窮状を語った。

数日後百嶋が再び訪ねてきた。

「兵部省に尋ねたところ、若狭に割り当てられた船の数は百隻じゃ。」

「百隻・・・。」

数の多さに言葉を失った。

「開眼供養会と東大寺造営でもう民は租も調も労力も・・・もう何も出せませぬ。その日の稗や粟でさえ口に入らぬ民も多いのに。」

文麻呂には貴人たちが、民の暮らしなど眼中にないことを知っていた。

「朝廷は命じれば民は幾らでも出してくると思うておられる。何とかその命を取り消してはいただけませぬか。」

今まで朝廷に対して言ったことのない言葉が出てしまった。

「それは難しきことじゃ。何しろ朝廷の稟議を経て出された命じゃからのう。」

百嶋は腕を組んで事の困難さを伝えた。

「どちらにしても、大王はこれだけの事業を進めながら、また新羅を船で討とうという考えを持っておられる。天智二年（六六三年）に韓の白村江で唐と新羅の連合軍十八万に破れて約百年が立つ。百済が滅ぼされた後、唐が北に向かって高句麗をも滅ぼしたが、もし南に向かったら海を越えて倭が滅ばされていたかもしれぬ。朝廷はその時のことがよほど頭に残っているのであろう。わが国を守るためじゃ。仕方ない。」

「良き機会とは言え、盧舎那仏建立や東大寺造営が一段落してからでは駄目なのでございましょうか。」

いかに国を守るためとは言え、他国まで攻め込もうとする朝廷の方針が、文麻呂には理解できなかった。民の実情を把握しないまま、朝廷の方針があれもこれもと決定されるため、命じられた地域の民は疲弊を通り越して、班田や律令の仕組みそのものが壊れてしまわないか、ということも心配であった。


同年十二月。孝謙太上天皇は新羅討伐のための造船計画は中止した。新羅を討つ好機ではあったが、北の蝦夷や疫病などの国内情勢を考えるとその余裕は無いと判断した。中止の報を受けて各国とも国司は胸を撫で下ろしていた。若狭の国司も造船のために木の切り出しから川の流れを利用し、筏を使って北ツ海の河口に集積する計画まで立てていた。だがそれを実現できる可能性は少なかった。この年の秋から再び天然痘が畿内を中心に十五ヶ国に広がり、若狭でも多くの民が犠牲になっていたからである。

翌年、疫病はさらに広がり、朝廷は十五ヶ国に各国衙の正倉を開かせ、民に米を支給する事態にまで立ち至った。まさに都の繁栄と民の窮状とは表裏一体であった。

　盧舎那仏建立の大事業は一段落したが、仏の力を借りて国を治める国策が、藤原仲麻呂や都の仏教勢力の台頭を招き、この後道鏡の出現で一層強く現れることとなる。やがて朝廷の政に常に口を挟むようになり、民を救うために仏教を用いたはずの政治が、仏教勢力のための政治へと変遷していった。それはやがて桓武天皇による平安遷都へと繋がっていくのである。

第三十五章　帰郷

天平神護元年（七六三年）。風向きが北から南へと変わり、周囲の山々にも一斉に草木が萌え出るようになった。

　文麻呂は齢五十五歳となった。長年の官人生活で体の衰えが見え始めた。幸い目は達者で字も良く書けたが、髪は白くなり、歯も抜け始めた。何よりも伴侶である佐奈女の体調が優れなかった。若い頃から麗しかった容姿も、流石に衰えを感じさせた。毎日長い時間、機織をし続けたせいか、腰が伸びなくなりなぜか食も細ってきた。

　青葉の生い茂る頃、文麻呂が大炊厨所から戻ると、佐奈女は藁を厚く敷いた褥（しとね）の中で臥せっていた。

　傍に寄ってみると、髪の毛は乱れ、目は虚ろである。近頃、食が喉を通らなくなり、痩せ細ってきていた。その日は顔もむくんでいる。次の日、興福寺の施薬院に連れて行った。尿に血が混じっていた。

「腎の臓が悪いと思われる。治す手立てがまだ見つかっておらぬのじゃ。」

と言われ、薬草をもらっただけであった。

次の日も早めに帰ると臥せっている。佐奈女に声をかけた。

「具合は如何じゃ。」

「朝から機も織らずに臥せって居ります る。」

「間食は食うたのか。」

佐奈女が首を横に振った。

「市で手に入れた芋を煮るので、しましあり待て。」

瓶の水を浅鉢に汲み入れ皮を剥いて刻んだ芋を入れた。堅塩を刻んで囲炉裏に掛けた。陽が暮れて辺りは寒くなった。

文麻呂は木椀に水を入れ、臥せっている佐奈女の傍に置いた。佐奈女は上体を起こすと水を静かに飲んだ。

「吾も歳でな。実は先から若狭の国司に允でも史生でもよいので、官人として帰れぬか尋ねておった。そしたら今日知らせがあり、国衙の史生に任ずるとの知らせが来た。そこで先日輔に辞表を出しましたところじゃ。」

佐奈女は頷いてゆるく微笑んだ。

「それは是非もないことでございます。吾も故郷へ帰りとうございます。」

応えながら涙が溢れてきている。文麻呂の目にも佐奈女の姿がぼやけてきた。

翌日、文麻呂は出仕すると、允の高橋百嶋に辞する挨拶に行った。厨所に入ると百嶋が待っていた。

「此度、長年勤めた大炊厨所を辞することとなりました。史生のことでは大変世話になりました。」

「真に残念至極。盧舎那仏建立も東大寺造営も、この大炊厨所の食の支えがあったからじゃ。特に其方は若狭との繋がりから開眼供養会においても食材の手配で格段の働きをしてくれた。まだ其方にここを去られると困るのだが。」

「妻の具合が優れず、里へ帰りたがって居ります。吾ももう歳を重ねました故、故郷へ帰る頃合かと。お役に立つことができなくなり相済みませぬ。」

そう言うと頭を下げた。

文麻呂が外に出ると百嶋も見送りに出た。

「この後、東大寺の造営が恙無く進むことを願って居りまする。」

「若狭の国衙には向こうでの務めを言ってあるので、心安くして帰られるがよい。同じ厨所の徳麻呂や早足のことは面倒を見よう。これは餞の品じゃ。吾主の妻も労わって御身大切にされよ。」

百嶋は発行されたばかりの萬年通宝の藁通しを渡した。貴重な餞別と細やかな心配りに、文麻呂は感極まって涙を浮かべ頭を下げた。


帰る途中、朝堂院の前を通ると、偶然にも弁官局の輔、石川名足に出会った。

(よりによって、一番会いたくない人物に出会ってしまった。)

少し頭を下げて内心どう対応すべきか、一瞬迷った。すると驚いたことに向こうから声をかけてきた。

「其方が大炊厨所を辞する話が出ておったが、それは真か。」

流石に、全ての事が耳に入る立場である。

「世話になった大炊厨所を辞することになりました。」

そう応えた。

「其方ももう少し務めておれば従八位下まで昇進できように。」

「吾も歳を取り、妻の具合も悪く、これ以上は職務に応じられぬかと存じます。」

「そうか。随分前のことであるが、開眼供養会の若狭の運脚が遅れたと大領自らが申しておった。しかし、実忠和上は若狭の民からの贄や香水を多数の運脚が運んでくれたことに感謝しておられたぞ。」

「その折にはお世話になりました。」

文麻呂が頭を下げた。

「其方らは一連の作業や供養会で、大炊厨所として仕丁等のため、必要以上米や塩を見込んでいたが、杜撰な計画じゃった。やはりあれ程必要なかったであろう。」

輔が左眉と左目を動かして得意気に、独特の薄ら笑いの表情を見せた。

「吾は二十歳で仕丁に出て、三つ歳大炊寮で務めました。各地から来る者たちは作業場裏の粗末な地べたに敷かれた藁の上に寝て、昼は難しき作業をしておりました。此度の盧舎那仏の建立や東大寺の造営、開眼供養会も、工人だけでなく仕丁や奴婢たちの働きが無ければとても成しえなかったでありましょう。」

文麻呂はこの機をとらえて、彼等の働きを正当に評価しない輔にはっきり伝えた。

しかし名足は
「名も無き者たちは、此度の盧舎那仏建立や開眼供養会に関わり、参加できたことだけでも、仏のご加護があり、有り難いと思うであろう。」

そう言葉を返し、からからと笑った。文麻呂の顔色が変わった。

「如何に大王の命とは言え、自分から進んで都まで来て、あのように辛く危険な作業を務めたいと思う者が居りましょうや。各地から来た者たちや仕丁たちには、糧を心配せずともよい者は一人も居りませぬ。皆その日の糧を探し求め、生きるのに懸命な者ばかりでございます。里には首を長くして母や妻子が待っておるというのに、中には作業で命を落して帰れぬ者まで多数出ました。健気に命を懸けて運脚や建立の務めを果たした者たちを思うと、不憫でなりませぬ。都に住んで、何不自由のない暮らしをする貴人には、及びもつかぬことでございますれば。」

もう職を辞する決意をした文麻呂に怖いものは無かった。鋭利な刃で軸を断ち切るような言葉を言い放つと、そのまま一度も振り返らずに帰路についた。自分より遥かに下の官位の者に思いもせぬことを言い切られた石川名足は、茫然として文麻呂の後ろ姿を見送るのであった。

翌朝、文麻呂と佐奈女は長年親しんだ官舎を去った。後には同じ少初位上の官人が入ると聞いている。文麻呂は若狭の国司や故郷の比奈女や君比古への土産を背負った。佐奈女は左手に杖を持ち、体を支えている。二人は思い出の詰まった家を何度も振り返った。やがて朱雀門を出ると、一陣の秋風が二人を包んだ。

昨日、帰り際に石川名足に放った言葉を文麻呂は思い出していた。

(都の貴人と鄙から来た仕丁たちとの考え方に、あれほど違いがあろうとは。所詮、国を治める者には、底辺で生きる者の必死に生きる姿などは見えぬのであろう。)

長く続いた厳しい務めの疲れも、あの言葉で少し吹き飛んだように感じた。

暫く歩いて振りかえると､遠くに盧舎那仏を覆う大屋根に黄金に輝く鴟尾が見えた。

「住し折には、ほとんど見ることもなかったのに、改めて見ると眩き輝きじゃ。」

杖を支えに黙って歩いていた佐奈女も振り返った。秋の風が薄の穂を揺らす。

「煩わしき憂きことも多々あったが、こうして都を落ちる時には、流石に寂しゅうなる。振り返って見ると、盧舎那仏の建立とあの開眼供養会での若狭からの運脚が一番思い出じゃ。」

「初めて都へ来た頃が、懐かしゅう御座います。」

佐奈女も小さな声で言葉少なく語った。その歩く足元が覚束ないので、文麻呂は道中に不安を感ずるのである。

その日は、巨椋池を回って真幡寸（まはたき）神社（現城南宮）を経て、山城の盆地の東側を通り、北山の里の木の下に泊まり露を凌いだ。

翌朝、花背峠を越える辺りから、佐奈女の息遣いが激しくなった。険しい山道を過ぎ小黒坂を下りて久多川に下りた辺りから、とうとう前に進めなくなった。文麻呂は川の傍の木の下に佐奈女を休ませると､周囲の葦を刈り取って縛り､風除けを作った。持ってきた土産を地元の民に渡し､幾ばくかの糒を分けてもらい､川原へ戻ってきた。

ぐったりしている佐奈女の上体を支えて、水で戻した糒を小さな匙で口に運んだ。

「相済みませせぬ。」

微かな声で言うと飲み込んだ。

佐奈女が休んだのを見て、文麻呂は早足に教えてもらった弟の君比古の埋めてある場所に向かった。山裾に里の埋葬地にの古くなった塔婆を一つひとつ確かめた。かろうじて君比古と読めるものを見つけ出すと、茫然と佇んだ。供養会の運脚に参加して、兄に会いたい一度都が見たいと言っていた弟が、あの運脚で命を落すとは。文麻呂は弔う言葉を暫く見つけられなかった。

(吾主が来てくれたのに、あのような災難に会おうとは。相済まぬことをした。里の残された妻と子は、吾が帰ったら必ず食べられるよう面倒を見る。安心してくれ。)

運脚の道中亡くなった弟に弔いの言葉を掛け、静かに手を合わせた。

翌朝は雨であった。佐奈女はとても歩くことはできず、二人は一日木の下で過ごした。

「佐奈にとって此度の帰郷は、無理があったのかも知れぬ。鳰海(におのうみ現在の琵琶湖)回りで、今津の勝野まで舟で戻ればよかったのかも知れぬ。」

文麻呂はそう思い悔やんだ。佐奈女は殆ど動かずに眠っている。昼と夜に糒を食べさせて後はじっと天候の回復を待った。

三日目の朝、辺りが明るくなると共に、文麻呂は二本の杖を背中の腰に回して座れるようにして佐奈女を背負うと帯を巻きつけた。そのまま久多川を右手に見ながら、針畑峠までゆっくり歩く。佐奈女の命の重さを感じながら、ひたすら坂を登る。緩やかではあるが、長い登りが続いていく。拭っても拭っても汗が目に入る。

いつもならば陽が一番高くなる頃には、針畑峠まで行くのだが、まだ麓までも辿りつけない。途中幾度も休みながら進む。

「主、相済みませぬ。」

耳元でか細く呟く。

「峠を越えればいよいよ若狭ぞ。佐奈、兄や妹が待って居ようぞ。」

文麻呂は自分に言い聞かせるように言った。

針畑の登り坂に向かう折に、最初の運脚で通ったことや二度目の仕丁の思い出が蘇った。

（あれから何年立ったのであろうか。）

若狭からの調の運脚、聖武天皇の彷徨、盧舎那仏の鋳造と鍍金の苦闘、開眼供養会での食の手配と若狭からの運脚、修二会の開催。平城京の数々の事業を食で支えてきた場面や、佐奈女と二人で過ごしてきた三十数年の日々が次々と脳裏に浮かんだ。

（盧舎那仏の完成で、仏を中心とする国作りは始まったばかりじゃ。朝廷は仏の力で国を治ようとして、長年の蓄えばかりか、租庸調とは別に新たな方法で民を労役に駆り立て、新たな多くの寺を作った。しかし、かくの如き政が繰り返されればこれから国はどうなるのであろう。果たして国は隆盛し、民も心安く暮らせるのであろうか。吾は子も弟をも亡くしてしまった。盧舎那仏は千年持つと言われておるが、長い時を経れば吾などは塵にも及ばぬ小さな存在じゃ。このまま忘れられ消えていくのであろうな。）

背中に佐奈女のぬくもりを感じながら、文麻呂の脳裏には都への道の様々な思い出が湧き上がっては消えた。

針畑峠の杉の巨木を抜けると、急に風向きが変わった。微かに風に運ばれた潮の香が感じられる。遠くには野の里の岳が望め、遥か彼方には久須夜の峰が見え、その向こうには北ツ海が霞んでいる。

「帰ってきたぞ。若狭ぞ。佐奈女。見よ。遠くに北ツ海も見える。」

見易いように体を北に向け、文麻呂が振り向くと佐奈女は静かに頷いている。暫く歩くと微かではあるが、耳元で声が聞こえる。

「ねーんねーん、ねーんねーん、足麻呂よう。」

佐奈女がよく唄った子守唄であった。吾が子を亡くしたことが、ここまで佐奈女の心と体を蝕んでいたのか、という後悔が頭に浮かんだ。共に暮らしながら、吾が身の思いやりの無さを痛感した。

峠の上を犬鷲が悠々と旋回している。既に赤や黄に色付いていた木の葉も風に舞う。気は焦るが、足は思うように進まない。陽は既に傾いている。

落ちた枯れ葉に絡まって、足が地に沈むように感じられた。暫く下りると岩の前に腰の高さの倒木があったので、そこに佐奈女をそっと下ろし、静かに後ろにもたれさせた。声を掛けるが返事はなく、顔はむくんで色を成していなかった。

文麻呂は水を飲ませようとして、佐奈女の右手に何か握られているのに気がついた。長年、機を織り続けた手である。その指を開くと亡くなった足麻呂の遺髪があった。

「吾は何の力にもなってやれなかった。相済まぬ。」

文麻呂は長年共に暮らした、佐奈女に十分寄り添ってやれなかったことを悔いた。

「佐奈、如何がした。佐奈。起きよ。目を開けよ。」

その大きな瞳を開けて自分を映してくれと、抱き起こして揺するが、体は既に芯を失っていた。文麻呂は懸命に佐奈女の名を呼び続ける。その声はやがて嗚咽へと変わり、紅く染まった木々の葉を抜け、山の隅々にまで届き谷を響き渡った。やがて平城京で過ごした二人の思い出と共に、風に舞い木霊となって空に漂い、宙のどこまでも広がっていった。

あとがき

若狭小浜は、「全国で一番早く春が来る」と言われている。それは関西に春を告げる奈良の「お水取り」に先立つ毎年三月二日、若狭小浜の遠敷川の上流で行われる「お水送り」神事があるからである。私はかねてからなぜこのような神事が、奈良の「お水取り」と共に古くから続いているのか、長い間疑問に思っていた。

実忠和上が始めたとされる修二会を詳しく記録した「東大寺要録」を調べると、二月堂創建の記述と、それに続き「古人曰く」の項が特記されている。(巻頭参照）この時期の歴史的事実を調べると盧舎那仏(るしゃなぶつ奈良の大仏)建立と開眼供養会、それに続く修二会がほぼ同時期に行われている。さらに詳しく調べると次の三点が行われていた。

一点目は、遠敷明神が遅参したとされる修二会が始まったのが天平勝宝四年（七五二年）であること。二点目は、同年に盧舎那仏の開眼供養会が行われたこと。三点目は、同年に若狭の玉置郷や北陸、その他各地に東大寺の封戸（ふこ荘園のようなもの）が設定されていることである。

これら同じ年の修二会、開眼供養会、東大寺の封戸の設定の三点は偶然であろうか。それとも何らか必然を持っていたのであろうか。私は、当時は歴史的な背景から必然を持っていたにも関わらず、長い歴史の中でそれらが埋もれてしまったのではないか、と考え、次の三点の疑問を立てた。

一点目は、当時の若狭と平城京の都とは、税である調塩調布を運ぶことを通して、どのように結びついていたのであろうか。二点目は聖武天皇が進めた盧舎那仏の建立や東大寺の造営に、若狭の民や物はどのように関わっていたのであろうか。三点目は、盧舎那仏の開眼供養会やお水送りお水取りが行われる修二会に、若狭や当時の人々はどのように関わっていたのであろうか。これらの三点の疑問を前提に、当時の当時の歴史的事実や資料から物語を設定し、再現しようと書き進め考察することとした。

この三点の疑問を、現在調べられる資料を基に、当時盛んに行われた、都への雑徭である仕丁と調塩などの運脚、盧舎那仏の開眼供養会中心とする物語を設定した。

それらを書き終えての感想や反省は、次の三点である。

一点目は、若狭と平城京の都奈良との、具体的な結びつきである。

アジア大陸から日本列島を大きく俯瞰すると、間に大きく日本海が広がっていることに気づく。古代、朝鮮から倭の国へ来るには、島が多く潮の流れが速く、時代よっては海賊が出没した瀬戸内よりも、暖流で流れの安定した対馬海流に乗って、沖ノ島を通り出雲を経て、若狭の地に上陸するのが一般的な経路であった。

なぜ若狭まで船を進めたのであろうか。この地は日本海側では唯一大きく内陸に窪んでいて、複雑に入り組んだ海岸線は、幾つかの天然の湊を有している。奥まった湊から都のあった大和の地までは、陸路で三日足らずの道のりであった。そのため古代において遠く西域や中国からの文化は、シルクロードの終着経路として、若狭から都まで、多くの人や物の往来に支えられて伝わったのである。

そのような視点から若狭小浜と都とを考えると、現在は鯖街道と呼ばれている小浜、京都、奈良間の道について実際に歩いて行けるのか、その道を通して都までどのような物が運ばれたのか、という事である。机上で調べるだけでなく、可能な限り実際に自ら調べたり、体験したりしてみた。例えば、文麻呂たちが調を背負って越えた道を、全行程ではないが自ら調査するために歩いてみた。（後述資料1）遠敷地区から根来坂を越え、針畑峠までは山登りや遠足で何度も行ったことがあった。針畑峠には両側に土盛りされた幅一メートル程度の街道がある。尾根道で風雨にさらされる道はあまりないので、これに奈良時代の調塩調布や鯖を背負って歩くことは、相当困難が予想されるが、よほど天候が荒れない限り、可能であったであろう、と考える。

小浜京都間の最短の鯖街道には、三つの大きな峠がある。（後述資料2）いずれも約八百メートル級の山を越す坂道である。針畑峠から鯖街道の久多までは車で行ったが、久多の小黒（おぐろ）坂から花背付近までは車では行けないので、実際に踏破してみた。

三〇三号線の朽木街道、葛川梅ノ木町のガソリンスタンドを右折して安曇川を渡り、久多への道に入る。ここは昔の街道通り、片側が崖道であり、大半が完全一車線ですれ違いはできない。普通乗用車はかろうじて通れるが、所々にあるすれ違い箇所を通り過ぎて、対向車に出会うと後退をせざるをえない。とても危険で山道を登る時以上に、緊張を強いられる場所である。

久多の派出所の手前の橋を左に渡り、漁業組合の前を通り約二キロほど川を遡る。白い橋の手前の広い所に車を置き、約三十分歩く。左手に小黒坂の登り口（資料２）がある。そこからは九十九折の山道である。この山道は、毎年五月中頃、小浜市泉町を出発点として、京都の出町柳をゴールとする鯖街道ウルトラマラソンが行われるので、春から夏にかけては整備されている。朝六時に一斉に出発し、速い人では午後二時半には約七十七キロを走破するという。だが一般の登山者にはきつい坂道であり、日本百名山のかなり多くを踏破している私でも、それなりの体力が必要であった。

そこからは花背峠、鞍馬寺を通り、出町柳のある京都市内に入る。そこから、当時の都への経路を調べる内に、京都南の城南宮の御手水の看板に後述の「菊水若水」（きくすいわかみず）の言い伝え（資料３）を見つけた。法皇というのは、江戸時代初期の霊元（れいげん）法皇のことで、長い間、京都の人々に信じられてきた万病に効くと言われた「菊水若水」は、実は若狭から流れてきている、という言い伝えがある。若狭鵜の瀬の水が、一旦この城南宮の井戸に湧き出て、そのまま奈良二月堂の若狭井に達していると言うのである。同じ言い伝えは、京都七条梅小路近くの水薬師寺（下京区西七条石井町）にも残されている。あくまでも言い伝えであるが、古くからそのような話が残されているのも、盧舎那仏建立や開眼供養会、また修二会との関係が大きく、古代若狭のお水送りと平城京奈良のお水取り神事とが、現在も行われているという事実も大きい。平城京出土の木簡をからも想像されるが、今考えているよりも若狭と都とは、食料を運んだだけでなく、大陸からの玄関として遥かに強く太く繋がっていたことを伺わせる。この運脚については若狭だけではなく、全国から運ばれた木簡の記録が多く残されているので、古代の道についてのさらなる研究を望みたい。

二点目は、巻頭に記した「東大寺要録」の中の二月堂の記述と、それに続く「古人曰く」の項である。それを読むと、遠敷明神がお水取り神事である修二会の案内を受けたが、供養会に供えるための漁に夢中になって遅参したことから、お詫びに若狭の香水を持っていったことが記されている。調べてみると、その頃、東大寺が封主（ふしゅ）となる封戸数千戸として、若狭の玉置をはじめ越前や備中などが与えられている。またここで遠敷明神が特筆されているのは、比較的に短時間で海産物等を陸路で都へ運べる若狭が、盧舎那仏建立や東大寺の造営、開眼供養会等に掛かる大量の食材や膨大な費用を永続的に支え、大きな支援したためだと思われる。

二月堂の舞台の北出口の少し上に、朱に塗られた小振りだが「遠敷神社」（資料４）が建てられている。二月堂には何度も行っていたが、まさかあの本堂のすぐ奥の上に立派な若狭小浜由来の「遠敷神社」が建てられているとは、この物語の調査まで全く知らなかった。石碑の裏に「若狭参拝団建立」と昭和十七年の修理の事実が書かれている。本堂の前には若狭井や良弁杉があり、後ろには「遠敷神社」がある。東大寺と若狭とが、過去いかに結びついていたかを伺わせる証ではないかと考える。

おそらく盧舎那仏建立や開眼供養会、また修二会が成立する過程で、若狭をはじめ他の御食国や諸国などから、工事や式典を支えるため大量の物資が送られたことが想像される。具体的には、米などの租や布などの調、贄などの海産物等が運ばれ、それらを支えるために奈良の有力な豪族であった高橋氏が国司として任命され、それを郡司や民が支援して、朝廷の大きな事業を支えたことが伺える。奈良市の中心部の奈良病院から佐保川の対岸の畔に高橋神社（資料５）がある。ここには古くから斑鳩の地と東大寺とを結ぶ橋が架けられていた。全国の高橋姓の始祖と言われ、膳臣として宮内を支えた料理人の神様として、今も信仰を集めている。県史に残る若狭の国司の高橋氏はこの地から赴いたのであろう。

現在残っている様々な資料をまとめ、物語を書くことを通して、盧舎那仏建立や開眼供養会から約千三百年の時空を越えて、古代の若狭と平城京とが深く繋がっていた事を、少しでも明らかにできたのではないかとと思う。

三点目は、盧舎那仏建立のため全国から都に集まった人々の様子や、当時の貴人や官人たちの暮らしの様子が生き生きと描けたか、という点である。

文献を読み資料を調べると、現代社会と比べ、人々の生活は衣食住のどれを取っても、信じられないほど貧しく、質素で厳しい生活を強いられていたことが、万葉集などの記述にも如実に現れている。生まれて普通に健康に成人することが稀で、生き続けることが困難な状態であることが伺える。また各地から平城京へ納めるために集められた調庸などの税や天皇の食材である贄の運脚、また雑徭のために上った衛士や仕丁、廝丁、女丁などの役と、租庸調などの税や運搬の仕事は、道路や輸送手段の発達していない当時は甚だ困難であったであろう。さらに盧舎那仏の建立についても、当時の鋳造や鍍金の作業の過程を調べ、配慮して書き進めた。それらを受けて、若狭からは多くの調塩調布や贄などの海産物が、頻繁に平城京に届けてられていたことや、また当時の仕丁や廝丁の暮らし、下級の役人の務めも史実に基づき描写した。

しかしその過程でわかった事は、貴人と一般の庶民とでは、途轍もない差があり、それらは、埋めようの無い現実の世界であり、変わることのない絶望的な世界であった。このような厳しい状況の中で、人々はどのようにして明日への希望を保ち、考えて生きていたのであろうか。始まって間もない律令制度の下で、大王と呼ばれた天皇や朝廷の決定の元で、国司、郡司、里長などの命で、家族を犠牲にし身を挺して、黙々と務めた無名の人々の生活はさぞかし厳しいものであったことが想像される。そんな中で文麻呂という渡来人の末裔を主人公として設定した。彼には雑徭で都に出ての仕丁を務めさせたが、これは当時全国どこでも見られた風景である。彼には二度目は下級の官吏として務めさせた。折りしも盧舎那仏建立という国史に燦然と輝く歴史的事実に際して、以前とは異なり、調を出す側から受け取る側、命令される側から命令する側に立った時、人間としての矛盾から苦悩する文麻呂や同僚の人々の悩みなどが、私の表現力の不足もあり、十分書ききれなかったことを反省している。

この作品を作るのに当たって、東大寺要録をはじめ盧舎那仏建立や開眼供養会についての資料を調べた。それらの文献を読むことにはさほど抵抗のない自分であったが、物語を作ることは途方も無い作業であった。どうにか当時の資料を集め、事実の整合性を調整して、平城京の時代の人々の暮らしを事実から生き生きと描こうとした。しかし、私自身の表現力の無さから十分描ききれなかったことは、本を読んで下さった方に申し訳なく思っている。しかし東大寺要録の記述などから、若狭と都との関わりや、伝えられるお水送りとお水取り、また盧舎那仏建立や開眼供養会、修二会等について、少しは理解していただけたのではないかと考える。

平城京は、律令という法律と文字による租庸調を中心とした国作りが確立され、「日本」という国の枠組みができた時代である。大まかな仕組みが、天皇や貴族による政治が約五百年、武士を中心とする政治が七百年続き、それらが形こそ変われ、なんと明治維新まで約千三百年続いたという事実がある。このことは日本という国を形成する出発点として、平城京がいかに大きな役割を果たしたかということの裏返しである。

かつて前方後円墳が日本の支配者の権力の証であった。奈良時代は盧舎那仏建立や寺院の造営に、平安時代は寝殿造り、室町時代は金閣寺などの寺社に、戦国時代は豪華な天守閣にと形は変わった。それらはその時代、その都度バブルな経済効果として表面的には景気を上げているが、結局は国民からの税は、国民の生活を向上させるよりも、国の体制を維持していくために用いられてきた。律令制度は民に高い税を課することで瓦解し武士が登場した。続く富国強兵策は、結果的に数度の大きな戦争を引き起こし、最終的には数多の国民の尊い犠牲を出し、国を滅ぼしかけた。現在で言えば盧舎那仏建立などの巨大事業は、財政破綻に繋がる最たるものであろうが、平成も終わる中、新しい時代に今後日本社会はどのように構造変化していくのであろうか。

最後に、この本を執筆するに当たり、一時期臨時職員をしていた関係もあり、県立若狭歴史博物館の学芸員の有馬香織さん(現県立一乗谷博物館)、には資料の助言をいただき御礼申し上げたい。若狭歴史博物館の展示物は非常に内容が濃く、歴史や文化、考古学や仏像、民族学に興味のある方は是非来館されることをお勧めしたい。

また校正をするに当たって、田渕充、田渕敦子夫妻にもたいへん尽力いただき、厚く深く感謝する次第である。

平成二十七年（二〇一五年）、鯖街道は日本遺産認定第一号に指定された。地元に住む者としてシルクロード最後の経路として、若狭小浜と奈良平城京を結んだ古代の幹線は、もっと注目されて整備されても良いのではないか、と感じる次第である。

なお、巻頭の「東大寺要録」の「二月堂」及び「今聞古人云。」の現代語訳は、著者が辞書や資料を基に訳した。専門ではないため、かなりの誤訳があることが考えられる。今後研究される方は「東大寺要録」や関係書を直接紐解いてお読みいただきたい。

資料１鯖街道　小浜　京都　約77km
西側実線が古道を行く最短ルート

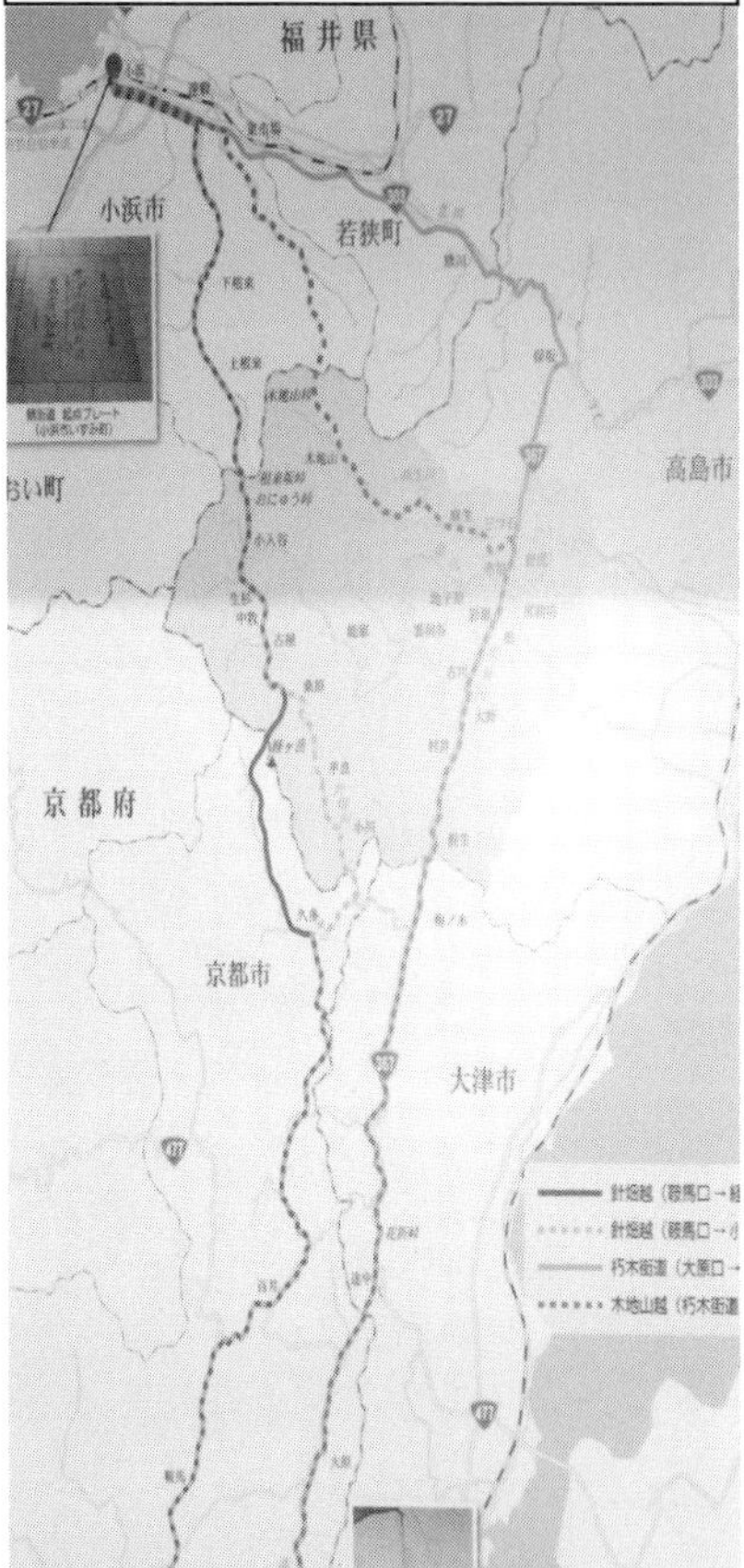

小浜　根来坂峠　冬不可　久多間は林道
久多～百井間山道　百井　京都間　車道

資料２鯖街道 久多林道入口

↓小黒坂 登山道 入口

九十九折の登山道

小黒坂峠　頂上

八丁平湿原地図　看板

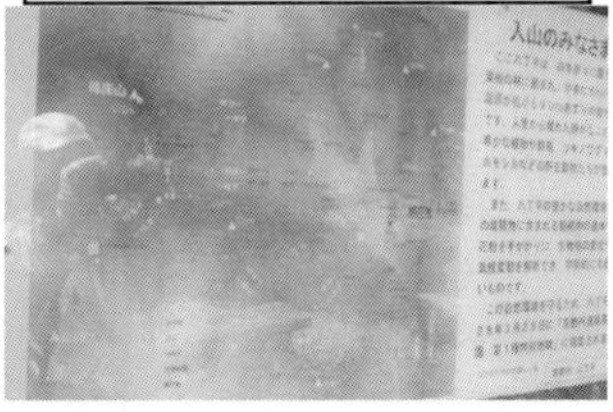

資料３京都市真幡寸（まわたき）神社（現城南宮）菊水若水

上記注釈「きくすいわかみず」江戸時代半ばの随筆に「城南宮の菊水（延命水若水という）この水を飲むとあらゆる病が治るというので、毎日参詣人が絶えない。法皇の歯痛を治った」とあるように、病気に霊験あらたかでお百度を踏んで水を持ち帰り病人に授ける習慣があった。奈良のお水取りの水は若狭の国から此の菊水若水の井を経て二月堂の若狭井に達している、と伝えられている。

資料５奈良市南　高橋神社
奈良時代膳臣　若狭の国司

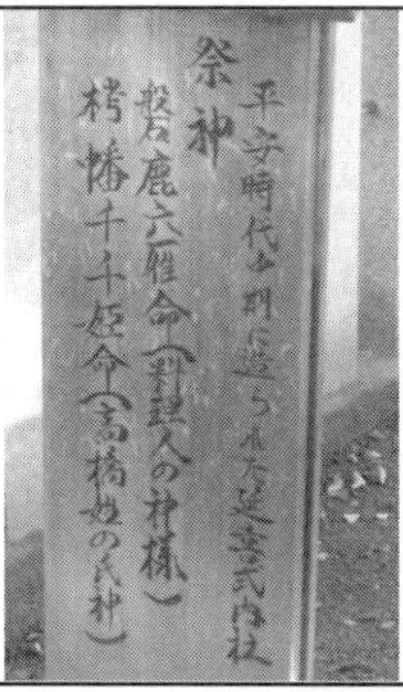

膳臣が宮中の料理を仕切ったことから料理人の神

お水取りの二月堂、良弁杉、若狭井と若狭との深い縁のものが揃う写真

資料４二月堂上の遠敷神社

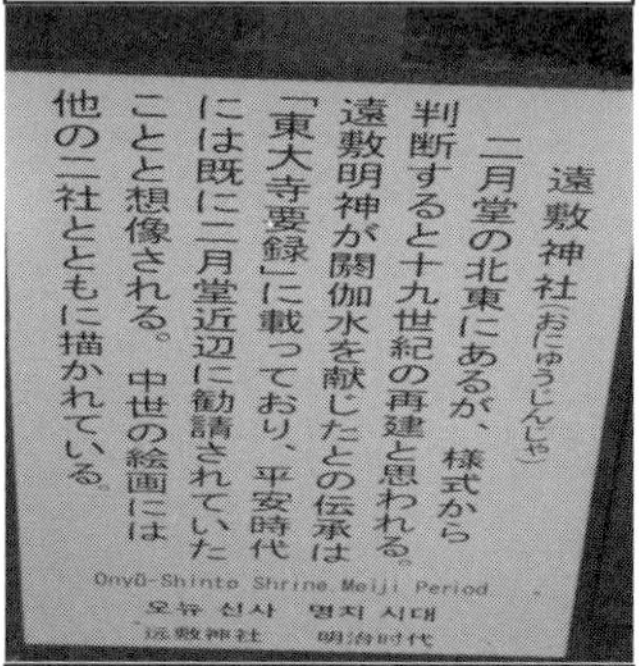
遠敷神社（おにゅうじんじゃ）
二月堂の北東にあるが、様式から判断すると十九世紀の再建と思われる。
遠敷明神が閼伽水を献じたとの伝承は「東大寺要録」に載っており、平安時代には既に二月堂近辺に勧請されていたことと想像される。中世の絵画には他の二社とともに描かれている。
遠敷神社　明治時代

碑裏「昭和17年若狭参拝団建立」修理が銘記される

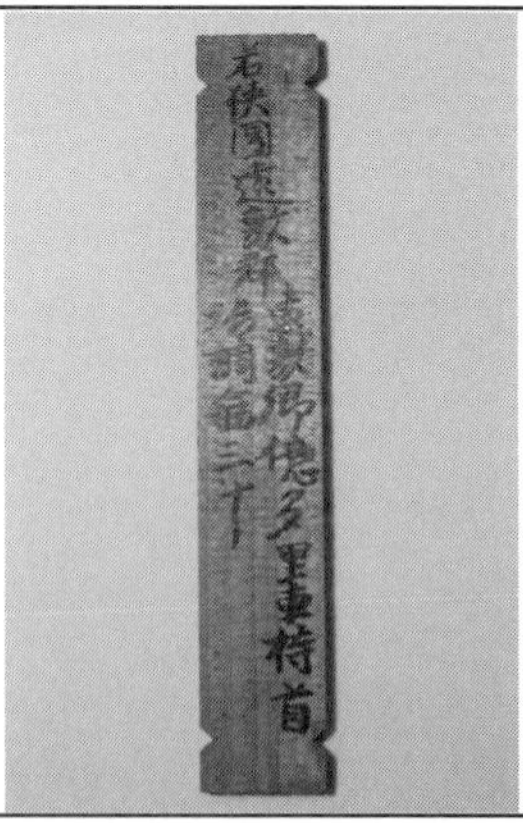

資料６平城京出「若狭国遠敷郡億多里車持首調塩三斗」
若狭歴史博物館　複製　木簡

「平城京への旅人」　主人公の主な経歴

和銅元年	七〇八年	若狭遠敷郡、今富、野の里に秦人文麻呂生まれる
神亀四年	七二七年	運脚及び仕丁で平城京に出る
天平元年	七二九年	長屋王の変起きる
天平九年	七三七年	文麻呂、二度目の仕丁
天平九年	七三七年	天然痘大流行　臨時の官人登用
		大炊寮初少位下の大炊寮　雑人の長に採用
天平十一年	七三九年	佐奈女と結婚
天平一二年	七四〇年	藤原広継の乱。聖武天皇の伊勢・近江へ彷徨
天平十三年	七四一年	国分寺国分尼寺、盧舎那仏建立の詔
天平十八年	七四六年	大炊厨所設立　文麻呂　初少位上で属（さかん）採用
天平一九年	七四七年	盧舎那仏建立始まる
天平勝宝元年	七五二年	修二会、盧舎那仏開眼供養会開催される
		遠敷明神　供養会や修二会のために尽力する
天平宝字元年	七五七年	橘奈良麻呂の変
天平宝字三年	七五九年	新羅征討のための造船命令の布告
天平神護元年	七六三年	若狭への帰郷

【史書に出てくる実在の登場人物名
（天皇・皇族を除く）】

高橋人足（福井県史の最初の若狭国司）
行基（人々を率いて毘盧遮那仏建立のために尽力）
良弁（若狭出身　東大寺初代別当）
菩提遷那（天竺から唐を経て、毘遮那仏開眼供養会のために来日）
実忠（十一面悔過会・修二会の創始者）
安都雄足（あとのおたり）写経所の主典（さかん）
石川名足（いしかわのなたり）名門出の恐怖の弁官局役人
藤原武智麻呂（ふじわらむちまろ）長屋王の取り調べ官
国中連公麻呂（くになかのむらじきみまろ）渡来人の鋳造司

猪名部百世（いなわべのももせ）越前大工
楢磐嶋（ならのいわしま）角鹿の商人
大伴子虫（おおとものこむし）左兵庫少属（さひょうごのしょうさかど）元長屋王の家人　主君の仇打ち果たす
右兵庫頭中臣宮処連東人（うひょうごかみなかとみのみやつところのむらじあずまんど）長屋王の密告の訴人

盧舎那仏建立への寄進者
河俣連人麻呂（かわまたむらじのひとまろ）
砺波臣志留志（となみのおみしろし）
陽故史真身（やこのふひとまみ）

参考資料

東大寺要録　東大寺
小浜市史　上　小浜市
平城京に暮らす　馬場　基　吉川弘文館
東大寺お水取り　佐藤道子　朝日新聞出版
平城京の時代　岩波新書
平城京　全史解読　学研新書
万葉集　木俣　修　ＮＨＫ出版
万葉人の宴　上野　誠
若狭歴史博物館　常設展示図録
今昔物語　第二十巻　天皇の夢
全訳　古語辞典　大修館書店
絵本　奈良の大仏
大宝律令延喜式複製

表紙の写真　お水送り小浜市広報パンフ
　鵜の瀬、奈良の大仏、二月堂、
　　遠敷神社、高橋神社、著者撮影

著者紹介
　昭和二十九年（一九五四年）
　　　　福井県小浜市生まれ
学習院大学経済学部　卒業
昭和五十五年（一九八〇年）四月
福井県公立小学校の教諭
平成二十七年（二〇一四年）三月
小浜市立宮川小学校校長で定年退職

過去の著作
「折り畳み自転車で行くドイツロマンチ
　ック街道ひとり旅」
「風薫る　京極高次と初物語」
「授業づくり学級づくりスキルアップノート」
「還暦男　南アメリカ五〇間約一万キロを
　行く」

平城京への道

2019年4月30日　初版　第一刷発行

著者　　野村 芳弘

発行者　谷村 勇輔

発行所　ブイツーソリューション

〒466-0848 名古屋市昭和区長戸町4-40

電話　052-799-7391

FAX　052-799-7984

発売元　星雲社

〒112-0005 東京都文京区水道1-3-30

電話　03-3868-3275

FAX　03-3868-6588

印刷所　藤原印刷

万一、落丁乱丁のある場合は送料当社負担でお取替えいたします。

小社宛にお送りください。

定価はカバーに表示してあります。

　ISBN978-4-434-25820-6